野性的呼唤·热爱生命 插画版

The Call of the Wild
Love of Life

[美] 杰克·伦敦（Jack London） 著
徐玉苏 黄璐 译

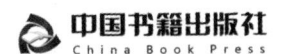

中国书籍出版社
China Book Press

译者序

杰克·伦敦（1876—1916）是美国著名的小说家，也是最受华语读者欢迎的外国作家之一。他一生著述颇丰，留下了19部长篇小说、150多篇短篇小说以及大量的文学报告集、散文集和论文。

杰克·伦敦出生于旧金山的一个破产农民家庭，10岁起就开始当报童和罐头厂工人，曾做过水手，在阿拉斯加淘金，还当过战地记者。他丰富的人生经历成为写作中最好的素材。从内容上看，他的作品大体可分为：北方的故事和社会问题小说。北方的故事主要以淘金热作为背景，描写了阿拉斯加和加拿大北部的土著人和白人的生活，刻画了人与自然的严酷搏斗，以及人与人之间错综复杂的社会关系。而他的社会问题小说则针砭时弊，揭露了当时社会上的种种不公和资本主义剥削、虚伪的本质。在这些作品中，杰克·伦敦向世人展示了一个个陌生而广阔的世界，塑造了形形色色的鲜活人物，征服了亿万读者。

北方的故事系列生动形象地刻画了生命的顽强和人性的刚烈。《野性的呼唤》《热爱生命》《北方的奥赛德》是杰克·伦敦北方故事体系中的三部典型作品。《野性的呼唤》发表于1903年，是美国文学史上的经典作品，被誉为"世界上读得最多的美国小说"。整个故事以阿拉斯加淘金热为背景，故事的主人公是一只叫巴克的大型杂种狗。巴克原本生活于一个无忧无虑的法官家庭，但是被拐卖到严酷的北方，成了一只拉雪橇的苦役犬。在弱肉强食的险恶环境中，他被迫为了生存而拼杀，不顾道义的处世原则，变得凶悍、机智而狡诈，内心深处的野性不断被激活。最后，在他热爱的主人惨遭不幸后，他最终切断了与人类社会的纽带，在荒野的声声呼唤感召下，汇入狼群，重归自然。杰克·伦敦运用拟人手法，把狗眼中的世界及人类的本质刻画得淋漓尽致，反映了资本主义社会冷酷的现实和"优胜劣汰，适者生存"的自然法则。小说的主题——战胜敌人并存活下来所需的力量与勇气，一直是杰克·伦敦创作的核心思想。

同样著名的短篇小说《热爱生命》，塑造了一个性格坚忍的人物形象。小说的主人公是一个淘金者，在弹尽粮绝、受伤严重的情况下，被朋友抛弃在可怕的荒原上。在近乎绝望的处境下，他独自面对饥饿、寒冷、伤病和野兽的威胁。然而，即使经受极度饥饿和疲劳，甚至脑中出现幻觉，濒临死亡，他仍然不放弃对生命的渴求。他靠强大的求生意识战胜了一只病狼，靠吸吮狼的鲜血来延续生命，一点一点向前挪动，并最终获救。杰克·伦敦笔力刚劲，文风粗犷犀利，将主人公置于极端严酷、生死攸关的环境中,让他通过自己的努力战胜困境,最终获得胜利。这段生命奇迹表现出对目标的追求,对恶劣环境的忍耐,塑造了独立斗争、永不妥协的英雄主义精神,展现出人在绝境中所能爆发的生命能量,奏响了一曲生命的赞歌,永远激励着困境中的人们不断前行。

《北方的奥赛德》同样描述了为了目标而坚持不懈、克服万难的精神。在世界边缘的一个海岛上,一位年轻的印第安酋长和一个女孩相爱,但在新婚之夜女孩被强壮的白人掠走。为了夺回妻子,这位勇敢而执着的酋长几乎走遍了整个世界,过着地狱般的生活,历经千辛万苦后,终于找到了失散多年的妻子。但她已经认不出她曾经的爱人。她深深爱上了白人丈夫,在白人的现代社会里如鱼得水。酋长不甘心,精心设计了复仇计划,以淘金作为诱饵把白人情敌引入北极荒野,让他活活饿死。然而,他的爱人在知道真相后却把刀刺进了他的胸口。结局是悲惨的,但是印第安酋长不达目的誓不罢休的坚持和努力还是感动了读者。小说的结局也能引发读者思考:我们应该同情酋长的悲惨遭遇,还是谴责他的谋杀行为?

杰克·伦敦作品的另一个系列——社会问题小说则揭露了现实的丑陋和残酷。《墨西哥人》《叛逆》是社会问题小说系列中的两部典型作品。《墨西哥人》描写了一个流落在美国的墨西哥革命者。他目睹父母和同胞惨死在狄亚士独裁政权的屠刀下,复仇成了他活下去的唯一动力。为了生存,他甘心成为职业拳击手训练中的"人肉"靶子，但也由此练就了一身好拳术。他加入革命组织，默默地充当清洁工，出色地完成组织交付的任务，并用自己打拳换来的血汗钱填补经费空缺。最后，为了弄到购买枪支的巨额资金，他以无比顽强的革命意志战胜了美国一流的拳击家。拳击比赛是这篇小说的高潮，占了全文三分之二的篇幅。杰克·伦敦把人物性格放在紧张、残酷、扣人心弦的拳击比赛中来表现，生动刻画了主人公的坚毅、镇静、勇敢和机智。通过这篇小说，杰克·伦敦对墨西哥人民反抗独裁政权的革命斗争表达了支持和同情，同时也对美国资产阶级社会的种族歧视表示了厌恶和谴责。

《叛逆》塑造了一个穷苦的童工形象。他出生在飞花弥漫的纺织车间，从7岁开始就成为家庭赚钱的主力，和母亲一起肩负养活弟弟妹妹的重担。孩子聪明、勤奋，很快成为监工口中的"榜样"，但是他付出的辛苦比别人多很多，也被更加无情地剥削。文中的细节描写让读者的心一次又一次被揪起。"他踉踉跄跄地走着，两只胳膊无力地垂在体侧，双肩向前扭曲，胸膛被挤得狭窄，就像是一只生病的猿猴，既古怪又可怕。"最后，他选择了叛逆，逃离了榨干他心血的工厂和大家庭，走向了未知的茫茫世界。小说篇幅很短，但是细节处展现的悲惨境况让人充满了心酸和哀叹。《史密森尼杂志》表示，如果你想知道在资本主义的严苛压榨下，工人是如何变成机器的，不妨看看杰克·伦敦的《叛逆》。

对本书的翻译，我们尽可能忠实于原著，同时顾及汉语读者的阅读可接受性。我们注重在叙述话语的翻译中力求真实顺畅，在角色话语的翻译中表现个性风格，既不囿于原文，不欧化汉语，也不过于标新立异，另辟蹊径。尽管我们做了不少努力，但百密难免一疏，倘若译文尚有不足之处，哪怕是极小的一点失误，也敬请读者批评指教，译者将不胜感激。

徐玉苏　黄　璐
浙江工商大学
2018年10月

目录
CONTENTS

- 译者序　　　　　　001
- 野性的呼唤　　　　001
- 热爱生命　　　　　117
- 北方的奥德赛　　　147
- 墨西哥人　　　　　197
- 叛　逆　　　　　　237

野性的呼唤

第一章
来 到 蛮 荒

古老的渴望涌动跳跃，

努力挣脱习俗的束缚；

再次从寒冬的沉睡中，

唤醒原始野性的旋律。

巴克不会读报纸，否则他就会知道麻烦事要来了。不单单是他，从普吉特海湾①到圣地亚哥的每只弄潮狗，但凡肌肉发达、皮厚毛长，都会有麻烦。因为那些去北极探险的人们发现了一种黄色金属，汽船和运输公司都在大肆宣扬这个发现，使得成千上万的人不断奔赴北部地区。这些人都需要狗，这些狗要身材粗壮，肌肉发达，吃苦耐劳，还要有厚长的皮毛能抵御严寒。

---

① 美国华盛顿州西北部海湾。从阿德默勒尔蒂湾（Admiralty Inlet）和惠德比（Whidbey）岛向南延伸160公里，经胡安·德富卡（Juan de Fuca）海峡和乔治亚海峡通往太平洋。

巴克生活在阳光明媚的圣克拉拉谷的一所大宅子里，人们称那所宅子为米勒法官家。它远离道路，半掩在树丛中，透过树丛可以瞥见宅子的四周是宽阔凉爽的门廊。几条沙砾铺成的车道蜿蜒曲折，穿过宽阔的草坪直通房前。车道上方，高高的白杨树枝干交错。宅子后方比前面更加开阔，那里有几座大马厩，十几个马夫和伙计们在那里饲养马匹；有几排爬满葡萄藤的小屋供仆人居住；还有一排整齐矗立、望不到尽头的外屋，长长的葡萄架、青草地、果园和浆果地。还有一个配着抽水泵的自流井和大型水泥储水池，米勒法官家的小子们上午在这里游泳，炎热的午后在这里纳凉。

在这片广阔的领地上，巴克就是老大。他在这里出生，已经在这里生活了四年。不错，这里还有别的狗，这么大的地盘上怎么可能没有别的狗呢？但是他们都不值一提。他们来来去去，要么居住在拥挤的狗舍，要么独自生活在宅子的隐蔽处，跟日本哈巴狗图茨或者墨西哥秃子伊莎贝尔一个样子——这些奇怪的家伙很少出来或者下地走动。另外，还有猎狐，至少有二十只。图茨和伊莎贝尔只要朝窗外看一眼，这些猎狐就会朝着他们恐吓狂吠，于是一群女佣便拿着扫帚和拖把过来保护他们。

但是巴克既不是家狗也不是窝里的狗。整个领地都是他的。他跟着法官的儿子们在储水池戏水，或是跟着他们去打猎；在漫长的黄昏或者清晨，他陪伴着法官的两个女儿莫莉和爱丽丝漫步；在冬夜，法官坐在图书馆熊熊的火炉前，而他则躺在法官的脚边；他驮着法官的孙子们，带着他们在草地上翻滚，当孩子们去马厩院子里的喷泉旁疯狂地冒险，他就寸步不离地保护他们，甚至保护他们去更远的围场和浆果地。它趾高气扬地走在猎狐中间，完全忽视图茨和伊莎贝尔，因为他才是国王——米勒法官的大宅子里所有飞禽走兽的国王，包括人类在内。

巴克的父亲，埃尔默，是一只体型巨大的圣伯纳犬，曾是法官形影不离的伙伴，巴克也有希望子承父业。他的体型没有父亲那么大——只有一百四十磅——因为他已故的母亲谢普是一只苏格兰牧羊犬。然而，一百四十磅的体重，加上优越的生活和大家的尊重给他带来的荣耀感，让他身上有种王者之气。从幼犬时期开始，这四年来他一直过着让他心满意足的贵族式生活；他颇为自己骄傲，甚至有点儿自大，就像孤陋寡闻的乡绅有时表现的那样。但是巴克拯救了自己，没有成为娇纵的家犬。打猎及类似的户外趣事让他控制住了脂肪的增长，肌肉则更加紧实；巴克和所有喜爱冷水浴的动物一样，爱好玩水也起到了强身健体的作用。

这就是1897年秋天巴克的生活，当时克朗代克河的淘金热吸引了全世界的人们来到天寒地冻的北方。但是巴克不会读报，他也不知道他只见过几次的曼纽尔——园丁的一个帮工，是多么讨厌。曼纽尔有一个改不掉的恶习，他喜欢玩中国式赌博，而且在赌博中，他有一个改不掉的弱点——就是对某种方法坚信不移；这就注定了他要倒霉。因为他这样赌需要很多钱，而帮工的微薄工资还不够支付他妻子和一大堆孩子的开销。

在那个难忘的夜晚，法官在葡萄种植者协会开会，男孩们忙着组织运动俱乐部，而曼纽尔做出了背叛行为。没人看到他和巴克穿过果园，当时巴克想着自己只是去溜达一会儿。除了一个人，谁也没有看到他们来到了一个叫作"大学公园"的小旗站。这个人与曼纽尔谈了一会儿，然后硬币相撞的叮当声在他们之间响起。

"你要把货绑起来再给我。"陌生人粗声粗气地说，曼纽尔就拿了根结实的绳子在巴克颈圈下面的脖子上套了两圈。

"绳子一拽就能把他憋个半死。"曼纽尔说。陌生人咕哝着表示赞同。

巴克沉默又不失尊严地让绳子套住自己。诚然，这跟平常不太一样，但是他已经学会相信他认识的人，相信他们的智慧超越他自己的智慧。但是，当绳子的另一头被交到陌生人手里的时候，他气势汹汹地咆哮起来。他仅仅是略微表示一下不满，他一直骄傲地认为命令只要稍微表示一下就行了。但出乎他意料的是，他脖子上的绳子收紧了，让他无法呼吸。巴克立刻暴跳如雷，扑向那个人，但是中途就被那个人紧紧地掐住了喉咙，敏捷地把他摔了个四脚朝天。巴克愤怒地挣扎，舌头耷拉在外面，巨大的胸膛徒劳地喘息着，可是绳子却残忍地收紧了。在他的一生中，从来没有受到这样卑劣的虐待，他也从来没有如此愤怒过。但是他的力气渐渐减弱，眼睛变得模糊。火车什么时候进站，这两个人什么时候把他扔进了行李车厢，他完全不知道。

接下来他知道的便是，迷迷糊糊地感到舌头很痛，自己在一辆车上颠簸。火车头嘶哑的鸣笛声告诉他自己在什么地方。他经常跟着法官旅行，哪能不知道在行李车厢中颠簸的滋味。他睁开双眼，眼中喷射出强烈的怒火，像是被绑架的国王。那人扑过来勒住巴克的喉咙，但是巴克比那人的反应更快，牙齿紧紧咬住了那人的一只手，不肯松开。双方就这样僵持着，直到他被掐得透不过气，再次失去知觉。

"看，这狗又抽风了。"男人说着，把自己的手藏起来，不让被打斗声音吸引过来的行李员看到。"我把他带到旧金山老板那儿去，那儿有个贼好的狗医，说能治好他。"

在旧金山海边一家酒吧后面的小屋里，那人说起那晚的旅行，口若悬河地为自己辩护了一番。

"我一共就拿了五十块，"他抱怨道，"下次给我一千块，我也不干了。"

他的手被一块血迹斑斑的手帕包着，右裤腿从膝盖至脚踝全撕烂了。

"另一个傻瓜拿了多少？"酒吧老板问道。

"一百,"他回答,"少一个子儿都不行,千真万确。"

"那就是一百五十块,"酒吧老板算了算,"这狗值这么多,不然我就是个傻瓜。"

拐狗人解开血迹斑斑的手帕,看着自己被咬伤的手:"我要是不得狂犬病……"

"那你也会不得好死,"酒吧老板大笑道。"来,帮我一把,再拉你的货。"他又加了一句。

巴克头昏眼花,喉咙和舌头疼痛难忍,被勒得半死,但是他仍然努力面对折磨他的人。然而,他一次又一次被摔在地上,一次又一次被卡住喉咙,无法呼吸,直到他们成功锉掉他脖子上的黄铜颈圈。接着,巴克身上的绳子被解开了,他被猛地扔到笼子般的板条箱中。

那天晚上剩下的时间,他疲惫不堪地趴在那里,压制着怒火,安抚受伤的自尊。他不明白所有这些意味着什么。这些陌生人想拿他干什么?这些人为什么把他关在这个狭窄的板条箱里?他不知道为什么,但隐隐觉得大祸临头。晚上,小屋的门"当啷"一声开了好几次,他跳起来,期待能看到法官,或者至少看到那些男孩。但每次都是酒吧老板肿胀的脸,借着惨淡的牛油烛来窥视他。每次巴克喉咙颤抖要发出的欢叫,都变成了狂怒的咆哮。

但是酒吧老板任他咆哮。早上,四个男人进来把板条箱搬走了。巴克认定他们又是来折磨他的,因为他们看起来凶神恶煞，衣衫褴褛，而且粗野不堪；他隔着箱格子向他们发出暴怒的吼叫。他们只是大笑，还用棍子戳他，他立刻去咬棍子，后来他才意识到上了他们的当。于是，他闷闷不乐地趴下，任凭他们把板条箱搬上马车。巴克和囚禁他的箱子几经易手。他先是被邮递办公室的职员接管，然后被装入一辆马车强行运走，再装进一辆载着各种各样盒子和包裹的卡车，开上了渡轮，等卡车下了渡轮，又开进了一个大火车站。最终，他被放在一节特快列车的车厢里。

车厢被一个呜呜叫的火车头拖着走了两天两夜；这两天两夜中巴克没吃没喝。因为愤怒，他第一次见到快递工们便朝着他们怒吼，于是他们以戏弄他作为回敬。他全身发抖，口吐白沫，全力撞向栏杆，而他们就嘲笑、奚落他。他们学下贱可恶的狗乱叫，又学猫叫，还扑扇着双臂学鸡叫。他知道，这一切都很愚蠢，但是也因此倍感尊严受损，心中的怒火越来越旺。肚子饿了不打紧，但是口渴却让他备受煎熬、怒不可遏。而且，因为愤怒、高度紧张、敏感，加上被虐待，他发起烧来，再加上口干舌燥，喉咙肿痛，情况更加严重。

不过有一件事使他高兴：脖子上的绳子解开了。那玩意儿曾不公平地给了他们优势，但是既然绳子已经解开，那么是时候给他们点厉害尝尝了。他下定决心不让他们再用绳子套住脖子。他在两天两夜没吃没喝的折磨中积累了满腔的怒火，不论谁先冲撞他都会倒霉。他双眼充血，变成暴怒的恶魔。他变化这样大,就算是法官本人见了也会认不出来;列车到达西雅图站,快递工们把他卸下车,终于长长地舒了一口气。

四个人小心翼翼地把板条箱抬下车,进入一个四周有高墙的小院。一个壮实的男人走了出来,他穿了一件领口松松垮垮的红色线衫,在车夫的登记簿上签了字。巴克估计他就是下一个要折磨他的人,于是猛烈地撞向板条。那个男人冷冷一笑,拿来一把短柄小斧和一根棒子。

"你不是现在就要把他放出来吧?"车夫问道。

"当然。"那个人回答,说着就用斧头去砍板条箱。

四个抬他进来的人立即四散开来,爬到墙顶安全的歇脚处,准备看一场好戏。

巴克扑向裂开的木头,死死咬住,连撞带扭。外面的斧头砍到哪里,它就扑向哪里,龇牙咧嘴,咆哮不已,拼命想要出去,穿红色线衫的男人却是淡定地一心想要放他出去。

"来吧,你这个红眼怪。"他说着,砍开了一个口子,足够让巴克钻出去。与此同时,他放下斧头,把棍棒换到右手。

巴克确实是个红眼怪,只见他收拢身体,毛发竖起,口吐白沫,充血的眼中全是疯狂的光芒。他带着一百四十磅的体重和两天两夜郁积的愤怒,纵身跃去,径直扑向那个人。他跃到半空中,正要咬住那个人时,受到重重一击,顿时不能动弹,牙齿痛苦地碰在一起。他身子一翻,倒在了地上。他一生从未挨过棍棒,因此不明白怎么回事。他吼叫了一声,一半是咆哮，更多的是尖叫，但他再次站了起来，扑向空中。结果他再次猛然一震，啪的一声摔倒在地。这次他终于明白是棍棒让他如此狼狈，可是疯狂已经让他无所顾忌。他猛攻了十多次，但是每次棍棒都阻挡下他的攻击，把他打倒在地。

在受到特别猛烈的一击后，他爬起来，头昏眼花，没法再次扑击。他颤颤巍巍、有气无力地摇晃身体，血从鼻子、嘴巴和耳朵里流出来，美丽的皮毛溅满了血沫。那人走上前，不慌不忙地在他的鼻子上狠狠打了一棒。这一棒让他痛得钻心彻骨，超越了他挨过的所有疼痛。他发出狮子般凶猛的怒吼，再一次扑向那人。但是那人把棍棒从右手换到左手，冷静地抓住他的下颌，同时向下、向后一拧。巴克在空中转了一圈，又转了半圈，然后头胸着地摔倒在地。

他又做了最后一次努力。那个人故意忍了很久，才阴狠地出手；巴克缩成一团，倒在地上，完全失去了知觉。

"我敢说，他是训狗的一把好手。"站在墙顶的一个人兴致勃勃地叫道。

"德鲁脱每天都驯印第安马呢，星期天还驯两匹。"车夫回答，说着爬上车赶马走了。

巴克恢复了知觉，但是全身虚软无力。他躺在自己摔倒的地方，观察着穿红线衫的男人。

"名副其实，这狗叫巴克。"那个人独自念着酒吧老板的信，信里写明了板条箱的运送情况和内容。"好，巴克，好孩子,"他用温和的语气说道,"我们刚才有点小摩擦,不要把这个放在心上。你明白了自己的身份,我也明白我的。只要你乖乖的,就万事大吉,前途光明。不然的话,我就揍死你。明白了吗?"

他说着,毫不畏惧地拍了拍巴克被他痛打过的头,虽然巴克的毛发在他的触碰下不自觉地竖了起来,但是他无法抗议,默默忍受了下来。那人给他拿来水,他急切地喝了起来,随后又狼吞虎咽地吃了一顿丰盛的生肉,是那个人一块块喂给他吃的。

他挨打了,他知道,但是他没有被打垮。他彻底明白自己打不过拿着棍棒的人。他得到了教训,在此后的一生中他从未忘记这个教训。那根棍棒是一个启示,让他明白了统治的原始规则,他活了这么大才第一次体会到。生活开始呈现出种种残酷;虽然他面对这些不以为然,但是他内里所有狡猾本性也被唤醒。时间一天天过去,来了其他一些狗,有的是用板条箱运来的,有的是用绳子牵来的,有的狗温顺,有的狗如同他刚来时那样愤怒咆哮;他看着他们一个个被穿着红线衫的人驯服。他一次次看着残酷的场面,教训变得刻骨铭心:拿着棍棒的人就是立法者,虽然不一定要讨得他的欢心,但是必须要服从于他。巴克看到有些挨过打的狗讨好那个人,摇着尾巴,舔他的手,但是他从来不会这样做。他也看到过一只狗,既不讨好也不服从,最后在争夺统治权的过程中被杀了。

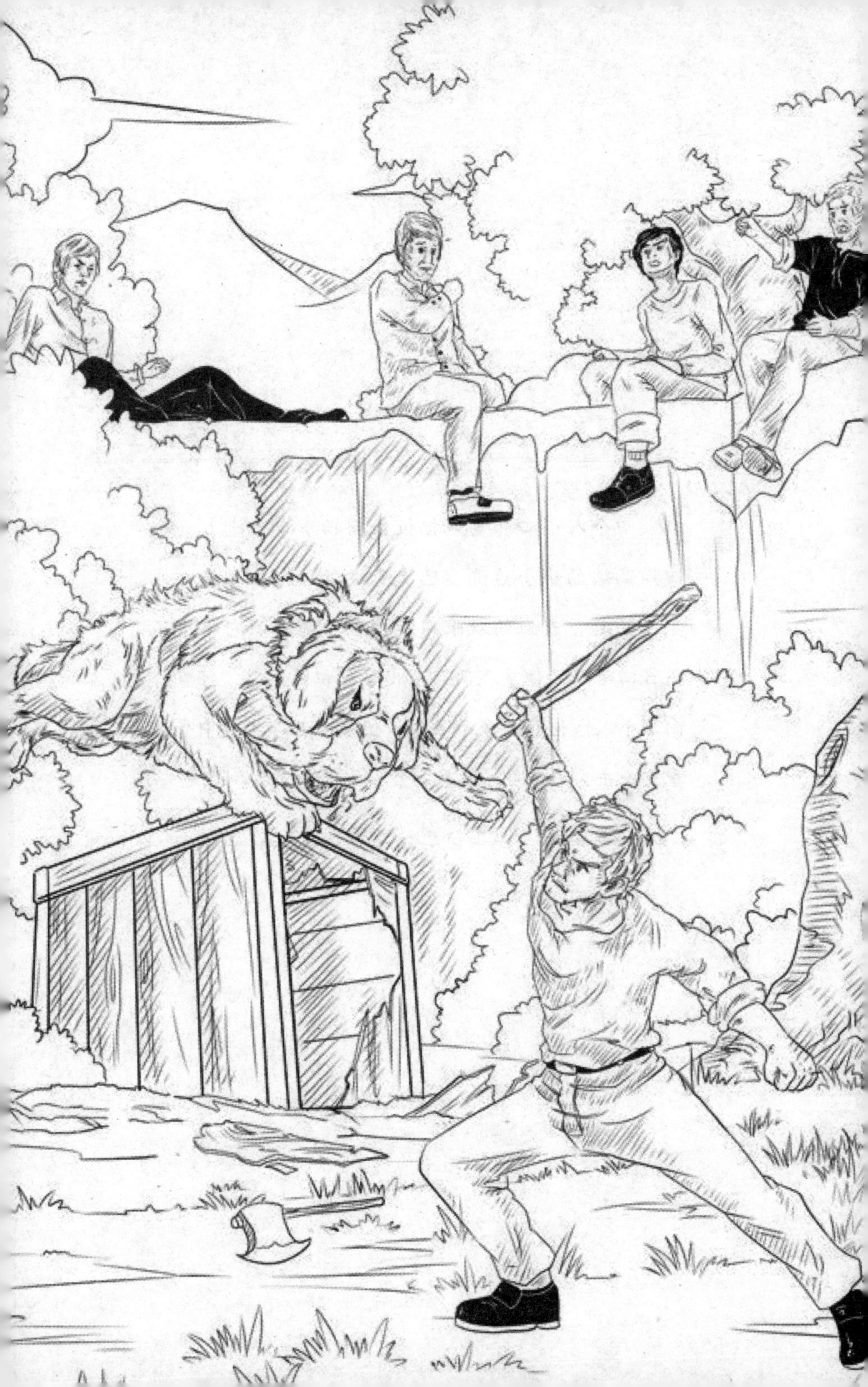

四个人小心翼翼地把板条箱抬下车，进入一个四周高墙的小小后院。巴克变成了一个红眼怪，他毛发竖起，充血的双眼释放出疯狂的光。它集中了一百四十磅的体重在两天两夜里郁积的愤怒，径直扑向那个人。他猛攻了十多次，但每次都在半空中受到重重一击，接着身子猛然一震，啪的一声摔倒在地。

不时有陌生人来，他们兴奋地与穿着红线衫的男人高谈阔论，千方百计讨好他。这时，他们之间就会有金钱往来，然后陌生人就会带走一两只狗。巴克不知道他们去了哪里，因为他们再也没有回来；但是对未来的恐惧深深压在他的心头，他很高兴每次都没有人选中他。

然而最后还是轮到他了，带走他的是一个身材瘦小、形如枯槁的男人，他喷着蹩脚的英语，发出很多又奇怪又粗鲁的脏话，让巴克听不懂。

"该死的贱货！"他看到巴克时眼睛一亮，叫道："真他妈是一条好狗！嗯？多少钱？"

"三百，算个人情，"穿红线衫的男人立刻回答。"既然花的是公家的钱，你就别讲价了，嗯，佩罗？"

佩罗咧嘴笑了笑，心中盘算着，现在对狗的需求太过旺盛，狗的价格已经高得离谱，这样的价格买这么好的狗不算亏。加拿大政府也不会亏，公文邮件也会投递得快点。佩罗懂狗，他一看就知道巴克是条千里挑一的好狗。"万里挑一。"他心里暗自估量着。

巴克看到他们之间有金钱往来，所以当性情温和的纽芬兰犬柯利和他被身材瘦小、形如枯槁的男人带走时，并不感到惊讶。那是他最后一次见到穿红线衫的男人。他和柯利站在"纳华尔号"的甲板上，看着渐渐后退的西雅图，那是他最后一次看到温暖的南方。佩罗把巴克和柯利带到甲板下面，交给一个面色黝黑、人高马大的名叫弗朗索瓦的人。佩罗是法裔加拿大人，皮肤黝黑；而弗朗索瓦是法裔加拿大混血，皮肤还要黑上一倍。对巴克来说，他们是另一类人（他注定要见到更多这样的人），他不喜欢这类人，但依然真诚地敬畏他们。他很快知道，佩罗和弗朗索瓦都是公平的人，惩处之时冷静又不失偏颇，对付狗很有一套，不会被狗愚弄。

在"纳华尔号"的中层甲板，巴克、柯利和另外两只狗待在一起。其中一只身形高大，全身雪白，来自斯匹茨卑尔根岛①。他曾经跟随一位捕鲸船船长，还跟一支地质勘探队去过北美洲的荒漠之地。他表面友好，其实有点奸诈，心里盘算着阴谋诡计的时候会冲你微笑。比如，他偷巴克第一顿饭的时候就是这样。正当巴克跳起来要惩罚他时，弗朗索瓦的鞭子声就在空中响起，早一步落在了罪犯的身上；巴克只需把骨头抢回来就行。他认定，弗朗索瓦是公平的，因此这个混血儿的地位在他的心中开始上升。

另外一只狗不接近其他狗，其他狗也不接近他；他也不想从新来的狗那里偷取食物。他神情沮丧，郁郁寡欢，显然是用行动告诉柯利，他想一个人待着；甚至，谁去打扰他，就是自找麻烦。他叫戴夫，除了吃就是睡，偶尔打个哈欠，对任何事

---

① 匹茨卑尔根岛是挪威斯瓦尔巴群岛中最大的岛屿，靠近北极。是荷兰探险家巴伦支于1596年6月19日首先发现的。

物都了无兴趣，甚至当"纳华尔号"穿过夏洛特女王峡湾①，像着了魔似的颠簸摇晃、上下起伏，他也是如此。巴克和柯利则十分不安，吓得半死。这好像惹恼了戴夫，他抬起头，漫不经心地瞥了他们一眼，打了个哈欠，又继续睡觉了。

　　日夜轮回，随着螺旋桨不知疲倦地运转，轮船向前跃进，虽然日子每天都一样，但是巴克明显感到天气逐渐变冷。终于一天早上，螺旋桨安静了，"纳华尔号"上弥漫着兴奋的气氛。他和其他狗一样感受到了，知道即将发生一些事情。弗朗索瓦用皮带拴着他们，把他们带上了甲板。巴克一踏上寒冷的船面，双脚便深深陷进泥似的白色东西里。他喷了一下鼻息，跳了回来。越来越多这种白色的东西从空中飘落下来。他浑身一抖，但是更多白色的东西落在他的身上。他好奇地嗅了嗅，用舌头舔了舔。那东西像火一样咬他，但立刻就没了。他困惑不已。又试了一次，结果还是一样。旁观者看了哄堂大笑。他觉得难为情，但又不知道是什么原因，因为这是他第一次见到雪。

---

　　① 夏洛特女王峡湾位于新西兰南岛北端，属于马尔堡峡湾的一部分，贯通南、北岛之间的海峡渡轮就穿行其中。行驶在峡湾内可见海天雪峰，苍翠岛屿，风景如画，也可欣赏海鸟、海豹和海豚等野生动物。

第二章
棍棒和犬牙的法则

巴克在戴伊海滩的第一天好似一场噩梦。每时每刻都充满震惊和意外。他忽然被猛地拉出文明的中心,抛到原始的中心。这里可没有阳光普照、无所事事的惬意生活,也不会像以前那样除了闲荡和无聊以外再没什么正经事可做。这儿既不平静,也不消停,甚至时刻充满危险。到处都是混乱和斗争,生命和肢体每一刻都处在危险中。因此,必须时刻保持警惕,因为这里的狗和人不是城里的狗和人。他们全都野蛮残暴,目无法纪,只知道棍棒和犬牙的法则。

他从没见过撕打起来跟狼一样凶狠的狗,他的第一次经历给了他难忘的教训。确实,这是一次间接获得的经验,否则他早就在教训中死了。受害者是柯利。他们驻扎在木料场附近。在那里,柯利友好地接近一只如成年狼一样大小的爱斯基摩犬,爱斯基摩犬的身型不及柯利的一半。他没有发出任何警告,只是忽然像闪电一样跳起来,牙齿发出金属般的撕咬之

声,然后又迅速跳开,柯利的脸就被撕裂了,从眼睛一直拉到下巴。

突然袭击,然后迅速跳开,这是狼的战术;但是这次不仅如此。三四十只爱斯基摩犬跑过来,默不作声地把柯利和他的敌人团团围住。巴克不明白他们沉默的意图,也不明白他们何以那么急切地舔着自己的下巴。柯利猛然冲向她的敌人,但是对手再次突袭然后跳开。柯利第二次冲过来的时候,对手用胸膛顶住,并且用一种特别的方式使柯利跌倒在地。柯利再也没有爬起来。这就是围观的爱斯基摩犬翘首盼望的时刻。他们向柯利围拢,又嚎又叫,柯利痛苦地惨叫着,被一个个毛发竖立的身体压在下面。

事情发生得这么突然,这么出乎意料,巴克吓了一跳。他看到斯皮茨伸出鲜红的舌头,好像在笑,然后他看到弗朗索瓦挥舞着一把斧头,跳到混乱的狗群里。三个男人也拿着棍棒来帮他驱散狗群。这没有花费多少时间。柯利倒下两分钟之后,最后一只攻击她的狗也被棍棒驱散。但是柯利躺在被鲜血染红、满是爪印的雪地上,浑身无力,危在旦夕,几乎被撕成了碎片。那个黝黑的混血儿就站在她旁边,狠狠地咒骂着。这个场景时常出现在巴克的梦中,让他睡不安稳。这里就是这样,没有什么公平可言。一旦倒下,就是你的末日。嗯,他要小心,绝不让自己倒下。斯皮茨又伸出舌头笑了,从那一刻开始,巴克对他恨之入骨,这恨永远都不会消散。

巴克还没从柯利惨死的打击中回过神来，又遭受了另一次打击：弗朗索瓦用皮带和搭扣把他牢牢地捆了起来。这是一种挽具，他见过的。他曾在家里看过马夫给马套上这种挽具，看过马干活，现在他也得跟马一样，拉着雪橇载着弗朗索瓦到山谷边缘的森林里，再拉一堆柴火回来。虽然被当作役畜深深刺痛了他的自尊心，但是他很聪明，没有反抗。他决心全力以赴干好活。这种工作对他来说是崭新的，新鲜的。弗朗索瓦非常严厉，他的要求你得立即服从，他手中的鞭子总能让他如愿以偿；戴夫是只经验丰富的辕狗，只要巴克一犯错，就会咬巴克的后腿。斯皮茨是只领头狗，同样经验丰富，他总是够不着巴克，所以不时尖锐地吼两声以示责备，或者狡猾地把自己的体重甩到缰绳上，迫使巴克回到自己该走的路上。巴克学得很轻松，并且在他的两个同伴以及弗朗索瓦的调教下进步飞快。在他们回到营地前，巴克就知道"哇"是停下，"嗨"是前进，拐弯时绕大圈，拖着载重雪橇走下坡时紧紧跟在他们脚后，一定要避开辕狗。

"真是三条好狗哇！"弗朗索瓦告诉佩罗："那只巴克，真他娘的卖力气，学得很快。"

到了下午，匆匆忙忙要去寄送急件的佩罗又带回两只狗。他叫他们"比利"和"乔"，他们是两兄弟，都是真正的爱斯基摩犬。虽然他们是一母所生，性格却截然不同，就好像白天和黑夜一样。比利有个缺点：太过温顺，而乔则相反，脾气暴躁内向，成天嚎叫，眼神里也总是充满恶毒之意。巴克待他们如革命同志，戴夫则忽视他们，而斯皮茨则教训完了第一个再教训另外一个。比利息事宁人地摇了摇尾巴，发现这样没用的时候拔腿就跑。斯皮茨锐利的牙齿咬到他的腰，他就叫喊（仍是一副想要息事宁人的样子）。可是，乔则不同。但是不论斯皮茨如何转圈，乔也紧跟着他转动身体，面对着他，颈毛竖起，耳朵向后耷拉，嘴巴扭动，低声嚎叫，下巴啪的一声快速合拢，眼睛闪着恶毒的光芒——活脱脱一副视死如归的模样。面对这样的凶相，斯皮茨不得不放弃教训他；但为了掩饰自己的窘迫，斯皮茨转向并没招惹他、一直躲在旁边哀号的比利，把他赶到了营地边缘。

晚上，佩罗又弄到另一只狗，那是一只上了年纪的爱斯基摩犬，又长又瘦，面容憔悴，脸上有一道打斗留下来的疤，一只独眼闪着凶猛勇敢的光，一看就让其他狗肃然起敬。他的名字叫索莱克斯，意思是"愤怒者"。他像戴夫一样，不求什么，不给予什么，也不期待什么；当他慢慢前进、故意走到他们中间时，就连斯皮茨也不敢招惹他。他有一个怪癖，这是在巴克倒了一次霉后才发现的：索莱克斯不喜欢别人从他瞎眼那一边靠近。巴克无意中犯了这个忌讳，他刚意识到自己的鲁莽，索莱克斯就已经旋风般地扑向他，一口咬住他的肩膀，撕开了一道上下三英寸长的口子，骨头都露出来了。此后，巴克绝不出现在索莱克斯瞎眼的那一边，从此以后双方便也和睦相处，相安无事。索莱克斯跟戴夫一样，表面上看起来只想自己一个人待着；但是后来，巴克才知道他们各自都有更大的雄心壮志。

那天晚上，巴克面临着睡觉的大难题。帐篷被烛火照亮，在茫茫的白色平原中发出温暖的光亮；他理所当然地进去了，可是佩罗和弗朗索瓦却对他大声咒骂，还用厨具赶他，直到他从惊愕中恢复，无地自容地逃到寒冷的室外。一阵冷风呼啸而来，吹得他生疼，好似有一种特殊的毒液渗进他受伤的肩膀中。他躺在雪地里，想要入睡，可是不久就被冻得浑身发抖。他怀着凄惨而郁闷的心情，徘徊在很多帐篷之间，发现到处都一样冷。到处都有野狗向他扑来，可他一竖起鬣毛嗥叫（这个他学得很快），他们就不再伤害他，放他走。

最后，他想到了一个办法：他要回去看看队友是如何应付的。出乎意料的是，他们消失了。为了寻找他们，他再一次游荡在巨大的营地里，绕了一圈回来了。难道他们在帐篷里？不，不可能，否则他就不会被赶出来了。那么他们到哪里去了呢？他夹着尾巴，身体瑟瑟发抖，愁眉苦脸，漫无目的地绕着帐篷兜圈子。突然他两条前腿下面的雪塌了，他掉了下去。脚下有东西在扭动，他立刻往回跳，毛发竖起，低声嚎叫，对看不见的未知东西充满恐惧。但是一声友好的吠叫安抚了他，于是他走回去想看个究竟。一股暖气钻进了他的鼻孔。雪的下面蜷缩着一个温暖的球状物，原来是比利趴在那里。比利息事宁人地呜呜叫着，扭来扭去表示他的善意，甚至大着胆子用他温暖湿润的舌头舔巴克的脸，作为和平的贿赂。

这又是一课，原来他们就是这么睡觉的，嗯？巴克很自信地选了一个地方，在一番小题大做和无用功之后，为自己刨了一个坑。只一会儿工夫，他身体的热量填满了这个小小的空间，他就这样躺下去睡着了。那天过得又漫长又艰苦，他睡得很沉很舒适，尽管他跟噩梦搏斗，又嚎又叫。

直到清晨营地的嘈杂之声把他吵醒，他才睁开眼睛。起初，他不知道自己在哪里。晚上下雪了，把他完全埋了起来。四周的雪像墙一样向他挤压过来，一种强烈的恐惧感袭遍全身——野生动物对于陷阱的恐惧。他是一只文明的狗，过度文明化了的狗，在他的经历中没有碰到过陷阱，所以不可能害怕。此时的恐惧说明他通过自己的经历开始向祖先的生活回归。出于本能，他全身的肌肉一阵阵收缩，颈部和肩膀上的毛发立了起来，他凶猛地吼叫一声，径直向上跳入耀眼的白昼里。雪花如同发亮的云朵，在他身边飞扬。他四脚还没着地就看到白色的帐篷在他面前展开，他知道自己身在何处，想起了所有的一切，从他与曼纽尔一起散步到昨晚他给自己挖的洞穴。

弗朗索瓦大叫一声，欢迎他的出现："我说什么来着？"狗夫朝佩罗叫着，"那个巴克学东西真是快。"

佩罗认真地点点头。作为加拿大政府的信使，他们带着重要的文公急件，他急着要弄到最优秀的狗，也特别高兴能买到巴克。

一个小时之内，这个队伍又多了三只爱斯基摩犬，总数达到了九只。一刻钟不到，他们已经套好挽具，沿着雪橇路往迪亚峡谷飞奔而去。巴克很开心可以启程了，虽然辛苦，但是他发现自己并不特别讨厌这份工作。某种急于上路的情绪让整个狗队都活跃起来，这种情绪让他很惊讶，也感染了他；但是他更惊讶于戴夫和索莱克斯身上发生的变化。他们都是新来的，挽具让他们彻底改头换面。他们身上所有的消极和漠然都一扫而空，变得警惕、积极，急于把工作做好。不论是什么，只要是造成了延误或混乱，都会让他们大发雷霆。赶路的艰辛似乎是他们存在价值的最高体现，他们为了赶路而生，赶路也是唯一使他们快乐的事情。

戴夫是辕狗，或者叫橇头狗，在他前面的是巴克，巴克前面是索莱克斯，其他队员在前头一字排开，领头狗则是斯皮茨。

巴克被故意安置在戴夫和索莱克斯之间，为的是教育他。他是个聪明的学生，他们俩也是聪明的老师，决不允许他持续犯错，总是用尖锐的牙齿来给他上课。戴夫既公平又聪明。他从不无缘无故地咬巴克，但是该咬的时候也从不宽容。有弗朗索瓦的鞭子做后盾，巴克发觉改正自己的错误比报复来得合算。一次，他身上的缰绳缠绕在一起，队伍不得不停下来，戴夫和索莱克斯都扑向他，狠狠地教训了他一顿，结果缠绕得更糟糕了。但从那以后巴克很注意缰绳，确保顺畅；这一天还没结束，他已经把工作做得很好，他的同伴也不再找他的麻烦了。弗朗索瓦的鞭子不再经常抽在他的身上，佩罗甚至给予巴克一项殊荣：抬起他的脚，仔仔细细地检查了一遍。

这一天跑得很辛苦，上峡谷，穿过羊营，跨过天平山和伐木区的边界，穿越几百尺深的冰川和雪谷，翻越巨大的奇尔库特分水岭，这条分水岭矗立在咸水和淡水之间，威严地守护着悲伤而孤独的北国荒原。他们沿着一连串填满死火山口的湖泊快速前进，夜深了才到达贝内特湖源头的巨大营地，在那里好几千个淘金者正在造船，用来对付冰雪在春天融化。巴克在雪地里挖了一个洞，想好好睡一觉，舒缓极度疲劳的身体，但是一大早，他就在冷飕飕的黑暗中被赶了出来，与他的同伴一起套上了雪橇。

那天路上雪橇多，路踩得实，他们跑了四十英里；但是第二天，以及接下来的好多天，他们得自己开路，行程更辛苦，也慢了许多。佩罗照例跑在队伍前面，用带蹼的鞋子把雪踏实，让他们好拉一些。弗朗索瓦则站在橇舵旁驾驶着雪橇，有时候会跟佩罗调换，可这种时候不多。佩罗急着赶路，他为自己对冰的了解而颇为自豪，这种了解是必不可少的，因为秋天的冰很薄，水流湍急的地方根本没冰。

日复一日，巴克套着缰绳艰苦跋涉，这样的日子没有尽头。他们总是在黑暗中拔营，天蒙蒙亮时已经一口气走出若干英里，身后留下一条新碾压的痕迹。他们总是在天黑之后才扎营，啃完自己那份鱼，爬进雪里睡觉。巴克食量大，一磅半的三文鱼干就是他每天的口粮，一下肚就没了影儿。他从来没有吃饱过，一直遭受饥饿之苦。然而，其他狗，因为体重轻些，又是生下来就过这种生活的，每天一磅鱼也长得很好。

巴克很快改掉了原来挑三拣四的毛病。他吃东西很文雅，却发现他的同伴吃完了自己的食物就来抢他的，根本就来不及阻止他们。当他跟两三只狗争夺的时候，食物早就被其他狗吞到肚子里了。为了避免这样的情形，他吃得跟其他狗一样快；他饥肠辘辘，不再不屑于去抢夺别人的食物。他观察着，也学习着。他看见新来的狗派克——聪明的假病号兼窃贼，趁佩罗转身的时候狡猾地偷走了一块腊肉，于是第二天便如法炮制，偷到了一整块肉。这掀起了轩然大波，却没有被怀疑。而杜布——一个笨头笨脑、老是犯错、老被抓住的狗——因为巴克干的坏事而受到了惩罚。

第一次偷窃行为表明，巴克适合在充满敌意的北国环境中生活，也表明巴克适应力强，能够调整自己以适应不断变化的环境。缺少这种适应性就意味着快速、可怕的死亡。这更进一步表明，巴克的道德本性正一点一点地衰退或者崩溃，这样的本性在无情的生存斗争中毫无用处，甚至会成为障碍。在南方，在爱与友情的准则下，尊重彼此的私有财产和个人情感是件美好的事情，但是在北方，在棍棒和犬牙的法则下，谁考虑那些事情就是个蠢货，只要遵守那些他准会倒霉。

这些不是巴克自己想明白的。他很健康，这就够了，他不知不觉地让自己适应了新的生活方式。在过去的所有日子里，不论胜算如何，他从来没有临阵脱逃过。但是穿红线衫的男人已经用大棒把一个更基本、更原始的法典敲进了他的脑袋。他受过文明熏陶，可以为了捍卫某种道义（比如为了守护米勒法官的马鞭）而牺牲自己，但是他现在已经完全丧失了文明，他有能力摆脱道德束缚，以保住自己的性命。他不是为了享受偷窃的快乐，而是因为肚子的抗议。他没有光明正大地抢，而是秘密地、狡猾地偷，这是出于对棍棒和犬牙的敬畏。简而言之，他之所以做那些事情是因为这样做比不这样做容易生存得多。

他进步（或者说退步）很快。他的肌肉变得坚如钢铁，对于小病小痛已经满不在乎。他的体内体外都变得经济实用。不论多么恶心或难以消化的东西，他都能吃下去。一旦吃下去，胃液就会榨取最后一滴营养，血液把这些营养输送到最远的身体部位，变为最强壮、最坚实的肌肉组织。他的视觉和嗅觉变得无比敏锐，听觉也变得异常灵敏，在睡梦中也能听到最细微的声音，判断这些声音是预示着和平还是危险。他学会用牙齿咬掉积在脚趾缝里的冰；口渴的时候，看到水坑上盖着厚厚的一层冰，他会把绷紧的前腿抬起，然后猛地用力砸开。他最突出的特点是能够提前一晚嗅出风的气息，发出预报。不论空气如何平缓，他在树边或土坡上挖自己的窝，风随后吹来，他总能处在背风处，遮得严严的，温暖舒适。

他不仅从经验中学习，而且他早已消失的动物本能也复活了。多少代的驯养成果从他身上消失了，他模模糊糊地记起自己种族的青年时代，记起野狗成群结队在原始森林里游荡，发现猎物就扑上去吃个精光。对于咬啮、撕扯和豺狼式的猛扑，他都不需要学习。那些被遗忘的祖先们就是这样战斗的。祖先们加速了巴克体内古老生命的复活，他们记录在种族遗传中的古老技巧便是巴克的技巧。这些技巧对于巴克而言毫不费劲，或者不学自通，就好像是他一贯的行事方式。在那些寂静寒冷的夜晚，当他扬起鼻子对着一颗星星，发出像狼一样的长嗥时，那是他早已死去、化为尘土的祖先穿越千百年，通过他扬起鼻子对着星星发出的嗥叫。他的腔调也是祖先们的腔调，表达了他们的悲伤，还有他们所体味到的寂静、寒冷和黑暗。

因此，这首古老的歌便激荡了他的全身，向他表明，生命不过是一种傀儡似的东西，于是他又恢复了自己的本性。他来到这里，是因为人们在北方发现了一种黄色金属，还因为曼纽尔是园丁的助手，而他的工资不够养活老婆和他自己的几个孩子。

第三章
威风凛凛的原始兽性

原始兽性在巴克身上本来就很强烈,拉雪橇的严酷条件又使这种兽性不断强化。然而,这个过程并不明显。新学会的狡猾给了他镇定和自制。他忙着适应新生活,并不感到轻松。他不仅不会挑起争端,还尽可能避免打架。谨慎仔细是他的特点。他没有鲁莽的倾向,从不草率行动;对于他和斯皮茨之间的深仇大恨,他没有表现出丝毫急躁,避开一切会得罪斯皮茨的行为。

另一方面,可能是因为斯皮茨意识到巴克是个危险的对手,所以逮着机会就向他龇牙示威,甚至离开队列去欺凌巴克,常常故意引发争斗,结果只能是不是你死就是我亡。若不是因为一次意外事故,这场争端早在这次旅程开始时就可能已经发生了。那天要休息的时候,他们在勒巴格湖岸边扎了一个简陋凄惨的营地。雪片飞卷,风像白热的刀子一样刮在身上,黑暗迫使他们摸索着寻找安营扎寨的地方。没有比这更糟糕的了。他们的身后是陡峭的岩石,佩罗和弗朗索瓦不得不在湖面的冰上生火,把睡袍摊在冰上睡觉。为了轻装前行,他们早在迪亚就把帐篷扔掉了。他们用几根浮木树枝生了一堆火,火融化了下方的冰又灭了,他们只能在黑暗中吃了晚餐。

巴克在避风的岩石正下方弄了个窝,那个窝又温暖又舒适,连弗朗索瓦在分发火上解冻过的鱼时,他都不愿意离开。但是当巴克吃完自己的那份,转身回去的时候,发现窝被占了。一阵警告的嚎叫表明入侵者是斯皮茨。在此之前巴克一直避免发生冲突,但是这次太过分了。巴克身上的兽性咆哮起来,他狂怒地扑向斯皮茨。这让巴克自己和斯皮茨都吃了一惊,尤其是斯皮茨,因为他与巴克相处的全部经验告诉他,他的敌人异常胆怯,只不过因为壮实的身形和体重才使敌人生存到现在。

两只狗从毁坏的窝里撕咬着跳出来的时候,弗朗索瓦也吃了一惊,他猜到了问题的根源。"啊——啊——啊!"他朝巴克叫着,"你就给他吧,上帝呀!你就给他吧,那个不要脸的小偷!"

斯皮茨也这样觉得。他愤怒、急切地叫着,来来回回绕着圈子想找机会进攻。巴克也同样急切,但又不乏谨慎,来来回回地绕着圈子想占得优势。但是正在这时意外发生了,这件事情让他们之间争夺控制权的斗争推迟了,推迟到了许多疲惫而又辛苦的跋涉之后。

佩罗的咒骂声，棍子敲打在瘦骨嶙峋的身体上发出的巨响，还有痛苦的尖叫声，预示着一场大混乱的爆发。营地里突然出现很多鬼鬼祟祟、毛茸茸的身形——饥饿的爱斯基摩犬，有八九十只，他们在某个印第安村落嗅到了扎营的味道。巴克和斯皮茨打架的时候他们就悄悄潜了进来。当两个男人拿着结实的大棒扑向他们时，他们龇着牙予以还击。食物的气味让他们发狂。佩罗看到一只爱斯基摩犬把头埋在食品箱里，他的棍棒重重打在爱斯基摩犬瘦削的肋骨上，箱子也因此打翻在地。另外二十几只饥饿的野兽立刻争抢散落的面包和培根。棍子落在身上，他们都没有理睬。他们在雨点般密集的大棒下狂吠怒号，却照样疯狂地抢夺食物，直到最后一点面包屑也被他们吞下。

与此同时，震惊的狗队冲出他们的窝，却遭到了这群凶猛的侵略者的袭击。巴克从来没有见过这样的狗。他们的骨头好像要撑破皮肤，全是骨头架子，湿透了的皮松松地披着，目露凶光，獠牙上挂着涎水。但是疯狂的饥饿感让他们变得十分可怕，势不可挡。谁也抵挡不住。狗队在第一轮攻击中就被逼到悬崖边。巴克被三只爱斯基摩犬包围，转眼之间他的头和肩膀就被撕裂了。这样的混战太可怕了。比利像平常一样尖叫。戴夫和索莱克斯即使身受二十多处伤，伤口不停流血，仍然勇敢地并肩战斗。乔像恶魔一样猛咬着。有一次，他咬到了一只爱斯基摩犬的一条前腿，"嘣"的一声便咬断了。爱装病的派克扑到这只被咬瘸的狗身上,牙齿猛地咬住,使劲一扭,脖子便断了。巴克咬住了一只口吐唾沫的对手的喉咙,咬破他的颈静脉,血立刻溅了一身。嘴里那股热血的味道刺激得他更加凶猛。他又扑向另外一只狗,同时感到有牙齿深深嵌入自己的喉咙。原来是斯皮茨,阴险地从侧面袭击他。

佩罗和弗朗索瓦清理了他们那边的营地,又急忙赶去救雪橇狗。那群饿昏了头的野兽在他们面前像狂潮一样退去,巴克才得以脱身。但也仅仅是片刻。两个人不得不跑回去拯救食物,而此刻爱斯基摩犬又跑回来攻击狗队。被迫应战的比利,跳起来冲出野兽的包围圈,从冰上逃跑了。派克和杜布紧跟在他身后,其他队员也跟了出来。巴克耸起身子,准备跟着跳出去,瞥见斯皮茨向他扑过来,显然想要把他摔翻。一旦他倒下去,被那群爱斯基摩犬压在身下,他就没有活的希望了。但是,他振作起来,顶住了斯皮茨的冲击,随后跟着大家向湖上逃去。

后来,九只雪橇狗汇合,在森林中寻找避难所。虽然后面没有追兵,但是他们的处境也是狼狈不堪。每只狗都有四五处伤口,有几只甚至伤得非常严重。杜布的一条后腿严重受伤;在迪亚最后加入这支队伍的爱斯基摩犬多利,他的喉咙被严重撕裂;乔的一只眼睛瞎了;而性情温顺的比利一只耳朵被咬成了几条,整夜呜呜地叫。破晓时分,他们一瘸一拐、小心翼翼地回到营地,发现匪徒们已经离开了,只留下两个发脾气的人。箱子里整整半箱的食物没了。那些爱斯基摩犬咬烂了雪橇缰绳和帐篷。事实上，只要稍微能吃的东西都未能幸免。他们吃了佩罗的一双鹿皮软鞋，咬掉了皮革挽绳，甚至连弗朗索瓦的鞭尾都吃掉了两英寸。他从悲伤的沉思中回过神来，检查那些受伤的狗。

"啊，我的朋友们，"他温和地说，"这么多伤口，可能会把你们变成疯狗的。都可能变成疯狗，天呐！你说呢，佩罗？"

信使半信半疑地摇了摇头。离道森还有四百英里的路程，狗队要是突发狂犬病，他可经受不起。经过两小时的努力，他终于咒骂着把挽具修好，这支伤痕累累、行动不便的队伍上路了，挣扎着经过这段迄今为止他们遇到的最困难的一段路，这也是他们与道森之间最困难的一段路。

三十英里河非常开阔。湍急的水流无畏严寒，只在涡流处和平静处才结了冰。走完这可怕的三十英里路需要连续六天疲惫不堪地赶路。这段路程之所以可怕，是因为每前进一步，狗和人都冒着生命危险。有十几次，佩罗探路的时候把冰桥踏破了，是他手里的长杆救了他，他每次掉进洞里的时候，便把长杆横架在洞口。但是天气急剧转冷，温度计显示气温降到了零下五十度，每次他踏进冰窟窿，都得生火烤干衣服来保命。

可是他无所畏惧。正因为如此，他才被选为政府信差。他敢于冒各种风险，毅然把自己干瘪的脸投入严寒风霜中，从早到晚奋力赶路。他顺着弯弯曲曲的河岸,在河边的冰上走,冰在他脚下嘎吱作响,开始下陷,所以他们不敢停留。有一次,雪橇掉进了冰窟窿,戴夫和巴克也一起掉了进去,等他们被拉上来的时候,已经冻了个半死,还差点被淹死。必须照例生火才能救他们的命。他们的身上结了一层厚厚的冰,于是那两个人让他们绕着火不断跑,一边出汗一边把冰融化。他们离火太近,毛发都被烤焦了。

还有一次,斯皮茨掉进冰窟窿,把他后面的整个队伍都拽了下去,一直到巴克。幸亏巴克用尽全力往后拉,前脚掌抵住窟窿光滑的边缘。四周的冰在颤动、破裂。他后面的戴夫也跟他一样用力往回拉,雪橇后面的弗朗索瓦也拼命拉着,直到肌腱断裂。

又有一次,前后的边冰都已碎裂,除非爬上悬崖,否则没有退路。佩罗奇迹般地爬了上去,而这正是弗朗索瓦所企盼的奇迹。他们把每根皮带、雪橇鞭和最后一点辔头绳系成一条长长的绳子,把狗一只只都拉上了悬崖顶。雪橇和货物都吊上去之后,弗朗索瓦最后才上来。然后他们再寻找爬下去的路。最终还是靠绳子解决了问题。天黑之后他们才回到河面上,这一天只走了四分之一英里。

他们到达胡塔林夸厚厚的冰段时,巴克已经筋疲力尽了。其他狗也差不多。但是佩罗为了弥补耽误的时间,要他们早出发、晚休息。第一天,他们跑了三十五英里,赶到大鲑鱼,第二天又跑了三十五英里,赶到小鲑鱼,第三天跑了四十英里,离五指山很近了。

巴克的脚不像爱斯基摩犬那样紧实坚硬。从最后一个野狗祖先被穴居人驯化到现在,经过这么多代,他的脚已经变软。整整一天,他都痛苦地一瘸一拐,一扎营,他就像只死狗一样躺着。虽然肚子很饿,但是他懒得去拿自己那份鱼,所以弗朗索瓦不得不把鱼拿给他。每天吃完晚饭后,赶狗人也会给巴克的脚按摩半小时,并且牺牲了自己鹿皮软鞋的鞋面,做了四只小软鞋给巴克穿。这让巴克轻松了很多。有一天早上,弗朗索瓦忘记给巴克穿鹿皮软鞋,巴克就躺在那里,四脚在空中乱踢,仿佛在哀求,没穿鞋就不肯动,连佩罗干瘪的脸上都露出了笑容。后来,他的脚变得结实了,可以在雪地上跋涉,才把穿破的鞋子扔掉。

一天早晨,在佩利地区,他们正在给狗队套绳具。一向不怎么惹眼的多利忽然疯了。他像狼一样发出长长的、令人心碎的嚎叫,宣布了他的病情,所有的狗都被吓得毛发竖起,然后她径直扑向巴克。巴克从来没有见过狗发疯,也没有任何理由害怕,但是他明白这很恐怖,吓得赶紧逃跑。他在前面跑,多利气喘吁吁,口吐泡沫,离他只有一跃之遥。可她追不上,因为巴克太害怕了;巴克也无法甩掉多利,因为她疯狂极了。他一头扎进岛上的树丛腹地,飞跑着冲到低洼地,跨过一条布满冰碴的僻静河道,奔向另一座岛,跑过了第三座岛后,又绕回到主河道，绝望中又想跳过河去。一路跑来，虽然巴克没有回头看，但是他可以听到多利在身后嚎叫着，离他只有一跃之遥。弗朗索瓦在离他四分之一英里远的地方叫他，他又跑回来，仍然只离多利一跃之遥，他痛苦地喘着粗气，一心只希望弗朗索瓦能够救他。那个赶狗人手里握着一把斧子，在巴克从他身旁擦身而过的一刹那，一斧砍在了发疯的多利头上。

巴克蹒跚着走过去，靠在雪橇上，筋疲力尽，呜咽地喘着气，非常无助。这可是斯皮茨的好机会。他扑向巴克，向毫无还击之力的对手连咬了两口，巴克的皮肉被撕开，骨头都露了出来。这时弗朗索瓦的皮鞭落了下来，巴克心满意足地看着斯皮茨受到了有史以来最严重的鞭打，狗队里还没有成员遭受过这样的鞭笞呢。

"一个魔鬼，该死的斯皮茨，"佩罗说道，"总有一天，他会杀了巴克的。"

"那个巴克也是个魔鬼，"弗朗索瓦反驳道，"这些天我一直在观察巴克，我敢肯定。听着，总有一天，他会疯掉，把斯皮茨咬死在雪地里，一定会的，我敢这么说！"

从此以后他们之间就冲突不断。领头狗斯皮茨是狗队公认的头儿，他感到自己的最高权力受到这只奇怪的南方狗的威胁。在他看来，巴克很奇怪，因为他所认识的南方狗中没有一只在营地或者路上有过良好表现。他们太过软弱，常常在跋涉、严寒和饥饿中奄奄一息。但巴克是个例外。他挺过来了，而且越来越好,在体力、野蛮和狡猾上跟爱斯基摩犬不分伯仲。他是一只有自控力的狗,更危险的是,那个穿着红色线衫的男人用棍棒打掉了他夺权欲望中的莽勇和轻率。他异常狡猾,能用近乎原始的耐心等待时机。

争夺领导权的冲突不可避免。巴克盼望着这一时刻的到来。因为这是他的本性,因为他被旅途中莫可名状、匪夷所思的自豪感给紧紧抓住了——这种自豪感让狗卖力工作,直到最后一口气,诱使他们在挽具中快乐地死去,如果卸下挽具,他们就会心碎。这是戴夫驾橇,索莱克斯全力拉套的自豪感。这种自豪感在拔营时控制着他们,把他们从郁郁寡欢的野兽变成竭尽全力、热切又雄心勃勃的生物。这种自豪感刺激着他们整天赶路,直到夜里扎营才离开他们,让他们又陷入阴郁的不安和不满之中。就是这种自豪感支持着斯皮茨,让他惩罚拉橇中犯错逃避或者早晨上挽具时躲起来的雪橇狗。同样地,正是这种自豪感让他觉得巴克是他领导地位的潜在威胁。而这也正是巴克的自豪感。

巴克公开地威胁斯皮茨的领导权。他夹在斯皮茨和斯皮茨应该惩罚的逃避者之间作梗。他故意如此。有天晚上下了大雪。第二天早上,派克这个爱装病的狗没有出现,而是藏身于一英尺厚积雪下的窝中。弗朗索瓦喊他,四处找他,却徒劳无功。斯皮茨气得发狂,他暴怒地穿过营地,在每个可能的地方嗅着、挖着,发出可怕的嚎叫,派克听了,在藏身处吓得瑟瑟发抖。

但是当他终于被挖出,斯皮茨扑上去想惩罚他时,巴克也带着同样的愤怒扑到他们中间。这太出乎意料了,又如此巧妙,竟把斯皮茨撞了回去,摔倒在地。一直惨兮兮发抖的派克也因为这次公然的反抗鼓起勇气,扑向那翻倒在地的领头狗。巴克已经忘了公平竞争的规则,也扑到斯皮茨身上。但是暗自觉得好笑的弗朗索瓦仍然坚定地秉公办事,狠狠地用鞭子抽打巴克,却没能把巴克从他倒下的对手身上赶走,于是连鞭柄都派上了用场。巴克被鞭柄打得半晕,往后退去,鞭子又不断落在他的身上,与此同时斯皮茨严厉地惩罚了多次惹麻烦的派克。

接下来的几天,离道森越来越近,巴克仍然继续在斯皮茨和肇事者之间搅和。但是他很狡猾,只有在弗朗索瓦不在旁边的时候才插手。由于巴克这种隐秘的反抗,一种不受管束的情绪开始出现并蔓延滋长。戴夫和索莱克斯未受影响,其他队员则变得越来越糟糕。一切都不在正轨上。打架争吵的事情不断出现。麻烦时时刻刻都有,而根源就是巴克。他让弗朗索瓦应接不暇,因为赶狗人总是在担忧这两只狗之间会出现生死搏斗,他知道这迟早会发生;不止一个晚上,狗群之间争吵打斗的声音把他吵醒,他爬出睡毯,担心巴克和斯皮茨会打起来。

但是机会并没有出现。一个阴沉的下午,他们拉着雪橇进了道森,这场大战仍然悬而未发。道森有很多人,还有无数条

狗，巴克发现他们都在工作。似乎狗命中注定是要干活的。他们整天排成长长的队伍在大街上跑来跑去，晚上，狗铃还响个不停。他们拉着造房子用的木头和柴火运到矿上，干着各种各样的活，这些活在圣克拉拉山谷全是马干的。巴克到处都能遇到南方狗，但大部分还是像野狼一样的爱斯基摩犬。每天晚上到了九点、十二点、三点，他们就会夜嚎，那是一种怪异的、令人毛骨悚然的调子，巴克很开心地加入了他们。

北极光在头顶发出冷冷的火焰般的光芒，星星跳着严寒之舞，大地在积雪的尸衣下冻得麻木僵硬，爱斯基摩犬的这首歌也许是对生命的抗争，只是音调低沉，拖着如泣如诉的长腔，更像是对生活的乞求、对生存艰辛的诉说。这是一首古老的歌，跟爱斯基摩犬的种族本身一样古老——是古老的世界唱得最早的歌曲之一，歌声充满了悲伤。这首歌承载了无数代狗的悲伤，莫名地感动了巴克。他在呜咽和哭泣中感慨生之艰辛，这也是他远古时代野蛮祖先的痛苦，他对寒冷和黑暗感到恐惧和神秘，他的祖先也同样如此。他被这首歌打动，表明他已经彻底蜕变，穿越由火焰和房屋构筑的文明时代，回到了嚎叫岁月的原始时代。

他们进入道森七天后，又开始沿着兵营河陡峭的河岸向尤康大道出发，奔向迪亚和盐水河。佩罗这次要送的公文比他之前的任何公文都紧急，而且对于长途跋涉他也生出了自豪感。他打算创下今年最快的跋涉记录。有好几个有利条件有助于他完成此目标。经过一周的休息，狗队已经恢复了体力，一个个精神焕发。他们来时开辟的雪道被后来的旅行者踩得更加坚实。再者，途中有两三个供应站，警察在那里给狗和人储备了食物，因此他们可以轻装上阵。

第一天他们就跑了五十英里，到达"六十英里"这个地方。第二天，他们沿着尤康河向上，前往佩利。但是这样精彩的行程也给弗朗索瓦带来不便和烦恼。巴克暗地里带领其他狗反抗，摧毁了队伍的团结。这不再是一支套在挽具里如同一只狗般前进的狗队了。巴克给反抗者们勇气，让他们犯下各种各样的小错误。斯皮茨不再是让狗队害怕的领袖。以往的敬畏消失，他们要跟他平起平坐。有一天晚上，派克抢了斯皮茨半条鱼，并在巴克的保护下狼吞虎咽地吃下去。还有一个晚上，杜布和乔同斯皮茨打架，使斯皮茨放弃了他们应该受到的惩罚。甚至连温顺的比利也不那么温顺了，他息事宁人的哀鸣也不再像以前那样了。巴克每次靠近斯皮茨，都会竖起毛发威胁地嚎叫。事实上，他的行为就像个恶霸，而且喜欢在斯皮茨面前趾高气扬地走来走去。

纪律一旦涣散，狗与狗之间的关系也受到了影响。他们之间的争吵更加频繁，有时营地嚎声一片，像个疯人院。只有戴夫和索莱克斯没有受到影响，尽管无休无止的争吵惹恼了他们。弗朗索瓦骂着又奇怪又粗鲁的脏话，在雪地里气得跳脚，却毫无用处，只能扯自己的头发。他的鞭子总是在狗群中响起，却收效甚微。他一转身，狗群又打起架来。他用自己的鞭子来支持斯皮茨，而巴克则给其他狗撑腰。弗朗索瓦知道巴克是所有麻烦的根源，巴克也知道弗朗索瓦知道。但是巴克比以前更聪明了，不会让自己当场被抓。他套着挽具的时候勤勤恳恳地工作，因为辛苦工作对他来说已经成为一种快乐；然而挑起同伴之间的斗争，搅乱缰绳，更是一种快乐。

一天晚饭过后，杜布在塔基纳河口处发现了一只雪鞋兔[①]，跌跌撞撞地扑过去，却扑空了。整个队伍立刻吠叫着一齐追赶。几百码以外有个西北警局驻地，那儿的五十只爱斯基摩犬也来追兔子。兔子沿着河飞奔，拐进一条小河，沿着小河上的冰床稳稳当当地跑着。他在雪上跑得非常轻盈，而群狗却吃力地在雪堆里跋涉。巴克跑在队伍的前面，身后足足有六十只狗，他们追着转了一个又一个弯，但是没有追上。巴克一边急切地呜呜叫着，一边压低身体追赶，漂亮的身体一次又一次跳跃，在苍白的月光下飞闪着前进。雪鞋兔也像一个苍白寒冷的幽灵，一次又一次跳跃，在前面一闪而过。

所有这些古老的本能在固定的时间里会驱使人们离开喧嚣的城市，来到森林和平原，用化学力量推动的子弹去猎杀万物，这是嗜血的欲望和杀戮的快乐——这一切都是巴克的本能，只是这种本能更加直接。他冲在一群狗的前面，要捉住这

---

① 雪鞋兔：北美北部的一种兔子，脚大，冬季毛厚，故名。毛色棕褐，冬季变白。

只野物，那堆活肉，用自己的牙齿猎杀，用温暖的鲜血清洗口鼻。

有一种狂喜标志着生命的顶点，生命无法超越这个顶点。这也是生活的悖论，当一个人最有活力之时便会产生这种狂喜，它会让人完全忘记自己活着的现实。这种狂喜，这种对活着的忘却，出现在艺术家身上，使得他们燃烧自己、释放出火焰；这种狂喜出现在士兵身上，使得他们被战争冲昏了头脑、冷酷绝情；这种狂喜也出现在巴克身上，让他带领着队伍，发出古老的狼嚎，竭力追赶月光下快速逃窜的鲜活的食物。他从本性深处发出吠叫，那比他自身还深沉的一部分本性发出的声音，使他穿越到了生命孕育的初期。生活的真正冲击，生命的浪潮涌动，每一块肌肉、每一个关节和每一条肌腱所感受到的快乐主宰了他，这一切超越死亡，它炽热又猖獗，用行动来表现自己，欢欣鼓舞地在星光下飞奔，越过寂然不动的物体表面。

但是即使在极端情绪中，斯皮茨也是冷静并善于算计的，他离开队伍，小河有一条长长的弯道，他从狭窄的地段横穿过去。巴克不知道这条近道，他绕过河弯的时候，那霜雪幽灵一般的兔子仍然在他前面轻快地疾行，这时他看到另外一个体型更大的霜雪幽灵从悬垂的河岸直接跳到了兔子前面。那是斯皮茨。兔子无法转身逃走，白色的牙齿在半空中咬断它的背部，它如同受伤的人一样大声尖叫着。这是生命从顶峰落入死亡的

魔掌时发出的叫声；听到这声音，紧跟在巴克身后的队伍一起发出地狱般欢乐的合唱。

巴克没有叫喊。他也没有克制自己，而是冲向斯皮茨，却因用力太猛跟斯皮茨擦肩而过，没有咬住斯皮茨的喉咙。他们在粉末般的雪里翻滚着。斯皮茨站了起来，好像没有被撞翻过，他一口咬向巴克的肩膀，然后立刻跳开。他的牙齿有两次像陷阱的钢颚一样咬得嗒嗒响，同时往后跳开稳稳站好，薄而掀起的嘴唇抽搐着发出嚎叫。

巴克立刻就意识到，时机到了，决战的时刻已经到了。他们绕着圈子，嚎叫着，耳朵往后耷拉，密切寻找进攻的先机。巴克觉得这个场景似曾相识。他似乎全部记起来了——白色的树林、土地、月光，还有战斗的兴奋。鬼一般的平静笼罩着寂静的白色雪地。没有一丝风的气息——什么都一动不动，甚至连一片叶子都没有颤动，只见这群狗呼出的气息慢慢升起，停留在寒冷的空气中。他们三口两口就吃了雪鞋兔。这些狗是未被驯化的野狼。现在他们围成一个圈期待着，一片沉寂，只有眼睛发光，呼出的气息慢慢往上飘。对于巴克来说，这种古老的场面毫不新鲜，也并不奇怪。仿佛一直都是这样，向来如此。

斯皮茨是个老练的战士。从斯匹次卑尔根群岛穿过北极，跨过加拿大和荒漠之地，他在各种各样的狗面前都立于不败之地，成为他们的头领。他满腔怒火，但绝不盲目发火。他渴望

043

撕咬和破坏，但是他从没有忘记他的敌人也一样渴望撕咬和破坏。只有准备好接受敌人的进攻，他才会进攻敌人；他先抵御了敌人的攻击后，才会攻击敌人。

巴克努力去咬那只大白狗的脖子，但没有成功。无论他的牙齿咬向哪个比较柔软的部位，都会碰到斯皮茨的獠牙。獠牙相互碰撞，双方的嘴唇都被咬破了，流着血，但是巴克无法冲破敌人的防守。于是他兴奋起来，围着斯皮茨发动了一连串旋风般的攻击。巴克一次又一次想咬住那雪白的喉咙，那是接近表皮的生命的搏动，每一次斯皮茨都划伤他，然后跳开。接着，巴克假装要冲上去咬喉咙，但突然缩回脑袋，绕到对方的一侧，用肩膀撞向斯皮茨的肩膀，试图撞翻他。但是，巴克的肩膀被划伤，而斯皮茨又一次轻轻地跳开。

斯皮茨分毫未伤，巴克却鲜血淋漓，气喘吁吁。打斗渐渐到了你死我活的地步。而整个过程中，那群安静而残忍的像狼一样的狗围成一圈，伺机等待任何一只倒下的狗，并把他吃掉。巴克开始喘气，斯皮茨却开始反扑，一次又一次把巴克撞得摇摇晃晃站不稳。有一次巴克倒下了，周围的六十只狗全都扑上来，他却几乎蹦到了半空，狗群又往后散开，继续等待。

但是巴克有一种品质成就了他的伟大——他富于想象。他靠本能战斗，也靠头脑战斗。他冲过去，好像要再来一次冲撞肩膀这个老把戏，但是最后一瞬间突然扑进雪地里，咬住了斯皮茨的左前腿。只听到骨头开裂的声音，他面前的白狗就只能

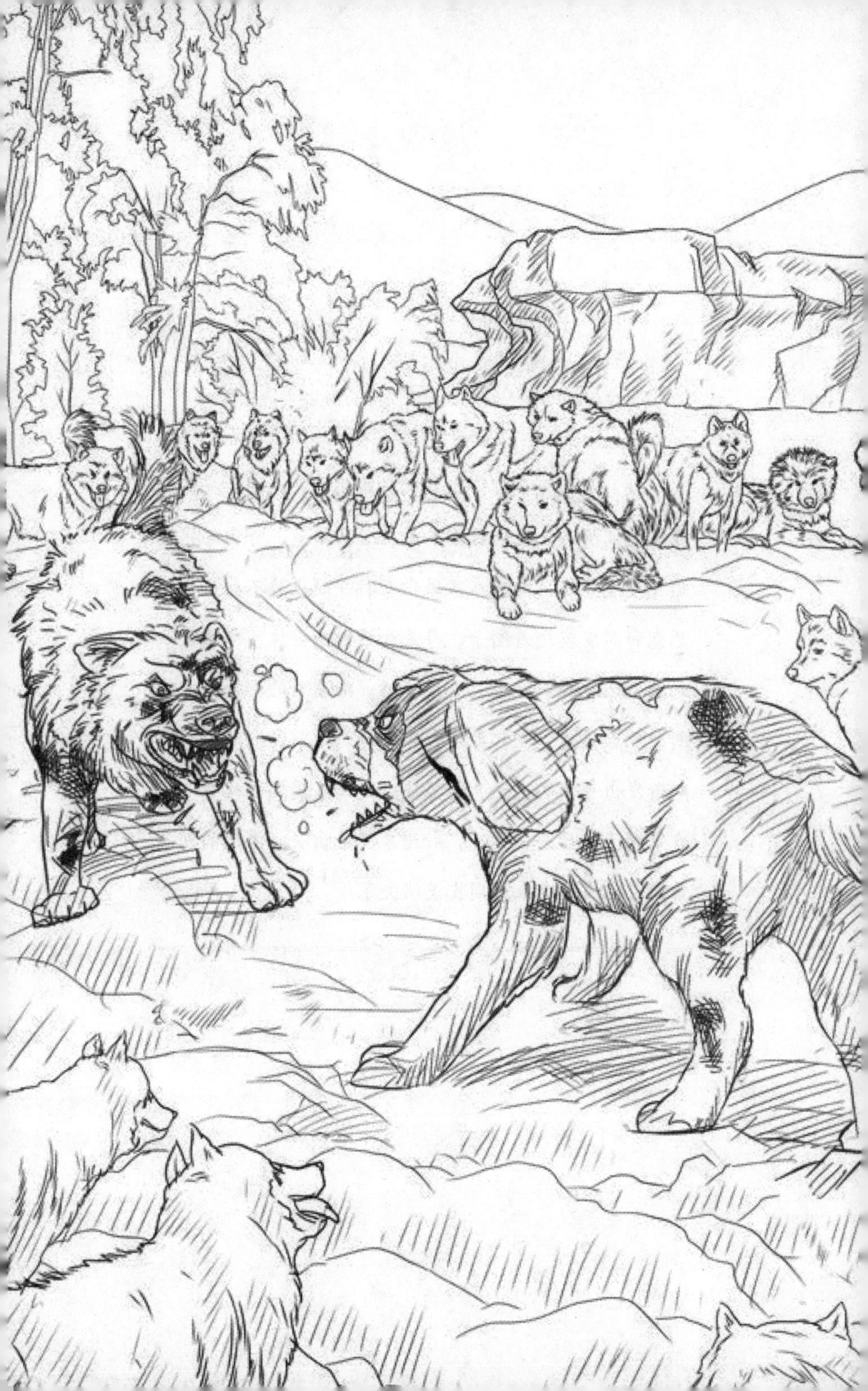

决战的时刻到了。沉默的狗群围成一个圈，安静而残忍地期待着。他们目露凶光，舌头吊着，呼出的银色热气慢慢升起，飘散在寒风中。打斗越来越不顾死活，巴克和斯皮茨绕着圈子，耳朵向后贴着身体，寻找进攻时机。巴克鲜血淋漓，气喘吁吁。斯皮茨的两条腿被咬断，他颤抖着，竖起毛发，踉踉跄跄地前倾或后仰，嚎叫着发出可怕的威胁，好像要吓走正在逼近的死亡。巴克策划了最后一次猛冲，扑进来又扑出去。黑色的圈在雪地上变成一个点，斯皮茨消失了。

靠三条腿站立了。他第三次去撞他，重复老把戏，咬断了斯皮茨的右前腿。斯皮茨忍受着疼痛和无助，仍然疯狂地支撑着站起来。他看到沉默的狗群目露凶光，舌头耷拉着，呼出的银色气息飘向空中，向他围拢过来，他以前也见过狗群像这样向被打败的对手围过去。只是这次，他是失败者。

他没了希望。巴克是无情的。仁慈是留给更温和的对手的。巴克策划了最后一次猛冲。狗围成的圈子越来越小，直到他的腹部都能感受到爱斯基摩犬的呼吸。他能看到他们，看到斯皮茨身后和两侧的狗，他们的眼睛都盯着他，已经半蹲下身子准备跳起。时间似乎出现了短暂的停顿。每只动物都一动不动，好像化作了石头。只有斯皮茨颤抖着，竖起毛发，踉踉跄跄地前倾或后仰，嗥叫着发出可怕的威胁，好像要吓走正在逼近的死亡。然后，巴克扑了进来，又扑了出去，当他扑进来的时候，肩膀与肩膀最后一次正面相撞。在洒满月光的雪地上，那个黑圈变成了一个点，斯皮茨消失了。巴克站在那里看着，这个成功的战士，这个支配一切的原始野兽，完成了搏杀，感觉很好。

第四章
霸权谁属

"嗯?我说什么了?我说得对吧!那个巴克能顶两个魔鬼!"

第二天早上弗朗索瓦发现斯皮茨不见了,而巴克遍体鳞伤。他把巴克拉到火堆边,借着火光查看那些伤口。

"那个斯皮茨打得真他妈厉害。"佩罗一边说着,一边查看裂痕和伤口。

"那个巴克也打得真他妈厉害,"弗朗索瓦回答,"现在好了,没有斯皮茨,当然也没有麻烦了,这是肯定的!"

佩罗收拾起营帐什物,装上雪橇,赶狗人继续给狗套上挽具。巴克小跑着赶到斯皮茨本来占据的领头位置;但是弗朗索瓦没理会他,把索莱克斯放到了这个让狗垂涎的位置上。在他看来,索莱克斯是现有狗中最好的领头狗。巴克狂怒地扑向索莱克斯,把他赶回去,并站在了索莱克斯的位置上。

"嗯?嗯?"弗朗索瓦叫道,欢快地拍着大腿,"看那个巴克,他杀了斯皮茨,就以为能干他的活了。"

"滚开,杂种!"他叫道,但是巴克没有挪开。

他抓住巴克的后颈,尽管巴克威胁地嚎叫着,他仍然把巴克拖到一边,换上了索莱克斯。这只老狗不喜欢这样,明确表示他怕巴克。弗朗索瓦很固执,但是当他一转身,巴克又代替了索莱克斯,而索莱克斯也非常乐意走开。

弗朗索瓦生气了。"啊,上帝啊,看我怎么收拾你!"他叫道,手里拿着一根大棒走了过来。

巴克想起了穿红线衫的男人,慢慢后退。索莱克斯再次被带到前面的时候,巴克也没有进攻。他只在大棒触及的范围之外转圈,发出愤恨的嚎叫。他一边绕着圈子一边盯着大棒,以便弗朗索瓦扔过来时躲开,因为他已经明白大棒是怎么回事了。赶狗人继续干活,他叫巴克,打算把巴克安置在戴夫前面的老位置。巴克后退了两三步。弗朗索瓦逼了上去,巴克又后退。这样相持了一会儿后,弗朗索瓦以为巴克怕挨打,就扔掉大棒。但是巴克开始公然反抗。他想要的不是躲避棍棒,而是拥有领导权。这是他的权利。他赢得了这项权利,不给他,他可不答应。

佩罗伸出了援手。两个男人撵了他大半个小时。他们向他扔棒子。他躲开了。他们咒骂他和他的祖祖辈辈以及他的子孙万代,咒骂他身上的每根毛发和血管里的每一滴血液。他嚎叫着回应这些诅咒,让他们抓不着。他没有试图逃跑,只是绕着营地兜来转去,明显表示只有他的愿望达成,他才会乖乖听话。

弗朗索瓦坐下来,挠着头。佩罗看着手表咒骂。时间一点点过去,一个小时前他们就应该上路了。弗朗索瓦又挠挠头。他摇了摇头,朝信差难为情地笑了笑,信差叹了口气,耸耸肩,他们被打败了。于是弗朗索瓦走到索莱克斯站着的地方,把巴克叫过来。巴克笑了,跟其他狗笑起来的样子一样,但是仍然保持距离。弗朗索瓦解开索莱克斯的挽具,让他回到自己的老位置上。整个队伍一字排开套上挽具,准备上路。除了前面,别的地方都没有巴克的位置。弗朗索瓦又叫了一声,巴克又笑了,但仍然站在一边。

"扔掉棒子。"佩罗命令道。

弗朗索瓦扔掉了棒子,巴克小跑着过来,胜利地笑着,大摇大摆地走到队伍前面的位置。他的挽具套紧了,雪橇冲了出去,两个赶狗人领着,整个队伍冲上了河边的道路。

虽然之前赶狗人用"双面魔鬼"这个词高度评价巴克,但是他很快就发现,自己低估了巴克。巴克纵身一跃,承担起了领导责任。任何需要判断、快速思考和行动的时候,他的表现甚至超过了斯皮茨,弗朗索瓦还从未见过能与斯皮茨一较高下的狗呢。

但是巴克最擅长的是发出指令并让伙伴们做好。戴夫和索莱克斯并不介意更换领头狗。这与他们无关。他们的责任就是

干活儿，卖力地干活。所以只要与此无关，无论出了什么事他们都毫不关心。在他们看来，温和的比利也能带领队伍，只要他能维持秩序。然而，其余的狗在斯皮茨带领的最后几天已经变得不守规矩，现在巴克作了领头狗，让他们规规矩矩，这让他们大吃一惊。

派克紧跟在巴克身后拉雪橇，他从不肯在胸带上多使一分劲，因为懒散，他立刻受到了巴克的再三惩罚。结果第一天还没结束，他拉的已经比有生以来都多。露营的第一个晚上，巴克又狠狠教训了坏脾气的乔——这是斯皮茨从未办到的事情。巴克只是依赖自己的体重优势压了他一会儿，直到他不再猛咬、开始呜呜求饶才放过他。

整个队伍的风气立刻形成，恢复了往昔的团结，再一次如同一只狗一样在雪道上飞跃前进。在林克湍滩，两只本地爱斯基摩犬，蒂克和库纳，加入了队伍。巴克很快就把他们制服了，这让弗朗索瓦大吃一惊。

"从来没见过像巴克这样的狗！"他叫到。"从来没有！他值一千块美金，天哪！嗯？你说是吗，佩罗？"

佩罗点点头。他已经创造了纪录，而且一天比一天快。道路状况非常好，被踩得很结实，没有新雪碍事，这让他很满意。天气不是太冷。气温降到零下五十度，在整个旅途中一直都是这个温度。两个人轮流赶雪橇，狗队则一直跑着，只出现过极偶然的耽误。

051

三十英里河的冰层比较厚,他们来的时候走了十天,但是回去的时候只走了一天。他们一口气跑了六十英里,一直从勒巴格湖跑到白马湍滩。他们跑得非常快,穿越了马什、泰吉希和本内特(七十英里宽的湖),人都落在雪橇后面,被绳子拽着向前跑。第二周的最后一个晚上,他们登上了白渡口,借着脚下斯卡格灯塔和船舶的灯火,沿着海岸线斜坡飞奔而下。

这次破了记录。十四天来,他们每天平均跑四十英里。连续三天,佩罗和弗朗索瓦昂首挺胸地走在斯卡格镇的大街上,人们像潮水一样涌来,请他们喝酒,而整个狗队一直被一群满心崇拜的训狗师和赶狗人围着。后来,三四个西部来的坏蛋想洗劫镇子,却被打得像胡椒盒一样千疮百孔,大家的兴趣才转到其他偶像上。接下来,政府新的任命下来了。弗朗索瓦把巴克叫到身边,一把搂住他哭了起来。那是他最后一次见到弗朗索瓦和佩罗。像其他人一样,他们永远从巴克的生命中消失了。

一个苏格兰混血儿接管了他和他的伙伴们,他们和另外十来支狗队又踏上了返回道森的漫漫长途。旅途不再轻松,也不再为了打破纪录,每天只有艰难繁重的跋涉。因为这次拉的是邮车,要把世界各地的消息送给那些在北极阴影下淘金的人。

巴克不喜欢这种活,但还是坚持把活干好,像戴夫和索莱克斯一样,以此为自豪,并且确保他的伙伴都做好本职工作,不论他们是否对此有自豪感。生活单调无比,像机器一样有规律地工作。每天都一样。每天早晨的固定时间,厨子会出现,生火,然后给他们吃早饭。然后一些人撤营帐,一些人给狗套挽具,他们在破晓前一个小时左右出发。晚上扎营,一些人搭帐篷,一些人砍柴,砍松枝铺床,还有人给厨工打水或取冰。当然,狗也要喂。对于他们来说,这就是典型的一天,虽然吃完鱼之后,能与其他狗一起逛一个小时左右也挺好的。这群狗有100多只,也有打架很凶的,但是巴克与最凶悍的狗打了三次架都赢了,所以只要他竖起毛发、龇牙咧嘴,他们便都逃之夭夭了。

也许他最喜欢的是趴在火旁,后腿蜷缩在身下,前腿前伸,抬着头,眼睛闪着梦幻的光。有时候,他会想念坐落在阳光明媚的圣克拉拉山谷中的米勒法官的大房子,想念那儿的水泥游泳池、墨西哥秃头狗伊莎贝尔和日本哈巴狗图茨。但是他更频繁地想起穿红线衫的男人、柯利之死和与斯皮茨的大战,还有他已经吃过和想吃的好东西。他是不想家的。那片充满阳光的土地朦胧而遥远,这样的记忆对他没有任何吸引力。对他影响更深的是他遗传下来的记忆,这些记忆让他对从没见过的场景感觉似曾相识。这些在后来和更长时间之后逝去的本能(这种本能只不过是把对祖先的记忆变成了习惯)又在他身上加速苏醒。

有时,巴克蜷缩在那里,睡眼蒙眬地对着火苗眨眼,感觉火苗似乎来自另外一堆火,而且当他蜷缩在这另外一堆火边时，看到的似乎不是眼前这混血厨子，而是另外一个人。那个人的腿更短，胳膊更长，肌肉多筋多结，而不是眼前圆鼓鼓的样子。那个人长了一头乱蓬蓬的长发，遮盖着眼睛，头向后倾斜。他发出奇怪的声音，似乎非常害怕黑暗，时不时地朝黑暗窥视，他的一只手垂在膝盖和脚之间，手里紧握着一根手杖，手杖一头绑着一块大石头。他几乎全身赤裸，后背腰间耷拉着一块被火烧焦的破兽皮。他的躯干长满毛发，胸膛、肩膀还有手臂和大腿外侧的一些地方，毛发更加浓密。他并没有直立，臀部以上的躯干微微前倾，两腿在膝盖处弯曲。他的身体有一种特别的弹性或者恢复力，像猫一样，他也非常警觉，好像对见过或者没见过的东西都很害怕。

有时，这个毛发浓密的人蹲在火堆旁，脑袋放在两腿之间睡觉。此时，他的手肘支撑在膝盖处，双手抱在头顶，好像要用长满毛发的双手来挡雨。在那堆火的外面，在四周的黑暗中，巴克总能看到很多闪烁的炭火，成双成对，总是成双成对，巴克知道那是大型野兽的眼睛。他可以听见他们穿越灌木丛时身体碰撞发出的声音，还有他们在晚上发出的声音。他在尤康河岸边做着梦，眼睛懒洋洋地盯着火焰，另外一个世界的声音和景象使得他背部的毛发竖起，然后传到肩膀和脖子，直到他低声压抑地呜咽起来，或轻轻嚎叫，这时那个混血厨子就对他喊道："嘿，巴克，醒醒！"然后另外一个世界就消失了，真正的世界浮现在他眼前，他便站起来，打个哈欠，伸展一下,好像刚睡了一觉。

这是一趟艰苦的旅行,身后拉着邮车,繁重的工作把他们累垮了。他们到达道森的时候,体重减轻,状况不好,应该休息十天或者至少一周。但是两天后,他们又离开营房山,沿着尤康河岸而下,把信件送到外面的世界。狗队很累,赶狗人也发牢骚,更糟糕的是,每天都下雪。这意味着道路不结实,雪橇的摩擦增加,狗队拖起来会更费劲。然而,赶狗人在整个旅途中都全力以赴,尽力照顾好这些狗。

每个晚上狗队是最先被照料的。他们先吃,然后赶狗人才吃,每个人都先检查自己驱赶的狗的脚,然而才盖上睡袍睡觉。然而,这些狗的体力还是在下降。入冬以后,他们已经跑了一千八百英里,一路上拉着雪橇疲于拼命。即使是最强壮的身体,也会吃不消这一千八百英里。巴克忍受下来了,一直让他的同伴干好自己的活,维持好纪律,即便他自己也非常疲惫。比利每天晚上睡觉时都要嚎叫,发出呜呜的声音。乔的脾气比以前更坏了,索莱克斯则难以靠近,不论从眼瞎的一边还是不瞎的一边都是如此。

但是最痛苦的是戴夫。他身上出了问题,变得更加阴郁暴躁。一扎营他就立刻做窝,还要赶狗人去喂他。一脱下挽具,他就不再起来,直到第二天早上再套上挽具。有时候走在路上,雪橇突然停下或者用力拉雪橇,他都会痛苦地大叫。赶狗人给他做了检查,但是没有发现问题。所有的赶狗人都很关心他的情况。他们在吃饭的时候谈论，在睡觉前抽最后一袋烟的时候也谈论。有一天晚上，他们还商量了一下，把他从窝里带到火堆旁边，又戳又按，直到他叫唤了很多次。是体内出了问题，但是他们没有发现断骨，找不出问题。

到达卡西亚巴的时候，戴夫已非常虚弱，一路上倒下了好几次。苏格兰混血儿让队伍停下来，把他弄出队伍，让旁边的索莱克斯替补他的位置。他想让戴夫休息，让他跟在雪橇后面空跑。虽然生病了，但是戴夫讨厌被弄出队伍。被摘下挽具时，他汪汪地叫起来，当他看到索莱克斯站在他服务了这么久的位置上时，伤心地呜呜叫着。因为挽具和雪道是他的自豪，即使病死也无法忍受别的狗干他的活。

雪橇出发后，戴夫在踩实的雪道旁边的松软雪地里踉跄着前进，他用牙齿攻击索莱克斯，冲撞他，试图把索莱克斯撞到另一侧的松软雪地中，努力想跳进挽具里，插在索莱克斯和雪橇中间，而且一直在伤心痛苦地呜咽、狂吠、呐喊。混血儿想用鞭子把他赶跑，但是他丝毫不顾鞭子抽打的刺痛，那个人也不忍心打得更用力。戴夫不愿意轻轻松松地跟在雪橇后面不声不响地跑，而是继续在一旁柔软的雪地里踉跄向前，尽管那样非常吃力，直到筋疲力尽。然后他跌倒了，当长长的雪橇队伍飞卷而过时，他躺在跌倒的地方悲伤地嚎叫着。

他用尽身上残余的力气，努力蹒跚地跟在队伍后面，直到队伍再次停下来，这时他跟跟跄跄地跑过一辆辆雪橇来到自己的雪橇旁边，站到索莱克斯旁边。他的赶狗人向后面的人借了个火，点上烟斗，耽搁了片刻，然后回去赶狗出发。他们摇摇晃晃地上路了，感觉明显使不上劲，他们不安地回头一看，都吃了一惊，停了下来。赶狗人也很惊奇；雪橇没动。他叫同伴们来看这个场景。原来戴夫把索莱克斯的两根缰绳都咬断了，直接站在雪橇前他本来的位置上。

他用眼神恳求让他留在那里。赶狗人很困惑。他的同伴说，有的狗因为工作太重而被解除了职务，以至于伤心而死，并且回忆起他们知道的事例，狗太老了或者受伤干不动活，会因为自己被卸下挽具而死。他们也感到不忍心，既然戴夫无论如何不免一死，倒不如让他在挽具里心满意足地死去。因此，他又被戴上了挽具，同以往一样骄傲地拉起雪橇，虽然他不止一次因为体内的伤痛发作而痛苦地叫出来。有好几次他跌倒了，在挽具里被拖着前进，有一次雪橇甚至碾过他，他的一条后腿从此就瘸了。

但是他坚持到达了扎营地，赶狗人在火堆旁给他铺了个窝。早晨的时候，他已经没力气行走了。套挽具的时候，他还努力爬到赶狗人旁边，抽搐着站起身子，摇晃了一下，又跌倒了。随后，他慢慢地爬到伙伴们正在上挽具的地方。如果他能伸出前腿，用力拖着前进，他就会伸出前腿，拖着身体往前移动几尺。但是他没了力气，他的同伴看他最后一眼时，他正躺在雪地里喘息着，渴望地看着他们。他们可以听见他悲伤的嚎叫,直到他们绕到一片河边林带后边,从他的视野里消失。

雪橇队停了下来。苏格兰混血儿回到他们刚刚离开的扎营地。人们不再说话。左伦手枪响起,那个人又匆匆忙忙地回来了。鞭子的声音重新响起,铃铛欢快地叮当响着,雪橇沿路向前奔去。但是巴克知道,每只狗都知道,刚才在河边林带后面发生了什么事情。

第五章
雪路艰辛

离开道森之后第三十天,巴克和他的同伴拉着盐水邮车到达了斯卡格。他们的情况非常糟糕,已经筋疲力尽,十分衰弱。巴克一百四十磅的体重降到了一百一十五磅。他的同伴虽然体重轻些,但是比他掉了更多肉。爱装病逃差的派克一生都在欺骗,经常成功地装出一条腿受伤的样子,现在他是真正一瘸一拐了。索莱克斯也是如此,杜布也因肩胛骨扭伤而疼痛不已。

他们的脚都疼得厉害,跳不起来,也蹦不动了。在路上,他们的脚重重落在地上,震动着身体,大大加重了一天旅途的疲惫。他们没有什么毛病,就是累得要死。这不是短时间内用力过度产生的、几个小时就能恢复的极度疲劳,而是由缓慢的长达数月的长期劳作造成的,这使得他们的体力逐渐消失。没有一点恢复的能力,没有任何储备的力气。连最后一点力气都用光了。每块肌肉、每根纤维、每个细胞都是疲惫的,疲惫得要死。原因就是,在不到五个月的时间里,他们跑了二千五百英里,在最后的一千八百英里中,他们仅仅休息了五天。到达斯卡格的时候,他们显然已经站不住了,几乎无法把挽绳绷紧,下坡时,他们只是勉强躲开了雪橇的撞击。

"快走吧,脚疼的可怜虫们,"在他们踉跄着走在斯卡格大街上的时候,赶狗人这样鼓励他们,"这是最后一点路了,然后我们就能休息好长时间。嗯?我保证,好好休息很长时间。"

赶狗人自信地认为要休息很长时间。他们已经跑了一千两百英里,中间只休息了两天。从道理和常识上讲,他们也理应休息一段时间。但是涌入克朗代克的人很多,没有涌入的情人、妻子和亲戚也很多,以至于邮件都堆积得跟阿尔卑斯山一样高了。此外,还有很多政府命令。新一批哈德孙湾狗要代替这些无法上路的狗。这些没用的狗要被处理掉。和钱相比,狗不算什么,所以他们要被卖掉。

三天过去了,巴克和他的同伴们才发现自己非常疲惫虚弱。第四天早上,两个来自美国的男人用很少的钱买下了他们,还有挽具以及所有其他东西。这两个人称彼此为"哈尔"和"查理斯"。查理斯是个肤色略浅的中年人,一双水汪汪的眼睛不大好使,胡子猛烈有力地翘起,遮住了软弱无力地耷拉下来的嘴唇。哈尔是个十九岁或二十岁的青年,身上束着皮带,皮带上别着一支科尔特连发大手枪和一把猎刀,还鼓鼓囊

囊地装满了子弹。皮带是他身上最显眼的东西。这说明他缺乏经验，彻头彻尾的没有经验。两个人都显然与这个地方格格不入，所以他们何以冒险进入北方成了让人无法理解的秘密。

巴克听到他们讨价还价，看到钱在那个人和政府代理人之间转手，他知道苏格兰混血儿和邮车车夫会跟佩罗、弗朗索瓦和其他之前消失的人一样，彻底消失在他的生命中。当巴克和他的伙伴被赶到新主人的营地时，巴克看到一个邋遢、懒散的场景——帐篷半张着，碗也没洗，一切均混乱无序。巴克也看到一个女人。男人们叫她梅赛德斯。她是查尔斯的妻子，哈尔的姐姐——挺好的一家人。

巴克忧心忡忡地看着他们拆帐篷，装雪橇。他们做事很卖力，但却没有章法。帐篷被他们卷成笨拙的一卷，体积是原来的三倍大。那些碗碟没有洗就收起来了。梅赛德斯不断在男人面前喋喋不休，指手画脚地说个不停。当他们把一麻袋衣服放到雪橇前面，她建议放到后面；当他们把衣服放到后面，并把其他的几捆东西放在上面，她又发现了问题，说别的什么地方都能放，就是不能放到那里。于是他们又把那麻袋卸了下来。

从邻近的帐篷里走出来三个人，在旁边看着，咧嘴而笑，挤眉弄眼。

"你们这一车装得不错，"其中一个人说，"你们的事，不应该我告诉你们，但我要是你们，就不会把那个帐篷带走。"

"做梦!"梅赛德斯优美地向上挥舞双手,惊讶地叫道,"没有帐篷的话,我们怎么睡?睡在哪儿?"

"现在是春天,天气不会再冷了。"那个人回答。

梅赛德斯果断地摇了摇头,查尔斯和哈尔把最后的大包小包横七竖八地堆在了雪橇上。

"觉得它拉得动吗?"其中一个人问。

"为什么拉不动?"查尔斯简短地反问。

"哦,当然,当然,"男人急忙谦卑地回答,"我刚才只是好奇,仅此而已。他看起来有点头重脚轻。"

查尔斯转过身,拉紧绳子,尽量把行李拉得低一些,但是实际上一点都不好。

"当然,狗们可以拉着那堆奇妙的玩意儿跑一天。"第二个人肯定地说。

"当然,"哈尔冷淡却礼貌地说,一手握着雪橇方向杆,另一只手挥着鞭子。"驾!"他喊道,"出发!"

那些狗拽着胸前的带子猛力往前拉,带子绷紧了好一会儿,又松了下来——它们拉不动这架雪橇。

"你们这群懒货,给你们点儿颜色瞧瞧。"他叫道,准备用鞭子抽它们。

但是梅赛德斯来干涉了,叫道:"哦,哈尔,不能这样,"她一手抓住鞭子,从他手中夺了过去,"这些可怜的宝贝!现在你必须保证不会在路上对它们太粗暴,否则我一步都不走。"

"你对狗知道得真多,"她弟弟嘲笑道,"你别管我。我告诉你,它们很懒,你得打它们,它们才会跑。它们就是这样。你问问其他人,问问这些男人。"

梅赛德斯哀求地看着他们,看到狗很痛苦,她美丽的脸上露出了难以言表的厌恶情绪。

"如果你想知道的话,那就是它们柔弱得像一摊水,"其中一个人回答,"它们的力气全用光了,就是这么回事,它们需要休息!"

"休息没用。"哈尔很固执。没有毛的嘴唇一张一合。"啊!"梅赛德斯痛苦悲伤地咒骂着。

但她是一个以家族为重的人,立刻去维护弟弟。"别管那人。"她尖锐地说,"你赶的是我们的狗,你觉得怎么合适就怎么做。"

哈尔的鞭子再次落在了狗的身上。他们挺身顶着胸前的带子,双脚陷入轧实了的雪地里,俯下身体,使出浑身力气。雪橇如同锚一般一动不动。他们又一次用足了劲,雪橇还是纹丝不动。他们停了下来,大口地喘着气。鞭子残忍地响起。梅赛德斯再一次干涉。她双膝跪在巴克面前,眼里含着泪水,双手抱着巴克的脖子。

"你们这些可怜的、可怜的宝贝。"她同情地大喊:"你们为什么不使劲儿拉?这样就不会挨鞭子了。"巴克不喜欢她,但是他感觉太难受了,所以没有拒绝她,只把这当成这一天悲惨的工作之一。

其中一个旁观者一直咬紧牙关不让自己发表激烈的言辞,现在开口了:

"你们怎么样,我毫不在乎,但是看在狗的份上,我只是想告诉你,你们撬活那个雪橇,就是帮他们的大忙了。滑板冻住了。用力推驾驶杆,左右两边推,就能撬动了。"

第三次启动雪橇。这一次哈尔听从了那人的建议,撬活了冻在雪地里的滑板。这个超载的笨重雪橇向前滑行了,巴克和他的伙伴们在雨一样的鞭子下疯狂地拉着。前面一百码的地方,雪道转过弯,顺着陡坡进入大街。这需要一个经验丰富的人让这个头重脚轻的雪橇保持竖直,可是哈尔没啥经验。他们转弯的时候,雪橇翻了,雪橇上的东西因为没绑牢,撒出去一半。但狗队没有停下,翻倒、变轻了的雪橇在他们后面跳着蹦着。他们愤怒了,因为他们受到了虐待,雪橇也严重超载。巴克暴怒了,撒腿跑了起来,队伍跟着他跑开了。哈尔大声地喊:"混蛋!停下,停下!"但是他们不买账。哈尔跟着雪橇紧跑了几步就被拖倒了。翻倒的雪橇从他身上压了过去。狗队冲向大街,雪橇上剩下的东西都被撒在大街上,更给斯卡格镇增添了欢乐。

好心的市民拦住狗,并把散落的东西收集起来。当然,他们也给了一些建议和劝告。如果他们还想去道森的话,就要把东西减半,再增加一倍的狗。哈尔和他的姐姐以及姐夫不情愿地听着，又重新搭起了帐篷，全面检查了装备。罐装食品被翻了出来，引得人们大笑，因为在长途旅行中罐装食品是做梦都不敢想的东西。"这么多的毛毯都能开一个旅馆了。"过来帮忙的人笑着说："有这一半都多了。把这些都扔掉吧！把这个帐篷扔掉，还有这些碟子……谁去洗他们呀！我的老天爷！你以为你们是在卧铺车上旅行吗？"

但事情还是很难改变，要扔掉多余的东西是不可能的。当看到衣服袋被丢在地上、一件件东西被扔出来的时候，梅赛德斯哭了起来。她一直在哭，每扔一件东西她就哭一回。她双手抱着膝盖，前仰后倒、撕心裂肺地哭叫着。她扬言再也不往前走一步路了，就算是为了十二个查理也不走了。她向每个人哭诉，为每件物品哭泣，最后擦了擦眼泪，动手扔起了东西，甚至连一些必要的东西也扔出去了。她激动地扔完了自己的东西，又像龙卷风一样开始扔她丈夫和弟弟的东西。

扔完之后，装备减少了一半，但仍然多得可怕。晚上，查尔斯和哈尔又去买了六只外来狗。这些加上原有的六只狗，再加上在林克湍滩那次创纪录的旅途中弄到的两只爱斯基摩狗蒂克和库纳，整个队伍扩大到了十四只。虽然外来狗在来了之后就被驯服了，但是他们不起什么作用。三只是短毛大猎犬，一只是纽芬兰犬，另外两只是不知道品种的杂种狗。这些新来的狗看起来什么都不懂。巴克和他的战友们对他们嗤之以鼻。尽管他很快就教会他们懂得自己的地位以及不该做什么，但是无

065

法教会他们应该做什么。他们不喜欢拉着雪橇跑。除了两只杂种狗外，其他的狗发现自己处在又奇怪又野蛮的环境中，又受到恶劣的待遇，都感到茫然无措，心灰意冷。那两只杂种狗精神不济，除了啃骨头以外干什么都没精神。

新来的狗又无助又绝望，旧的队伍因为持续跑了二千五百英里，已经筋疲力尽，因此，整个队伍的前景丝毫没有光明可言。然而，两个男人却十分开心，也非常骄傲。他们用十四只狗拉雪橇，很有气派。他们见过其他雪橇翻过关口去道森或从道森过来，却从没有见过十四只狗拉雪橇的阵势。就北极旅行的性质而言，十四只狗不拉一辆雪橇是有原因的，那就是一辆雪橇装不下十四只狗吃的食物。但是查尔斯和哈尔不知道这个。他们只是用铅笔制订了旅行计划，一只狗吃多少，有多少只狗，路上要多少天，等等。梅赛德斯从他们的肩膀上看过去，信任地点点头，这一切都十分简单。

第二天早上晚些时候，巴克带领着长长的队伍走上街道。他和他的伙伴们毫无生气，无精打采。他们出发时就疲惫不堪。巴克已经在盐水和道森之间来回四次了，知道自己这么厌烦疲惫，却还要再重复这样的路途，他的心中更是充满了怨恨。他的心不在工作上，其他狗也是如此。外来狗胆小怕事，原来的那些队员对他们的主人没有信心。

巴克隐隐约约地觉得这两男一女不可靠。他们不知道如何做事，时间一天天过去，很明显他们也学不会。他们做什么

事都很散漫，毫无章法和纪律。他们花了半个晚上才马马虎虎地搭了个帐篷，又花了半个早上的时间拔营，把东西马马虎虎地装上雪橇，而剩下的时间里他们都在忙着停下来重新整理雪橇。有几天他们一天跑不了十英里。在其他的日子里，他们根本无法启程。别人都会按照狗粮计算每天跑的路程，而他们没有一天跑到过这个路程的一半。

他们必然会缺少狗粮。可是他们还因为过度喂食而让狗粮短缺的日子更快到来，于是又不得已减少狗队每日的食量。外来狗的消化系统没有受过长期饥饿状态下的训练，无法最大限度地利用为数不多的食物，因此胃口很大。除此之外，那些筋疲力尽的爱斯基摩犬有气无力，于是哈尔就断定是规定的食量太少了，就增加了一倍。更糟糕的是，当梅赛德斯漂亮的眼睛里噙满泪水，喉咙里发出颤抖的声音，也不能让他多给狗喂一些时，她就从鱼袋里偷食物，暗地里喂给他们吃。但是巴克和爱斯基摩犬需要的不是食物，而是休息。虽然他们跑得很慢，但是沉重的货物严重消耗了他们的体力。

随后食物不足的日子到来了。有一天，哈尔忽然明白狗粮少了一半而路程却赶了不到四分之一；另外，无论如何也无法获取额外的狗粮了。因此，他减少了规定的食量，还设法增加每日的行程。他的姐姐和姐夫都支持他，但是他们因为沉重的装备和自己的无能而感到沮丧。减少狗食很简单，让狗跑得更快却根本不可能。而且他们自己无法早点赶路，所以无法延长赶路的时间。他们不仅不知道如何驾驭狗队,也不知道如何管好自己。

第一个死去的是杜布。他是个可怜的、笨拙的小偷,总是被逮住,受到惩罚,但是他依然忠心耿耿地干活。他扭伤的肩胛骨没有得到休息和治疗,情况越来越糟,最后被哈尔的大科尔特左轮手枪打死了。这个地方有种说法,如果外来狗按照爱斯基摩犬的食量就会饿死。而巴克手下的六只外来狗每天只吃爱斯基摩犬的一半,所以也差不多要死了。纽芬兰犬第一个死去,然后是三只短毛猎犬,那两只杂种狗比较顽强,但还是走到了生命的尽头。

这时,南方人身上所有优雅温和的特质都从这三个人身上消失了。北极旅行失去了魅力和浪漫,变成了对他们这样的男女来说过于残酷的现实。梅赛德斯不再为那些狗哭,她忙着为自己哭,为跟丈夫和弟弟的争吵而哭。争吵是他们唯一不觉得疲倦的事情,他们因不幸而变得脾气暴躁,越是不幸脾气就越暴躁,越暴躁就越是不幸,所以脾气暴躁远远超过了不幸。有些人在雪路上受苦,却仍然轻言细语、待人和善,他们那惊人的耐心却没有出现在这两男一女身上。他们丝毫没有这样的耐心。他们浑身僵硬,痛苦不堪,肌肉酸痛,骨头酸痛,连心都感到酸痛;因此他们言辞尖锐,从早到晚说话都很难听。

只要梅赛德斯一停止争吵,查尔斯和哈尔就会争吵起来。他们两人都深信自己多干了活,而且逮着机会就要抱怨。有时候梅赛德斯站在她丈夫那边,有时候站在弟弟那边。结果成了一场精彩绝伦、无休无止的家庭争吵。争吵从谁去砍柴生火(这通常只会涉及查尔斯和哈尔)开始,然后就会扯到其余的家庭成员——双方的爸爸、妈妈、舅舅、表兄,千里之外的亲戚,甚至有些已经去世的人。哈尔对艺术或他舅舅写的什么社会剧的看法,竟然与砍几根柴火有关,让人不可思议;然而争吵可能趋向那个方面,也可能指向查尔斯的政治偏见。查尔斯的姐姐那条爱搬弄是非的舌头竟然与生起育空篝火有关,这显然只有梅赛德斯才知道,因为她总是就这个话题大发议论,顺便还提到了婆家人让她不快的一些秉性。此时,火还没有生,帐篷只搭了一半,狗也没有喂。

梅赛德斯还有一种特别的委屈——女性的委屈。她美丽温柔,一直以来都被殷勤对待。但是现在她丈夫和弟弟毫无殷勤可言。她习惯摆出一副无助的样子,他们对此满腹牢骚。特别是她认为的女性最根本的特权——指责,使他们的生活难以忍受。她不再关心那些狗,因为身体的酸痛和疲惫,她坚持要坐在雪橇上。她虽然美丽温柔,但是体重有一百二十磅——这对虚弱而且饥饿的狗队来说是最后一根孔武有力的稻草。她坐了几天,直到狗都倒在挽具中,雪橇停了下来。查尔斯和哈尔请求她下来走,一再恳求她,她却哭着,胡搅蛮缠地向老天爷述说他们的残忍行为。

有一次他们用蛮力把她拉下雪橇,可是后来再没有这样做

069

过。她像是一个被宠坏的孩子,两腿瘫坐在雪道上。他们继续赶路,但是她没有动。走了三英里之后,他们卸下雪橇上的东西,回来接她,又用蛮力把她放上了雪橇。

他们自己痛苦不已,所以对狗的痛苦漠不关心。哈尔对别人采取的理论就是,一个人心肠必须狠。他动身时向姐姐和姐夫宣扬过这种理论,却没能说服他们,于是他用棍棒狠狠抽打这些狗。在五指山的时候,狗粮没了。一个没牙的老太婆提出用几磅冰冻的马皮来换哈尔臀上那支和大猎刀挂在一起的科尔特左轮手枪。用这种皮来代替食物是不好的,因为这是六个月前从牧场主那些饿死的马身上剥下来的。冻硬后就像是一条条镀锌的铁皮。狗费力地吃进胃里,便化成一根根没有营养的皮革细绳,再变成一团团短毛,既刺激肠胃又难以消化。

整个过程中,巴克跌跌撞撞地跑在队伍前面,如同在噩梦中。他能拉则拉,拉不动的时候,就倒在地上,直到鞭子或棍棒赶他起来。他美丽的皮毛不再坚硬,失去了光泽。毛发无力地耷拉着,又软又脏,在棍棒打伤的淤青处,毛和血结成了硬块。他的肌肉已经消失,只剩下一节一节的筋,肉垫也不见了,因此皮下空空,变成了一层层的褶皱,而骨架里的每根肋骨和骨头都透过松垂的皮肤完全显露出来。这太让人心碎了,只是巴克的心是不会碎的。穿红线毛衣的男人已经证明了这一点。

巴克如此,他的同伴也是这样。他们都成了行走的骷髅。

包括巴克在内，总共还剩七只狗。在这样巨大的痛苦中，他们已经对鞭抽棍打无动于衷。挨打的疼痛隐约模糊，正如他们眼前看到的和耳朵听到的，也是隐约模糊。他们的生命剩下不到二分之一，甚至只有四分之一。他们只是一袋袋骨头，生命的火花在里面微微跳动。雪橇一停下，他们就倒在挽具中，如同死狗一般，那生命的火花暗淡下来，似乎要熄灭。当棍棒或鞭子落在他们身上时，生命的火花又微弱地燃起。他们摇摇晃晃地站起来，继续跌跌撞撞地前行。

终于有一天，性格温顺的比利倒下了，再也站不起来。哈尔已经卖掉了他的左轮手枪，所以当比利倒在挽具中时，他拿起斧子砍向比利的头，然后砍断他的缰绳，把尸体拖到一边。巴克看到了，他的伙伴也看到了，他们知道这样的事情离他们不远了。第二天，库纳也死了。还剩下五只狗：乔快不行了，也没什么恶意了；派克脚跛了，处在半昏迷的状态，也无法装病了；独眼的索莱克斯仍然忠心耿耿、辛苦地拉橇，因为自己的力不从心而感到难过；蒂克在这年冬天没有跑很远，劲头比较足，现在挨的打比谁都多；巴克还在队伍的前面，但是不再维持纪律，或者说不再努力维持纪律，他常常因虚弱而看不清，只能靠隐约的影子和脚下朦胧的感觉沿着雪道前行。

这是美丽的春天，但是不论狗还是人都没有意识到。太阳一天比一天升得更早，落得更晚。凌晨三点天就亮了，暮色一直停留到晚上九点。整个漫长的白天都是阳光普照。冬天幽灵般的寂静已经消失，取而代之的是春天万物觉醒的低声吟唱。这种吟唱从整个大地升起，充满了生命的喜悦。这种喜悦来自那些再次复活、再次运动的生物，它们在漫长的严寒中如同死去一般一动不动。松树冒出了树液，柳树和杨树长出了新芽，灌木和蔓藤穿上了绿色的新装。夜里蟋蟀歌唱，白天各种爬行动物窸窸窣窣地爬到太阳下。树林里山鹑咕咕叫着，啄木鸟笃笃啄着。松鼠在吱吱叫，鸟儿在歌唱，头顶传来从南方飞来的野雁的叫声，它们排列出的精巧的人字形队伍划破了天空。

　　流水从每个山坡上缓缓流下，隐秘处的泉水奏出叮咚的音乐。所有东西都在融解、软化、碎裂。育空河正在努力挣脱上面的冰层。河流从下面销蚀了冰层，太阳从上面烤化了冰面。气孔形成，裂缝出现，不断扩大，薄的冰片整块掉进了河里。在这所有绽放、挣脱、悸动的生命复苏中，在这和煦的阳光和轻拂的微风中，两个男人和一个女人还有一群爱斯基摩犬，却像走向死亡的行者一样，跌跌撞撞地走着。

　　那些狗不断地摔倒，梅赛德斯坐在雪橇上哭泣，哈尔无关痛痒地骂着，查尔斯愁眉苦脸地流着眼泪，就这样他们跌跌撞撞地走进了白河口约翰·桑顿的营地。他们一停下来，所有的狗就好像被一棍子打死了一样，全都瘫倒在地上。梅赛德斯擦干眼泪，看着约翰·桑顿。查尔斯坐在木头上休息。他浑身僵硬，慢慢地、吃力地坐下来。哈尔开始攀谈。约翰·桑顿正把一根桦木削成斧柄，还剩几下就削好了。他边削边听，只发出单音节的回应。当他们询问他意见时,他也只给出简短的意见。他了解这些人,就是给了忠告,他们也不会遵照执行。

"他们告诉我们脚下的冰会裂开,最好暂时别走了,"当桑顿告诫他们不要冒险从融化的冰上过去时,哈尔回答道。"他们说我们是过不了白河的,但是我们过来了。"最后一句话带着胜利的嘲笑口气。

"他们是对的,"约翰·桑顿回答,"脚下的冰随时可能裂开。只有傻瓜,瞎碰运气的傻瓜才可能过去。我坦白告诉你,就是为了阿拉斯加所有的金子,我也不会拿自己的生命在这种冰面上冒险。"

"我想,那是因为你不是傻瓜,"哈尔说,"反正,我们还是要去道森。"他甩开鞭子,"起来,巴克!嗨!快起来!快走!"

桑顿继续削斧柄。他知道,插手傻瓜和他的蠢事是毫无意义的,而且两三个傻瓜多多少少也无关大局。

但是队伍没有在指挥下站起来。他们早已经进入需要鞭子才能站起来的阶段。鞭子抽打起来,到处飞来飞去,残酷地执行着命令。约翰·桑顿紧闭嘴唇。索莱克斯第一个爬起来,接着是蒂克,然后是乔,他痛苦地叫着。派克挣扎着想站起来。前两次起到一半就跌倒了,第三次终于成功地站了起来。巴克一动不动。他静静地趴在倒下的地方。鞭子一次又一次抽打着他,但是他既不哀鸣,也不挣扎。桑顿好几次站起身,想要说话,但又改变了主意。他的眼睛湿润了。鞭子继续抽打着,他站起来,犹豫地走来走去。

这是巴克第一次没有站起来,这足以让哈尔暴跳如雷。他放下鞭子,换上常用的棍棒。更沉重的打击雨点般落在身上,但巴克还是不动。和他的同伴一样,他几乎站不起来,但是跟他们不一样,他已经下定决心不站起来。他隐隐约约地觉得他的末日快要来临了。当他拉着雪橇来到河岸的时候,这种感觉非常强烈,而且一直没有消失。一整天他都感觉到脚下的冰在融化,变得稀薄,他似乎意识到灾难近在咫尺,就在主人要赶他前往的冰上。他拒绝行动。他已经遭受了如此巨大的痛苦,奄奄一息,殴打已经没那么痛了。棍子继续落在他的身上,生命之火越来越弱,快要熄灭了。他感到一种奇怪的麻木,感觉自己好像在很远的地方被打,最后被打得失去了知觉。他感觉不到任何东西,只能微微听见棍棒落在身上的声音。但是那已经不再是他的身体了,身体似乎在很遥远的地方。

突然,没有任何警告,约翰·桑顿发出一声模糊不清的像是猛兽似的叫喊,扑向那个挥舞着棍棒的男人。哈尔像被一棵倒下的树撞到一样被抛到后面。梅赛德斯尖叫起来。查尔斯愁眉苦脸地看着,擦了擦潮润的眼睛,但身子太硬,没有站起来。

约翰·桑顿护住巴克,极力控制自己。他气得直打哆嗦,说不出话来。

"如果你再打那只狗，我就杀了你。"最后他终于哽咽着说。

"那是我的狗，"哈尔走回来，抹掉嘴上的血，"滚开，不然我就修理你。我要去道森。"

桑顿站在他和巴克之间，显然不打算走开。哈尔抽出长长的大猎刀。梅赛德斯又尖叫起来，又哭又笑，歇斯底里，混乱不清，表现得非常任性。桑顿用斧柄击打哈尔的指关节，刀就掉到了地上。哈尔想捡起刀，桑顿又击打他的指关节。然后，他弯腰捡起了刀，两刀就砍断了巴克的挽具。

哈尔没了战斗力。另外，他的双手或者说双臂都被姐姐抱着；而巴克也濒临死亡，拉不了雪橇。几分钟后，他们从河边离开，沿河而下。巴克听到他们离开，抬起头看到派克做领队，索莱克斯驾橇，中间是乔和蒂克。他们一瘸一拐，跌跌撞撞地前行。梅赛德斯坐在载满东西的雪橇上。哈尔操纵着方向杆，查尔斯在后面跌跌撞撞地跟着。

巴克看着他们，桑顿跪在他身边，用粗糙的双手温柔地摸索着，看看有没有被打断的骨头。他发现巴克除了很多外伤和可怕的饥饿以外没有什么。这时雪橇已经走了四分之一英里。巴克和桑顿看着雪橇在冰上爬行。突然，他们看到雪橇的后部陷下去，好像掉进了凹槽里，紧紧抓着方向杆的哈尔被猛地弹到空中。他们听到梅赛德斯的尖叫，看到查尔斯转身往后跑了一步,然后一块巨大的冰往下掉,狗和人都消失了。雪道的底层已经融掉了,露出了一个张着大嘴的冰洞。

约翰·桑顿和巴克看了看彼此。

"可怜的家伙。"约翰·桑顿说,巴克舔了舔他的手。

第六章
为了一个男人的爱

去年十二月，约翰·桑顿冻伤了双脚，他的同伴安顿好他，让他留下来养伤，他们自己则沿河而上，砍了一筏木头去道森。他救巴克的时候还有点瘸，但是随着天气持续变暖，竟一点也不瘸了。在这里，在这个漫长的春天，巴克躺在河岸边，看着奔腾的流水，懒洋洋地听着鸟叫和自然的各种声音，慢慢恢复了体力。

跋涉了三千英里之后，休息一下非常好。但必须承认巴克在伤口愈合之后越来越懒散，肌肉松弛了，骨头上也长出了肉。说到懒，他们——巴克、约翰·桑顿、斯基特和尼格——都无事可做，都在等木筏过来载他们去道森。斯基特是一只爱尔兰小猎犬，早早就和巴克交了朋友，濒临死亡的巴克，无法憎恶她最初的接近。斯基特有着某些狗所具有的医生特质，她如同母猫给自己的幼崽舔伤口一样，舔着巴克的伤口，把伤口舔得干干净净。每天早上，当巴克吃完自己的早饭后，斯基特都会过来完成这项自我约定的任务,后来巴克就像期待桑顿的照顾一样期待她的照顾。尽管不那么外露,尼格也同样友好。他是一只大黑狗,一半是大猎犬,一半是猎鹿犬,眼睛带着笑意,温良无比。

令巴克惊奇的是,这些狗对他没有任何嫉妒的表现。他们似乎和约翰·桑顿一样善良、宽厚。巴克的身体变得越来越强壮,他们怂恿他做各种各样滑稽的游戏,桑顿自己也忍不住参与进来。就这样,巴克在欢闹中恢复了身体,开始了新生活。他第一次享受到爱,真正的爱。这是他在阳光普照的圣克拉拉山谷里米勒法官的大宅子里从来没有体验过的爱。跟法官的儿子们一起打猎闲逛时,他是一个工作伙伴;跟法官的孙子一起时,他是一个自命不凡的保镖;跟法官本人在一起时,他是一个庄严尊贵的朋友。但是约翰·桑顿唤起的是一种狂热燃烧的爱,带着敬仰和疯狂。

这个男人救了他的性命,这很了不起;此外,他是一个理想的主人。别人是出于责任感和工作利益而照看自己的狗,而他就好像照看自己的孩子一样照看他,因为他情不自禁。而且他关心的还不止这些。他从来不会忘记温柔地打个招呼或者说句欢快的话,还坐下来与他们聊天(他把这叫作"唠嗑"),不但他感到快乐,狗也一样。他喜欢用手粗暴地抱着巴克的头,把自己的头放在巴克的头上前后摇晃,还骂着难听的话,而在巴克看来,这些是爱的表达。巴克觉得这粗暴的拥抱还有絮絮叨叨的咒骂声是最让他感到快乐的事情。每次身体来回摇晃，心脏都好像要从身体里跳出来，让他心醉神迷。当桑顿放下他的时候，他一跃而起，嘴上带笑，眼睛炯炯有神，喉咙颤抖着发出模糊不清的声音，就这样站在那里一动不动。这时约翰·桑顿就会恭敬地大叫，"天哪，你就只差会说话了！"

巴克有一种表达爱的方式，差点伤到人。他经常用嘴巴咬住桑顿的手，狠狠咬下去，过了一段时间，桑顿的手上还留有他的牙齿印。正如巴克明白那些咒骂是爱的表达，那男人也明白这种假装的咬是一种爱抚。

然而，在大部分情况下，巴克都会用崇拜表达他的爱。当桑顿抚摸他或与他说话的时候，他就会高兴得发狂，但是他不会去寻求这些东西。斯基特会用鼻子不停地拱桑顿的手，直到得到他的爱抚；尼格会悄悄上前把巨大的脑袋放在桑顿的膝盖上。可巴克满足于在远处表达爱慕。他能在桑顿的脚边趴上一小时，热切而机警地望着他的脸，凝视着，端详着，兴致勃勃地看着每个飞逝的表情、每个动作或者特征的变化。或者，碰巧他趴在较远的地方，如在桑顿旁边或者身后，他会注视着这个男人的轮廓和身体偶尔做出的动作。约翰·桑顿常常心领神会，转过头来回应巴克的凝视。没有言语交流，他的眼睛里散发出心灵的光芒，巴克也一样。

获救后很长一段时间里，巴克都不喜欢桑顿离开他的视线。从桑顿离开到再回到帐篷，巴克一直紧紧跟在他的身后。

自从来到北方,他的主人换了一个又一个,这让他害怕自己不可能有长久的主人。他担心桑顿也会从他的生命里消失,如同佩罗、弗朗索瓦和苏格兰混血儿一样。即使晚上做梦,这种恐惧也挥之不去。每当此时,他就会抖掉睡意,冒着寒风悄悄来到帐篷门帘前,站在那里倾听主人的呼吸声。

虽然他非常爱约翰·桑顿——这似乎证明了文明对他的轻微影响,但是北方的生活唤醒了他身上的原始气质,而且十分活跃。他具有从火堆和房屋那种文明世界里催生出的忠诚,却仍然保持着野性和狡猾。他是荒野动物,来自荒野,虽然坐在桑顿的火堆旁边,但他不是带着很多文明印记的温和的南方狗。因为深沉的爱,他不会从这个男人那里偷东西,但是他会毫不犹豫地偷其他人或者其他营地的东西。他偷东西时非常狡猾,不会被人发现。

他的脸上和身上留下了很多被狗咬过的齿印。他和以前一样勇猛,但却比以前更机灵了。斯基特和尼格都很温和,不会争吵——此外,他们属于约翰·桑顿。但是陌生的狗,无论是什么品种,不管多么勇猛,都会很快承认巴克至高无上的地位,或者发现自己是在跟一个可怕的对手搏命。巴克是残忍的。他熟谙棍棒和犬牙的法则,在与敌人的殊死搏斗中,从来不会轻易放过任何优势,也绝不会退却。他从斯皮茨那里,从警察和邮差的领头狗那里得到了教训,他知道没有中间道路可循。他必须征服,否则就是被征服,而仁慈是一种弱点。在原始生活中，仁慈是不存在的。仁慈会被误认为是恐惧，这样的误解会导致杀身之祸。杀或者被杀，吃或者被吃，这就是法则。巴克服从了这种从岁月深处传下来的命令。

他比自己看到的岁月、呼吸的空气还要古老。他连接着过去与现在，身后的永恒以强有力的节奏在他身体中震颤，使他随着潮汐和季节的变化而变化。坐在桑顿的火堆旁，他是一只胸脯宽阔、牙齿洁白的长毛狗。但是他的身后是各种狗的身影，有的是半狼半狗，有的是野狼，他们迫切地跃跃欲试，想要品尝他吃的肉、他喝的水，想要与他一起闻风的味道，想要互相倾听，告诉他森林里野兽的声音；他们想要分享他的情绪，引导他的行为，跟他一起趴下睡觉，与他一起做梦，并超越他，成为他梦的主宰。

这些阴影如此迫切地召唤他，使得人类和人类的呼唤每天离他越来越远。森林深处响起一声呼唤，他常常听到这种带着神秘的刺激和诱惑的呼喊，不由自主地转身离开火堆和周围坚实的土地，纵身扑向深林，不断往前跑。他不知道要去哪儿或者为什么要去；他也不想知道去哪儿或者为什么要去，那来自森林深处的呼唤如此急切。但是每当他走到那松软的未开垦的土地和绿油油的树荫里时，对约翰·桑顿的爱又驱使他回到火堆旁边。

只有桑顿羁绊着他。其他人类则完全不重要。偶尔路过的旅客会称赞或者抚摸他，但是他都表现得很冷漠。对那些情感过分外露的人,他则会站起来走开。当桑顿的伙伴汉斯和皮特乘着被期盼已久的木筏到达的时候,巴克对他们不屑一顾,直到他意识到他们跟桑顿很亲近。在那之后,他消极地忍受他们,接受他们的好意,好像接受了他们就是喜爱他们一样。他们与桑顿一样身材魁梧,紧贴着土地生活,想法简单,目光敏锐。在木筏驶入道森锯木厂附近的大涡流前,他们就明白了巴克和他的习惯,便不再坚持从巴克身上得到跟斯基特和尼格一样的亲密感。

然而,巴克对桑顿的爱变得越来越强烈。在夏日的旅行中,只有他一个人能把包放在巴克的背上。只要桑顿下了命令,巴克什么事都会去干。有一天(他们分得了卖掉木筏的收益,离开道森前往塔纳纳河源头),人和狗都坐在悬崖顶上,那悬崖笔直而下,三百英尺下便是裸露的基岩。约翰·桑顿坐在悬崖边,巴克比肩而卧。桑顿突发奇想,想做一个实验,他让汉斯和皮特注意看。"跳,巴克!"他命令道,把手往前一挥,指着深渊。下一刻,桑顿在悬崖峭壁边上抓住了巴克,汉斯和皮特赶紧把他们拖到安全的地方。

"太不可思议了。"皮特说,这事结束后,他们都瞠目结舌。

桑顿摇摇头,"不,这太妙了,也太糟糕了。你们知道吗。他有时候让我担心。"

"他在你旁边的时候,我可不想碰你。"皮特总结道,并向巴克点点头。

"对呀!"汉斯补充说,"我也不想。"

在瑟克尔城,还没到年底,皮特担忧的事便发生了。"黑"伯顿脾气暴躁,为人歹毒,在酒吧跟一个新手寻衅滋事,桑顿好心上前去劝和。巴克习惯性地趴在角落里,头伏在爪子上,看着主人的一举一动。伯顿毫无预兆地出拳,桑顿被打得晕头转向,靠牢牢抓住酒吧的扶手才没有跌倒。

一旁观看的人听到一个声音,既不是狗吠也不是尖叫,而更接近咆哮,只见巴克腾空而起,扑向伯顿的喉咙。那人本能地伸手一挥,才救了自己一命,但是他被扑倒在地,巴克骑在了他身上。巴克松开了那人的手臂,又向他的咽喉咬去。这回,这个人只挡住了一部分,他的喉咙被撕开。接着人群扑向巴克,把他赶跑了。但是当外科医生过来止血时,他又在那跑来跑去,愤怒地咆哮,试图冲进去,后来被一阵满怀敌意的棍棒强行赶了回来。人们当场召开了"淘金人会议",结果判决这只狗有充分的理由发起进攻,然后巴克就被释放了。从此他便声名鹊起,他的名字传遍了阿拉斯加的每个营地。

后来,那年秋天,他又用另外一种方式救了约翰·桑顿。三个伙伴正把一只又长又窄的撑篙船放到"四十英里河"的一段险滩上。汉斯和皮特沿着河岸走,用一根白棕细绳一棵树一棵树地吊住船,桑顿留在船上,一边用撑杆划着下坡,一边大声指挥岸上的人。巴克既着急又担忧,在岸上与船并排跑,眼

083

睛一直盯着主人。

在一个特别险恶的地方，一块几乎被水淹没的礁石露出河面，汉斯解开绳子，等桑顿把船撑到河中、避开那礁石后，他再抓着绳子跑下河岸，用绳子吊住船。船避开了礁石，却被像磨坊水轮似的急流冲到了下游，这时汉斯用绳子吊住了船，但是用力过猛，船弹了起来，被拖到岸边的时候已经底朝天了。而桑顿被抛入水中，被水流带到了最为险恶的地方，那里河水凶险，纵使会游泳也不能生还。

巴克立刻跳入水中，游了三百码后，在一个汹涌的漩涡处追上了桑顿。他感觉到桑顿抓着他的尾巴，就凭借自己一身过人的力气往岸上游。但是他们靠岸的进度很慢，顺着水流往下的速度却快得惊人。下游传来了致命的咆哮声，那里汹涌的水流更加汹涌，岩石像巨梳的齿子，一块块突出水面，把水流劈成了一片片飞溅的浪花，最后一道陡坡的起点处还产生了一股可怕的吸力。桑顿知道自己不可能上岸了。他被狠狠地甩过一块岩石，刮到第二块，又重重地撞到第三块岩石上。他双手紧紧抓住岩石滑溜溜的顶部，放开巴克，用盖过漩涡咆哮的音量大声喊道："快走，巴克，快走！"

巴克自己也支持不住，被水流冲了下去，绝望地挣扎着，但却无法往回游。当他听到桑顿又一次下令时，他将一部分身体伸出水面，把头高高扬起，好像是看他最后一眼，然后才顺从地往岸边游去。他用力地游着，就在游不动、快要淹死的时候，皮特和汉斯把他拉上了岸。

他们知道一个人面对这么湍急的水流，能抓住光滑岩石的时间不过数分钟。他们飞快地向河岸上游跑去，那离桑顿有一段距离。他们把用来系船的绳子小心翼翼地套在巴克的脖子和肩膀上，既不能勒住他，又不能阻碍他游泳，然后再把他放入水中。巴克勇敢地向前游去，但是未能在激流中保持直行。等他发现这个错误的时候已经太迟了，桑顿已经跟他处在平行的位置，再划五六下就到了，但巴克还是被无助地冲走了。

汉斯立刻收回绳子，好像巴克是条船一样。在湍急的水流中，巴克被绳子勒住，拽到了水下，直到身体撞到岸边，才被拖上岸来。他已经被水淹得半死了，汉斯和皮特扑上去，挤出他肚子里的水，让他得以呼吸。他跌跌撞撞地想站起来，却跌倒了。桑顿的声音隐约传来，虽然他们听不清他说了什么，但是他们知道他已经快撑不住了。主人的声音在巴克听来有如一道电击，他一跃而起，抢在那两个男人之前往上游跑去，来到了他先前离开的地方。

绳子再一次系在身上，他被放入水中，再次游了出去，这次直奔激流。他已经算错过一次，这次不会再犯错了。汉斯放绳，不让绳子松弛，而皮特则不让绳子盘绕。巴克坚持着，成一条直线游到了桑顿的正上方；然后他转过身，以特快列车的速度冲向桑顿。桑顿看到巴克来了，像攻城锤一样，带着身后急流的全部冲力撞到了巴克身上，伸出双手抱住了他毛茸茸的脖子。汉斯把绳子系在树上,巴克和桑顿被拖到了水下。他们被勒住了,喘不过气来,有时候桑顿在上面,有时候巴克在上面,他们被拖过凹凸不平的河床,撞在岩石和暗桩上,最后终于上了岸。

桑顿肚子向下,被放在一根浮木上,汉斯和皮特用力地来回推他,桑顿终于苏醒了。他一睁开眼就去看巴克,巴克身体瘫软,毫无生气,而尼格在旁边嗥叫着,斯特格舔着他湿漉漉的脸和紧闭的眼睛。桑顿自己也遍体鳞伤,当巴克恢复知觉后,他仔细地检查了巴克的身体,发现巴克断了三根肋骨。

"好了,"他宣布,"我们就在这儿扎营。"他们就扎下营来,直到巴克的肋骨愈合,能够重新上路。

那年冬天,巴克在道森又做出了另外一个壮举,也许没有那么英勇,但是足以让他在阿拉斯加声望的腾图柱上再攀新高。这次壮举让这三个男人特别满意,因为他们由此得到了需要的装备,可以让他们开始向往已久的首次东部之行,那里还没有淘金的人。这是由埃尔多拉多酒吧里的一次谈话引起的,男人们都在吹嘘自己的爱犬。巴克因他的事迹成为这些人谈论的对象,桑顿则被迫奋起维护巴克。半个小时后,一个人说他的狗能拉得动五百磅的雪橇并把它拖走,另一个人吹嘘自己的狗能拉得动六百磅,第三个人则吹嘘能拉得动七百磅。

"呸!呸!"约翰·桑顿说,"巴克拉得动一千磅的。"

"拉得动?走一百码?"马修森问,他是淘金大王,吹嘘能拉七百磅的那个。

"拉得动,能拉一百码。"约翰·桑顿冷冷地回答。

"那么,"马修森故意说得很慢,好让大家都听到,"我赌一千块,赌他拉不动。给。"说着,他把一袋像博洛尼亚香肠那么大的金砂掷到柜台上。

没人发话。桑顿的吹嘘,如果真的是吹嘘的话,要揭穿了。他感到血往脸上涌。他的舌头欺骗了他。他不知道巴克能否拉得动一千磅。半吨重呢!庞大的重量把他吓了一大跳。他非常相信巴克的力量,也经常想他能拉得动这样的重量;但是,他从来没有像现在这样面对这种场面。数十双眼睛盯着他,静静地等待着。此外,他没有一千美元,汉斯和皮特也没有。

"我现在就有个雪橇放在外面,上面有二十袋面粉,每袋五十磅,"马修森继续毫不客气地说道,"这个你别担心。"

桑顿没有答话。他不知道说什么。他看了看一张张面孔,心不在焉,仿佛一个人失去了思考能力,在寻找着什么可以让他恢复思考的东西。他一眼瞥见了吉姆·奥布莱恩,他过去的一个朋友,现在是个拳王。这对他是个暗示,似乎激发了他去做他从来没有想过的事情。

"你能借我一千吗?"他问,几乎是在耳语。

"当然。"奥布莱恩回答,他砰的一声,把一大袋金砂扔到马修森的袋子旁边,"不过我不大相信,那头野兽能拉得动,约翰。"

埃尔多拉多的人全都跑到街上观看这场测试。桌边空无一人,商人和猎场看守人也都出来观看这场打赌,并下了赌注。几百个穿着皮衣、戴着手套的人围在雪橇的不远处。马修森的雪橇上载了一千磅重的面粉,已经放在那里好几个小时了,在酷寒(零下六十度)中,滑板已经被紧紧地冻在了坚实的雪地上。人们提出了二比一的赌注,赌巴克拉不动雪橇。这时人们对"拉动"一词发生了争论。奥布兰恩认为,桑顿有权先撬松雪橇,然后让巴克从完全静止的状态"拉动"。但是马修森坚持认为"拉动"包括把滑板从冻结的雪地里拉出去。目睹打赌过程的大部分人都同意马修森的说法,因此赌注的比率成了三比一,都赌巴克拉不动。

没有一个人肯为巴克下赌注。没有人相信他能拉得动。桑顿在匆忙中被逼打赌,也是满心疑虑。现在他看着这辆雪橇,看着这具体的事实,还有蜷伏在雪橇前雪地里那通常由10只狗组成的狗队,这任务看起来更加不可能了。马修森兴高采烈。

"三比一!"他叫道。"按照这个比率我愿意再给你一千,桑顿,怎么样?"

桑顿的脸上表现出万分疑虑,但是他的斗志却燃起来了——这种斗志翱翔于胜负机会之上,使人意识不到不可能,除了战斗的呼喊什么都听不见。他把汉斯和皮特叫到身边。他们的口袋里没什么钱,三个人的钱凑在一起只有两百美元。他们还没有发财，这是他们所有的钱了，然而他们毫不犹豫地押上这笔钱，去赌马修森的六百块。

那十只狗被解开了，巴克套上自己的挽具，挽具被套到了雪橇上。他已经被激动的情绪感染，感觉自己必须为约翰·桑顿做一件伟大的事情。一些人开始称赞他那出众的外表。他状况非常好，没有一块赘肉，一百五十磅的体重展现出了坚毅和刚强。他的皮毛焕发出丝绸般的光泽。从脖子到肩膀上方，本来很顺帖的毛发现在都半立起来，似乎伴着任何动作都会竖起，仿佛过剩的精力让每根毛发都充满了活力和生机。宽大的胸膛和厚重的前腿与身体其他部位形成了完美的比例，而且皮下肌肉紧致坚硬。人们感受到了他的肌肉，都说那坚硬如铁，于是赌注的比率下降到了二比一。

"天哪，先生，天哪，先生。"最近暴富王朝中的一员，一个坐头把交椅的贩狗大王结结巴巴地说。"我出八百块买你的狗，先生，不看胜败，先生；他往那儿一站就给你八百块。"

桑顿摇了摇头，走到巴克身边。

"你必须离他远点儿，"马修森抗议道，"给他足够的空间，让他自由发挥。"

人群安静了，只听到赌徒们提出二比一的赌注，却没人肯赌。每个人都承认巴克是一只了不起的狗，但是在他们看来二十袋五十磅装的面粉太多了，所以他们不愿意掏腰包打赌。

桑顿跪在巴克的身边，双手抱住他的脑袋，脸颊贴着他的脸颊。他没有像往常开玩笑那样摇晃他，也没有用温和的咒骂来表示他的爱，而是在他的耳边轻声低语。"因为你爱我，巴克。因为你爱我。"巴克克制住自己热切的心情，呜呜叫了起来。

人群好奇地看着。事情变得越来越神秘，好像是一场魔术。桑顿站起来，巴克用双颌叼住了他戴手套的那只脚，用牙咬了咬，然后不大情愿地慢慢松开。这就是巴克的回答，没有言语，只有爱。桑顿往后退了退。

"好，巴克。"他说。

巴克拉紧了挽具，然后又放松了几英寸。这是他学会的方法。

"唧！"桑顿的声音响起，在紧张的寂静中显得很尖锐。

巴克转向右侧，猛地一拉，松弛的缰绳绷紧了，拽住了他一百五十磅的身体。货物颤动了一下，滑板下传来清脆的爆裂声。

"喏[①]！"桑顿命令道。

巴克重复了刚才的动作，这次是向左。爆裂声变成了断裂声，雪橇转动了，滑板滑动了，往一边嘎吱嘎吱地移动了几英寸。雪橇拉动了。人们屏住呼吸，却完全没有意识到这一点。

[①] "喏"和上文的"唧"是驱使牲畜转弯时的命令声，"唧"表示向右转，"喏"表示向左转。

"现在,走!"

桑顿的命令像是一道枪声响起。巴克挺身向前,一个冲刺拉紧了缰绳。他的身体因为极度用力而收紧,肌肉在丝绸般光滑的皮毛下像有了生命一样,翻腾扭动。他宽阔的胸膛贴近地面,头向前压着,四肢疯狂地前行,爪子在坚实的雪地里刨出两行平行的凹槽。雪橇摇晃着,颤动着,似乎就要启动。巴克的一条腿打滑,有个人发出了很大的呻吟声。接着,雪橇在一阵阵连续快速的抖动中慢慢前移,再也没有停下来……半英寸……一英寸……两英寸……抖动明显减弱;雪橇有了动力,巴克继续用力,雪橇稳稳前行。

人们倒抽了一口气,又开始呼吸起来,没有意识到自己有一刻曾停止了呼吸。桑顿跑在雪橇后面,用简短雀跃的话语鼓励巴克。距离已经量好,当巴克接近那标志一百码终点的柴堆时,欢呼声越来越大。当他通过柴堆、听到命令停下时,欢呼声顿时变成了吼叫声。每个人都兴奋得发狂,甚至马修森也是。帽子和手套在空中飞起。人们彼此握手,不管和谁,都激动得语无伦次。

但是,桑顿跪在巴克身边,头顶着头,把他摇来摇去。那些匆匆赶过来的人听到他在咒骂巴克,骂得持久热烈、温柔怜爱。

"天哪,先生!天哪,先生!"贩狗大王语无伦次地说。"我出一千买他,先生,一千,先生——一千二,先生。"

桑顿站起来，眼睛湿润了，泪水顺着脸颊滚滚而下。"先生，"他对贩狗大王说。"不卖，先生。见鬼去吧，先生。这是我能为你做的最好的事了，先生。"

巴克用牙齿咬住桑顿的手，桑顿来回摇晃着巴克。旁观者们好像被一种弥漫开的兴奋情绪感染着，都纷纷恭敬地往退后了一些。他们不会再冒失地打扰他们了。

第七章
呼唤之声

巴克五分钟内就为约翰·桑顿赚了一千六百美元,让他的主人还清了一些债务,还能同伙伴们一起去东部寻找传说中失落的金矿。那金矿的历史跟这片地区的历史一样久远。许多人去寻找过,但是很少有人能找到,有一些人去了就再也没有回来。这个失落的金矿沉浸在悲伤里,遮蔽在神秘中。没有人知道是谁第一个发现了金矿,最古老的传说都追溯不到他。最初的传说里是一间摇摇欲坠的古老小木屋。一些临死的人发誓这间小木屋确实存在,它标志着金矿的位置。他们还拿出金块作为证据,而这些金块和任何北方已知的金子的等级都不一样。

但是没有一个活着的人夺得这个宝藏,死者已逝。因此,约翰·桑顿、皮特和汉斯带着巴克和其他六只狗沿着一条不为人知的小道前往东边,想要找到那些跟他们一样优秀的人和狗都没有找到的东西。他们驾着雪橇沿着尤康河而上,跑了七十英里,然后左转进入史都华河,经过迈约和麦奎斯顿继续前行，后来史都华河变成了一条小溪，在一座座高耸的山峰之间蜿蜒流过。这些山峰是这片大陆的脊骨。

约翰·桑顿对人类和自然都没有多少要求。他无惧蛮荒，只要带一把盐和一支枪，就可以纵身跳进荒野，喜欢在哪儿生活就在哪儿生活，想待多久就待多久。他像印第安人一样不慌不忙，一边赶路一边捕猎。如果捕不到猎物，就跟印第安人一样继续前行，他相信迟早能找到猎物。所以，在前往东部的这趟伟大旅行中，他们吃的完全是肉，雪橇上装的主要是弹药和工具，日程表定在了无限的未来。

对于巴克而言，打猎，钓鱼，无止境地穿行在陌生的地方，这些都充满了无穷的乐趣。有时他们会一天接着一天连续旅行好几周；有时他们会一连几周到处扎营，狗到处闲逛，男人们用火在冻结的烂泥和沙砾上烧出一些窟窿，就着火的热量淘洗一盘盘的淤积土。有时他们会饿肚子，有时又会大吃一顿，这都取决于猎物的多少和打猎的运气。夏天到了，狗和人背上背包，乘着木筏穿过蓝色的山湖，驾驶着森林里锯下的木头做成的细长的小船，沿着不知名的河顺流而下或逆流而上。

数月过去了，他们来来回回穿行于地图上没有标识的辽阔之地，那儿人迹罕至，但如果失落小屋存在的话，肯定有人已经去过了。他们在夏季的暴风雪中越过一座座分水岭，在林木线和终年积雪之间的荒山秃岭上沐浴着午夜的阳光，瑟瑟发抖，他们穿过成群的蚊虫，踏进夏天的山谷，在冰川的阴影处采摘和南方一样成熟美丽的草莓和鲜花。秋天的时候,他们穿过了一片奇特、凄凉、寂静的湖泊区,野禽曾在那里栖息,但那时看不到任何生命或者生命的迹象——只有寒风呼啸,遮蔽处冰雪冻结,孤独的沙滩上泛起忧伤的浪花。

在另一个冬天,他们漫步在前人走过却已被湮没的小道上。有一次,他们来到一条穿过森林的小路上,那是一条古老的路,失落的小屋似乎就在附近。但是,小路莫名出现,又莫名终止,成了一个谜题,就像这条路是谁开的,为什么而开,也是个谜。还有一次,他们偶然碰到了一片荒废已久的狩猎小屋残骸,在腐烂的破毯之间,约翰·桑顿发现了一支长管燧石火枪。他知道,那是西北哈德孙湾公司早期造的一种枪,当时这样的一支枪很值钱,能卖出跟枪一样高的一摞海狸皮的价钱。知道的就这些——至于是谁当初搭起这个棚子,谁又把枪留在毯子里,则没有任何线索。

春天再度到来,经历了这样的漫游之后,他们没有找到失落的小屋,却在一个宽阔的山谷中发现了一处浅砂矿,金子如同黄油一般在淘金盘底部闪闪发光。他们没有再往更远的地方寻找。每干一天,他们都能淘到价值几千美金的金粉和金块,而且他们每天都工作。金子都放在驼鹿皮袋子里,五十磅一袋,像是一堆柴火一样堆在用云杉枝搭起的小屋旁边。他们像巨人一样劳作,随着日子一天天像梦一样飞逝,他们的财富也堆得越来越高。

除了要时不时拖回桑顿杀死的猎物,几只狗都无事可做。

巴克长时间卧在火堆旁沉思。既然没什么事可做,那个全身都是毛的短腿男人越加频繁地出现在他的脑海里。巴克经常在火堆旁眨着眼睛,与他一起在另外一个他记得的世界里游荡。

在另一个世界里,最突出的事情似乎就是害怕。巴克看到全身毛发的男人在火堆旁睡觉,双手抱着脑袋放在双膝之间。巴克看到这个男人睡得很不安稳,老是惊醒,醒来时总是害怕地窥向黑暗,把更多的木头扔到火里。即使他们在海滩上行走,全身毛发的男人一边收集贝壳一边吃,他的眼睛也总是环顾四周,寻找潜在的危险,只要一有危险,时刻准备像风一样拔腿逃跑。他们蹑手蹑脚地穿过森林,巴克跟在全身毛发的男人身后。他们非常警惕,狗和人都是如此,耳朵抽动,鼻孔震颤,因为那男人的听觉和嗅觉同巴克一样灵敏。全身毛发的男人能跳到树上,他在树上的行动跟地上一样快,用手臂从一根树枝荡到另外一根树枝,有时相距十几英尺,这边松手,那边抓住,从来不会掉下来,也从来不会抓不住。事实上,他在树上就像在地上一样自如。巴克还记得自己在树下守夜,那个全身毛发的男人就在树上歇息,睡觉时都紧紧地抓着树枝。

与这个全身毛发的男人密切相关的是仍然回响在森林深处的呼唤。这呼唤让他极其焦虑不安,让他充满了奇怪的渴望。他感受到一种模糊、甜蜜的喜悦,意识到这野性的渴望和激动在追寻他所不知道的东西。有时候他去森林里寻找这种呼唤,好像它是有形的,巴克会温柔或轻蔑地吠叫,看他的心情而

定。他会把鼻子伸进清凉的木头苔藓，或者插入长满长草的黑土中，闻到肥沃土地的气味就会喷出快乐的鼻息。他也会在倒下的长满菌菇的树干后面连续蹲几个小时，像伏击一样，眼睛睁得大大的，耳朵竖起来，监视着身边活动的或发出声响的一切事物。他这样趴着，可能是希望吓一吓那个他无法理解的呼唤。可是他不知道自己为什么做这些事。他是被迫的，也根本没有探究背后的原因。

种种无法抗拒的冲动支配着巴克。他会趴在营地里，在炎热的白天懒散地打瞌睡，这时他会突然抬起头，竖起耳朵，专心倾听，继而一跃而起，飞奔而去。他穿过森林小道，穿过黑色漂石成堆的开阔之地，一跑就是几个小时。他喜欢沿着干涸的河道奔跑，匍匐着偷窥树上的鸟儿。有时他会一整天都趴在矮树丛中，观察石鸡欢叫着趾高气扬地走来走去。但是，他尤其喜欢在夏日午夜昏暗的夜色中奔跑，倾听森林那压抑的、令人昏昏欲睡的喃喃细语，像人类读书那样辨认着各种迹象和声音，寻找着那神秘的召唤——那个无论醒着还是睡着都不停响在他耳边的召唤。

一天晚上，他在睡梦中突然惊跳起来，目光急切，鼻孔颤动着，嗅着，浓密的鬃毛一阵阵竖起。森林中传来了那个呼唤（或者是呼唤的一个音调，因为呼唤有很多音调），从未有过的清晰和确定——长长的嚎叫，像爱斯基摩犬发出的声音，却又似乎不像。那声音古老又熟悉，他知道这是他以前听见过的声音。他跳跃着穿过熟睡的营地，迅疾无声地穿过树林。他离这个声音越近，就走得越慢，每时每刻都非常谨慎，直到来到树林中一个开阔的地方，他看到一只瘦长的大灰狼直直地蹲坐在那里，鼻子指向天空。

他没发出任何声响，那头狼却停止了嚎叫，竭力地嗅出巴克的存在。巴克大步走进开阔地，身体半蹲着，紧紧缩在一起，尾巴直挺挺地翘起，脚掌异常小心地落下。每个动作都既表示威胁又表示友好。这是猎食性野兽相遇时威胁性休战的标志。但那头狼一见到他就逃走了。巴克跟上去，猛跳猛追，疯狂地想要赶超。他追着狼来到河床的一条死路上，河床被一堆木头挡住了。狼陷入了绝境，以后腿为支点飞快地转过身，就跟乔和所有被逼到角落的爱斯基摩犬一样，鬃毛竖起，大声嚎叫，牙齿持续快速地开合，发出嗒嗒的声响。

巴克没有攻击，而是围着他转，友好地靠近他。狼既怀疑又害怕，因为巴克的体重是他的三倍，而他的头几乎够不到巴克的肩膀。逮到了机会，他就立刻猛冲逃跑，于是又开始你追我赶。但是他一次又一次被巴克逼到角落里，同样的情形再次发生，显然他状况不佳，否则巴克也无法轻易制服他。只有当巴克的头已追赶到他的腰际时，他才无可奈何地转身反抗，不过也只是为了一有机会就再次逃跑。

最后，巴克的执拗得到了回报。因为狼发现巴克并不打算伤害他，最后他用鼻子嗅了嗅巴克。他们之间就变得友好了，彼此紧张、略带腼腆地嬉戏起来，用这样的方式掩盖了野兽凶猛的本性。一段时间后,狼大步跑开,明显表示要去什么地方,并让巴克一起去。于是他们就在昏暗的曙光中并肩奔跑,沿着河床而上,进入小河源头的峡谷,再越过小河源头处荒凉的分水岭。

他们从分水岭对面的山坡上下来,来到一个平坦的地方,那儿有大片的森林和许多小河。穿过森林后,他们持续跑了好几个小时,太阳升得更高了,天气越来越缓和。巴克高兴极了。他知道他终于回应了那个呼唤,正与他的森林兄弟一起朝着确定发出呼唤的地方跑去。古老的记忆迅速向他涌来,让他激动万分,正如过去他曾因为跟随着他们的影子而感到激动。以前他也这样做过,在另外一个模糊记得的世界里,现在他又这样做了,在旷野中自由奔跑,脚下是没有踩过的土地,头顶是广阔无垠的天空。

他们在一条溪流边停下来喝水。这时,巴克想起了约翰·桑顿。他坐了下来。那头狼开始向确定发出呼唤的地方跑去,然后又回到巴克身边,用鼻子嗅了嗅他,做出一些动作,似乎在鼓励他。但是巴克转身,开始慢慢地往回跑。这个荒野的兄弟跟着巴克跑了大半个小时,柔声地呜呜叫着。然后他坐下,鼻子朝向天空,嚎叫起来。那是悲伤的嚎叫,而巴克继续坚定地往回跑,那嚎叫声变得越来越弱,直到消失在远处。

巴克冲进营地的时候,约翰·桑顿正在吃晚饭。巴克带着狂热的爱意扑向他,把他扑倒,趴在他的身上,舔他的脸,咬他的手——就像桑顿形容的"老玩的傻瓜游戏"。与此同时，桑顿会把巴克摇来摇去，充满爱意地咒骂他。

两天两夜，巴克都没有离开营地，没有让约翰·桑顿离开他的视线。桑顿工作的时候他跟着，桑顿吃饭的时候他看着。他晚上看着桑顿钻入毯子，早上又看着桑顿从毯子里出来。但是两天后，森林里的呼唤开始更加迫切地响起。巴克又开始躁动不安，荒野兄弟、分水岭那边微笑的土地、穿过开阔林带的肩并肩的奔跑，这些记忆时常萦绕心头。他又开始游荡在森林中，但再也没有见到荒野兄弟。虽然他在漫长的夜里注意倾听，但那悲哀的嚎叫再也没有响起。

他开始晚上在外面睡觉，有时候好几天都不在营地里。有一次，他穿过小河源头的分水岭，来到那片有树林和小溪的土地。他在那里游荡了一周，寻找荒野兄弟的足迹，却徒劳无功。他一边漫游一边猎取食物，在漫长的旅途中，似乎不知疲倦地大步慢跑。他在一条流向大海的宽阔溪流里捕捉鲑鱼，还在这条溪边猎杀了一只大黑熊。黑熊也在捕鱼的时候被蚊子弄瞎了眼睛，又无助又可怕地在森林里横冲直撞。即使是这样，那也是一场非常艰苦的战斗，激起了巴克最后残余的凶残本性。两天后，当他回到被他杀死的熊面前时，看到十多只狼獾在抢夺战利品，他像吹糠一样轻而易举地驱散了他们，那群狼獾丢下了两只再也不会争夺的同伴，落荒而逃。

他的嗜血欲望比以前更加强烈。他是一个杀手，一个捕猎

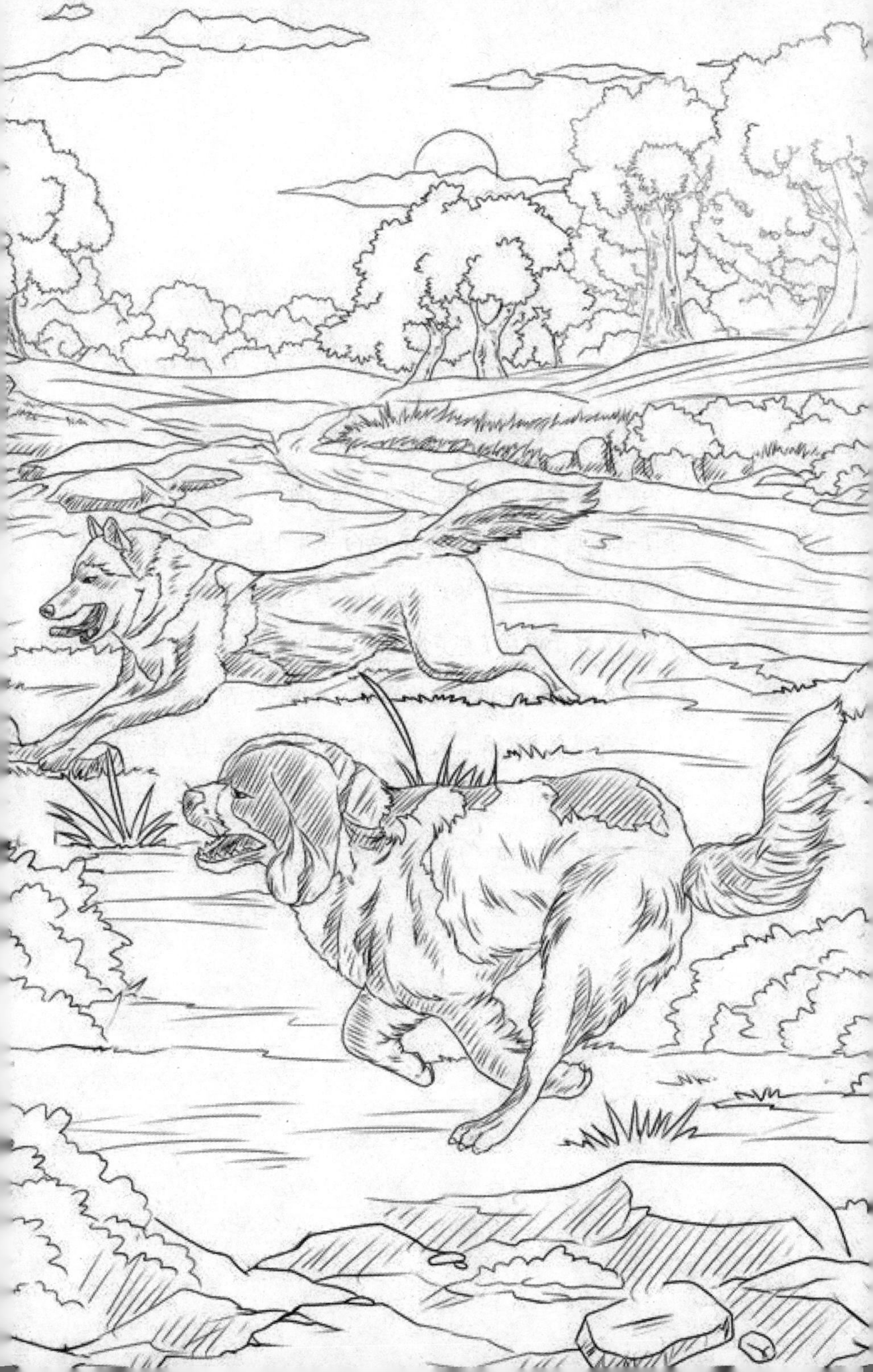

他们在昏暗的曙光中并肩奔跑,沿着河床向上,跨过一条荒凉的分水岭,再跑向一片平地,那儿有森林和小河。穿过森林后,他们又继续跑了好几个小时。巴克终于回应了那声呼唤,心中狂喜,与他的森林兄弟一起跑向发出呼唤的地方。此刻,太阳高高升起,天气越来越缓和,大地在脚下,蓝天在头上,他们是那样自由自在。

者，凭借自己的力量和勇气捕杀那些活的、无助落单的动物，在充满敌意的强者生存的环境中胜利幸存。正因为这一切，他开始感到无比自豪，这种自豪像是传染病一样传到他的全身，呈现在所有的动作中，体现在每一块肌肉的活动中，一举一动都像言语一样清晰传达，使他光彩夺目的皮毛更加耀眼。要不是因为口鼻和眼睛上那几缕稀疏的棕色毛发，还有胸前正中向下延伸的大片雪白的毛发，他也许已经被误认为是一只巨大的狼了，而且比最大品种的狼还大。他从他的圣伯纳犬父亲那里遗传了身高和体重，然而他的牧羊犬母亲却给了他这样的身形。他的口鼻跟狼一样，只是比任何狼的口鼻都要大。他的头稍宽，像一个硕大的狼头。

他的狡猾是狼的狡猾，是野性的狡猾；他的机智是牧羊犬和圣伯纳犬的机智；所有这些，加上在最残酷的学校里获得的经验，使他成为漫游在荒野里最可怕的动物。作为一头完全以肉为食的猛兽，他正处在全盛时期和生命的顶点，充满活力和刚强。当桑顿用手爱抚他的背部时，手碰到的地方皮毛噼啪作响，每根毛发在触摸时都释放出潜在的磁性。每个部分——大脑和身体、神经组织和纤维——都保持着最敏锐的状态，而且各部分之间是一种完美的均衡或调整。当看到、听到或遇到需要采取行动的情况时，他都以闪电一般的速度做出反应。爱斯基摩犬可以快速跳起来抵御攻击或者进行攻击，而他可以以两倍的速度跳起。他看到或听到什么动静并做出反应所需要的时间比别的狗仅仅完成看或听所需的时间还少。他能同时观察、判断并做出反应。事实上,这三个动作是相继发出的,但是由于间隔时间非常短,看上去就像是同时发生的。他的肌肉充满活力,像钢弹簧一样能迅速发挥作用。生命像滔滔洪水流过他的全身,欢快肆意,仿佛要在狂喜中冲破他的身体,浩浩荡荡地流向全世界。

"从来没见过这样的狗。"一天,约翰·桑顿说。伙伴们看着巴克快步走出营地。

"独一无二!"皮特说。

"对呀!我也是这样想的。"汉斯附和着。

他们看着他走出营地,却没有看到他走入森林隐秘地带后就立刻发生的恐怖变化。他不再大步流星,而是立刻变成野兽,悄悄行走,轻轻地迈着猫步,像一道影子一样在各种阴影中出现、消失。他懂得如何利用每种掩护,如何像蛇一样肚子贴着地面爬行,还像蛇一样一跃而起进行攻击。他可以从窝里偷山鹑,杀死熟睡的兔子,跳到半空中咬住慢了一秒钟、来不及逃到树上的金花鼠。对他而言,开阔的池塘里的鱼游得不快;修水坝的海狸也不够机警。他猎杀是为了吃,而不是为了杀,但是他更喜欢吃自己杀死的东西。所以一种潜藏的幽默贯穿他的行为。他偷偷跑到松鼠身边,当他差点抓住他们的时候又放走他们,看着他们在死亡的恐惧中吱吱叫着逃到树顶。这对他而言是一种乐趣。

秋天到了，驼鹿越来越多，他们慢悠悠地去低洼地或者不那么严酷的山谷里过冬。巴克早已拖垮了一只迷路的半大驼鹿，但是他强烈渴望着杀死体型更大、也更加可怕的猎物。有一天他在小河源头的分水岭上碰到了这样的猎物。二十只驼鹿穿过了那片有小河和森林的土地。他们的领头是一只巨大的公驼鹿。它脾气暴躁，站在那里有六尺高，正是巴克渴望的那种劲敌。公驼鹿前后摇晃着蹼状鹿角。那鹿角总共有十四个小分叉，分叉的顶点之间最宽达到七尺。它一看见巴克就狂怒咆哮，小眼睛里燃烧着邪恶而怨毒的光芒。

公驼鹿一侧的前腹部上插着一只带羽毛的箭头，这解释了它发脾气的原因。巴克凭借着在原始世界那古老的打猎时代传下来的本能，开始把公驼鹿和其他驼鹿分开。这活绝不轻松。他在公驼鹿前面吠叫着跑来跑去，刚好在巨大的鹿角和张开的可怕蹄子的范围之外，因为那鹿一脚就可以把他踩死。由于在这个长了獠牙的危险动物面前无法转身继续前进，公驼鹿被逼得一阵阵大发雷霆。这个时候，它冲向巴克，巴克狡猾地后退，却假装无力逃跑而引它上钩。可是当它上钩跟同伴分开时，两三只年轻的公驼鹿就会过来攻击巴克，让受伤的公驼鹿重新回到鹿群。

这种属于荒野的耐心——如同生命本身一样顽强、不知疲倦、坚持不懈——可以让守网的蜘蛛、盘绕的蛇、埋伏的豹子一直保持不动。以猎杀活物为生的动物更加具有这种耐心。巴克在一侧阻止鹿群前进的时候也有这样的耐心。他激怒年轻的公驼鹿，使母驼鹿担心半大的小鹿，逼得受伤的公驼鹿无可奈何地疯狂暴怒。他们就这样僵持了半天。巴克使出更多招数，从各个角度攻击，用旋风般的威胁包围鹿群，一旦受困者要回到同伴身边就立刻把它激出来，耗尽猎物的耐心。猎物的耐心不如捕猎者的耐心。

这一天很快就要过去，太阳从西北方落山（黑暗来临，秋天的晚上有六个小时），年轻的公驼鹿越来越不愿意折回来帮助受困的领头鹿。快要来临的冬天催促它们尽快赶到低洼地区。可是它们似乎永远也无法摆脱阻挠它们前进的不知疲倦的动物。此外，鹿群的生命或者是年轻公鹿的生命也没有受到威胁。只有一头鹿的生命受到威胁，比起它们自己的性命，这全然无关紧要，所以它们最终愿意留下买路钱。

暮色笼罩在年老的公鹿身上，它低着头，看着自己的同伴——他熟悉的母鹿、他养育的鹿仔、他领导的公鹿——在渐渐微弱的阳光中蹒跚着匆匆撤离。而它却无法跟上去，因为有一只残忍的长了獠牙的可怕动物在它的鼻子跟前跳着，不让他走。它重达1300磅，在漫长坚强的一生中经历了无数次战斗和挣扎，最后逼迫它面对死亡的却是长满獠牙、脑袋还不到自己膝盖的动物。

从那时开始，巴克白天晚上都不离开自己的猎物，绝不给它任何喘息的机会，也决不允许它吃树叶或者小桦树和柳树的嫩芽。当他们经过涓涓细流时，他也绝不会给这只受伤的公驼鹿平息干渴的机会。绝望的公驼鹿经常突然拔腿就跑。这个时候巴克不会阻止它，而是轻松地慢跑在它后面。他对这场游戏的方式很满足，驼鹿站定不动的时候，他就趴下来，若是驼鹿想吃或者喝水，他就发起猛烈的攻击。

公驼鹿巨大的脑袋在树一样的鹿角下越垂越低，踉跄的小跑越来越无力。它不得不长时间站立，鼻子朝下，耳朵沮丧无力地耷拉下来。巴克则有更多的时间喝水休息。这个时候，他鲜红的舌头懒洋洋地垂下，眼睛盯着大公驼鹿。巴克似乎感到情况正在发生变化。他能感受到土地里的躁动。驼鹿来到这片土地上，其他生命也来到这里。森林、溪流和空气似乎因为它们的到来而颤抖。他生来就能感知到这些，并不是靠看见、听到或闻到什么，而是靠其他更加敏锐的感觉。他没有听到，也没有看到，可是他知道这片土地有点不一样了，陌生的事物正出现在大地上。他决心办完手里的事情就去调查一番。

最后，第四天结束的时候，他终于打倒了巨大的驼鹿。他在猎物旁边待了一天一夜，吃了睡睡了吃。重新休整之后，他觉得精神焕发，身体又恢复了强壮，准备回到营地，回到约翰·桑顿的身边。他轻快地大步跳跃，连续跑了好几个小时，却从不会迷失在地形复杂的路上。他径直穿过这片陌生的区域回家，他对于方向的确定使得人类和他们的指南针都黯然失色。

他向前奔跑时，越来越确定这片土地中那种新的躁动。新出现的生命不同于整个夏天里一直存在的生命。巴克不再是通过细小而神秘的方式感知到这个事实。鸟儿叽喳，松鼠唠叨，微风细语，他们都在谈论这个事实。他好几次停下来，大口呼吸着早晨新鲜的空气，猛然嗅出一些信息，然后加快速度跃进。他的心头有一种灾难即将发生的压迫感，如果灾难不是已经发生了的话。他穿越最后的分水岭，沿着山谷而下，更加谨慎地朝着营地奔去。

他在离营地三英里的地方突然发现一道新的足迹，他颈上的鬃毛一圈圈竖起来。这条足迹直通营地和约翰·桑顿。巴克立刻飞奔起来，敏捷而隐秘，每根神经都绷紧着，警惕着各种细节，这些细节都在讲述一个故事——就差没有结局了。他的鼻子告诉他，有动物经过这条道路。他发现森林里孕育着一种不断发酵的寂静。鸟儿已经飞走，松鼠躲了起来。他只看到一只光滑的灰色松鼠被砸扁了，倒在灰色的枯枝下，看起来就像是树的一部分，一个树瘤。

巴克像个滑行的影子一样悄悄前行，他的鼻子忽然歪到一边，好像有一股力量抓住了他，拉了他一把。他沿着新的气味跑到灌木丛中，发现了尼格。尼格死了，侧身躺在他爬到的地方，一支箭穿过他的身体，箭头和箭尾露在身体两侧。

一百码之外，巴克发现了桑顿在道森买的一只雪橇狗。那只狗在路中央垂死挣扎，巴克经过他的身边时没有停下。营地传来隐约嘈杂的人声，如同唱歌一样高低错落。巴克肚子贴着地面来到空地的边缘，发现汉斯脸朝下趴在地上，就像一只豪猪，背上插满了箭。同时他朝着云杉枝搭成的小木屋看去，看到的场景让他脖子和肩膀上的毛发立刻竖了起来。一阵狂怒席卷全身。他不知道自己咆哮了，而且恐怖地大声咆哮。他最后一次让盛怒压倒狡猾和理智。对约翰·桑顿的爱让他失去了理智。

印第安人正围着云杉枝小屋的残骸跳舞，突然听到一声令人恐怖的咆哮，然后看到他们从未见过的动物向他们扑来。那是巴克，就像一股暴怒的飓风，疯狂地扑向他们，想要置他们于死地。他扑向最前面的人（印第安人头领），把他的喉咙撕开了一道大口子，静脉被撕破，鲜血喷射出来。他没有停下来继续折磨他，而是立即跳向第二个人，撕开他的喉咙。他所向披靡，跳入他们中间，撕着，扯着，破坏着，动作敏捷得难以想象，他们射向他的箭都一一落空。事实上，他的动作快得惊人，而那群印第安人又乱成一团，互相妨碍，所以他们的箭都射中了彼此。一个年轻的猎人朝半空中的巴克投掷了一支矛枪，却刺穿了另外一个猎人的胸膛，力量很大，矛头刺穿了背部的皮肤，露到外面。印第安人惊慌失措，惶恐地逃向森林，一边逃一边喊"恶魔"来了。

巴克就是魔鬼的化身，他紧紧地追着他们，当他们在森林中窜逃的时候，像拽倒鹿一样把他们拽倒。这一天是印第安人的宿命日。他们四散逃窜，直到一周后幸存者们才聚在一处低洼的山谷清点损失。而巴克追厌了之后才回到凄凉的营地。他发现裹在毯子里的皮特似乎一发现有人偷袭就被杀死了。桑顿拼命搏斗的痕迹还留在地上。巴克仔细地嗅着这条痕迹，最后来到一个深水池边。斯基特躺在池边，头和两条前腿浸在水里，忠心耿耿地坚守到最后一刻。池水浑浊不堪，又被洗矿槽玷污，有效地隐藏了里面的东西——约翰·桑顿。因为巴克追踪他的足迹到了水里，却没有看到任何离开水池的痕迹。

　　巴克一整天都在池子边发愣，或在营地里烦躁不安地徘徊。他知道，死亡是行动的终止，生命不再活着。他知道约翰·桑顿死了。他的内心极度空虚，那感觉有点像饥饿，但那是一种不断隐隐作痛、无法用食物来满足的空虚。有几次，当他停下来凝视印第安人的尸体时，他会忘记这种痛苦。这时候他会对自己感到自豪，从未有过的自豪。他杀了人，这是无上的荣耀，面对棍棒和犬牙的法则他杀了人。他好奇地嗅着尸体。他们很轻易就死了。比杀死爱斯基摩犬还容易。要不是他们有箭、有矛还有棍棒，他们根本就不是他的对手。从那以后，除非他们手里有箭、有矛和棍棒，否则他就不会害怕他们。

　　夜晚来临，一轮满月越过树林，高高地升入天空，照亮了大地，大地沐浴在阴森森的白昼一样的光里。随着夜晚的来临，巴克在池子边沉思哀悼时，意识到森林里又有一种新的生命在躁动，那不是印第安人的躁动。他站起来，听着嗅着。远处传来一声隐隐约约、尖锐的嚎叫，继而传来类似的齐声嚎叫。随着时间一分分钟过去，那嚎叫越来越近，也越来越响。巴克又一次明白了，这是在他记忆中挥之不去、在另一个世界里听到过的声音。他走到空地的中央，仔细聆听。这是那呼唤，有许多声调的呼唤，这呼唤听起来比以前更加诱人、更不可抗拒。不同于以往，他立即准备响应。约翰·桑顿死了。最后的纽带断了。人和人类的要求不再束缚他了。

像印第安人一样，狼群在迁徙的驼鹿侧翼猎食，它们最后穿越了那片有溪流和森林的土地，进而侵占了巴克的峡谷。它们像是一道银色的洪流涌进洒满月光的空地里。巴克站在空地中央，像雕像一样一动不动，等待它们的到来。他站在那里，体型巨大，没有发出任何声音。狼群被震慑住了，一瞬间都停了下来，直到胆子最大的狼直接扑向他。巴克像闪电一样进攻，折断了那头狼的脖子。然后又一动不动站着，跟刚才一样。另外三头狼相继猛攻，却相继退了回来，血从它们被撕破的喉咙和肩膀处流出来。

这足以让整个狼群都扑上来。但是因为它们都急于打败猎物，一下子场面变得混乱，拥挤不堪。巴克以惊人的速度和敏捷占据了上风。他以后腿为支点，旋转撕咬，向四面八方发起进攻。他旋转如飞，左挡右防，显然构筑了无法突破的防线。但为了防止狼群从后方偷袭，巴克被迫后退，向下绕过池子，进入小河床，最后到达一个高高的砾石堆。这个砾石堆是人们在挖矿的时候筑的。巴克在石碓处找到一个有利角度，在那里跟狼群周旋，这儿三面受到保护，所以他只要正面对付敌人就行。

他从容应对，半个小时后，狼群挫败退却了。所有狼的舌头都懒洋洋地伸在外面，白色的獠牙在月光下显得苍白凶恶。有些狼趴在那里，抬起头，耳朵向前竖起；有些狼站在那里看着他；还有些狼在池子边喝水。一头又瘦又长、毛色发灰的狼谨慎而友好地靠近巴克，巴克认出它就是曾经和自己一起跑了一天一夜的荒野兄弟。那头狼温柔地呜呜叫着，巴克也呜呜叫着，他们碰了碰彼此的鼻子。

然后一头满身伤痕、瘦骨嶙峋的老狼走向前。巴克蠕动着嘴唇准备嚎叫，但最后却与它互相嗅了嗅鼻子。于是老狼坐下来，鼻子朝着月亮，发出悠长的狼嚎。其他狼也坐下来，发出嚎叫。现在呼唤已经来到巴克身边，而且绝对不会再弄错了。他也坐下来嚎叫。嚎完之后，他从自己的防守角里出来，狼群围着他，半友好半野蛮地嗅着他。狼群领头发出尖锐的叫声，向森林里奔去。其他狼也跟上去，一起嚎叫起来。巴克也跟着它们奔跑，与荒野兄弟肩并肩，发出嚎叫。

巴克的故事到此就结束了。没过几年，印第安人发现森林狼的品种有了变化，因为有些狼的头部和口鼻处出现了零星的褐色毛，胸前还有一道白裂纹。但更值得注意的是，印第安

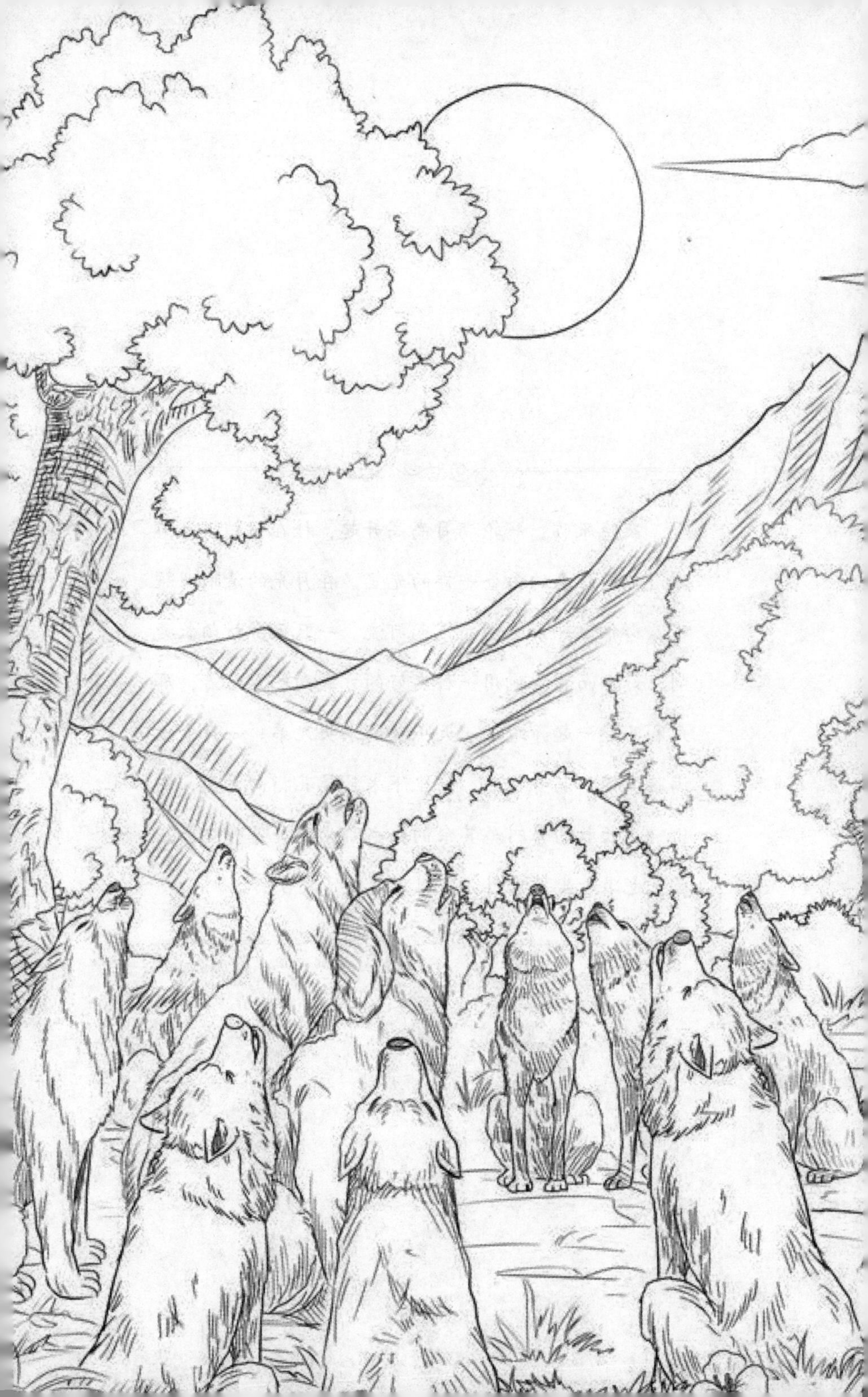

夜晚来临，一轮满月高高升起，挂在树梢，大地沐浴在阴森森的白昼一样的光里。在月光的清晰照耀下，群狼像一条流动的银色河流。一只狼身材硕长瘦削，好奇而冒险地用一种友好的方式向巴克看着，那是和巴克一起奔跑了一天一夜的木头兄弟。一只老狼满脸憔悴，满身伤疤，它坐下来，鼻孔指向月亮，发出一声长长的嚎叫。其余的狼也都坐下，嚎叫起来，巴克也跟着坐下嚎叫。尖叫声形成了大合唱。

人中间流传着一个跑在狼群前面的幽灵狗的故事。他们怕这只幽灵狗,因为他更加狡猾,会在严酷的寒冬来他们的营地偷东西,抢夺他们的捕兽夹,杀死他们的狗,公然挑战他们最勇敢的猎人。

不仅如此,故事传得越来越糟。有些猎人再也没有回到营地;有些猎人被部落里的人发现时,喉咙被残忍地撕开,旁边雪地里留下的狼的脚印比任何狼的脚印都大。每年秋天,印第安人追踪驼鹿的迁徙足迹时,有一个山谷是他们从来都不会进去的。听人们说那个恶魔选取了那个山谷作为永久居住地,女人们都伤心不已。

然而,每年夏天那个山谷都有一个印第安人不知道的访客到来。那是一只体型高大、皮毛绚丽的狼,然而又跟其他狼不一样。他独自穿过微笑的土地,来到树林中的一片开阔之地。一股黄水从几个腐烂的鹿皮袋里流出来,渗进土里,长长的青草长出来,植物在上面蔓延,遮住了黄色的水,阳光便无法照到。他在这里沉思一会儿,继而发出悠长悲凄的嚎叫,然后离去。

但是他并不总是形单影只。漫长的冬夜来临,狼群跟随它们的猎物来到低洼的山谷,人们看到他跑在狼群前面,穿过苍白的月光或微弱的北极光,像个巨人一样在同伴面前飞跃奔跑,他那巨大的喉咙轰轰作响,高声唱着一首年轻一代的歌,那就是狼群之歌。

热爱生命

"所有过往，只留下这一点——
他们历经困苦，饱受磨难；
而收获就是游戏中的丰富经历，
即便已经输掉这场赌博的本钱。"

他们沿着河岸一瘸一拐地走着，样子十分痛苦，走在前面的那个人还在乱石中摇晃了一下。他们疲惫且虚弱，因为长期的风餐露宿而神情憔悴。他们肩上背着毯子包，肩带深深嵌入肩膀。额上的头带帮着吊住了这些包裹。每人手里都拿着一支来复枪。他们弯着腰，肩膀努力前倾，头更向前，眼睛俯视着地面。

"我们藏在地窖里的那些子弹，身边要是有两三发就好了。"走在后面的人说。

他的声音阴沉沉、干巴巴的，完全没有感情，而且语气中也听不出什么活力。走在前面的人没有回应，只是一瘸一拐地走进乳白色的小溪里，溪水流过岩石，产生了很多泡沫。

后面的人紧跟着他。虽然河水冰冷——冷得他们脚腕生疼，两脚麻木，但是他们没有脱掉鞋袜。走到河水冲击他们膝盖的地方，两人都晃晃悠悠站不稳。

后面那个人在一块光滑的大圆石上滑了一下，差点摔倒，还好猛地一使劲站稳了，但还是痛苦地尖叫了一声。他头昏眼花，差点晕倒，一面摇晃着，一面伸出那只空着的手，像是要扶住空中的什么东西。他站稳之后又向前走，却又摇晃一下，几乎要摔倒。然后，他就静静地站着，看向另外一个人，那人一直没有回头。

他一动不动地足足站了一分钟，好像在与自己争辩一样。继而，他叫道：

"喂，比尔，我的脚崴了。"

比尔在白花花白茫茫的水里继续跌跌撞撞地走，没有回头。后面的人看着他离开，还是没什么表情，可是他的眼神就像是一只受伤的鹿。

前面的男人一瘸一拐走上了河对岸，继续向前，没有回头。站在河里的男人看着他，嘴唇微微翕动了一下，连带着嘴上那堆乱糟糟的棕色胡须也明显抖动。他不知不觉地伸出舌头舔了舔嘴唇。

"比尔！"他大声喊着。

这是一个坚强的男人落难时乞求的呼喊，但是比尔没有回头。男人注视着比尔远去，一瘸一拐，样子滑稽，尽管磕磕绊绊，但他还是爬上一片缓坡，然后消失在那个低矮的小山头构成的柔和的天际线下。他就这样眼睁睁地看着比尔走掉，越过

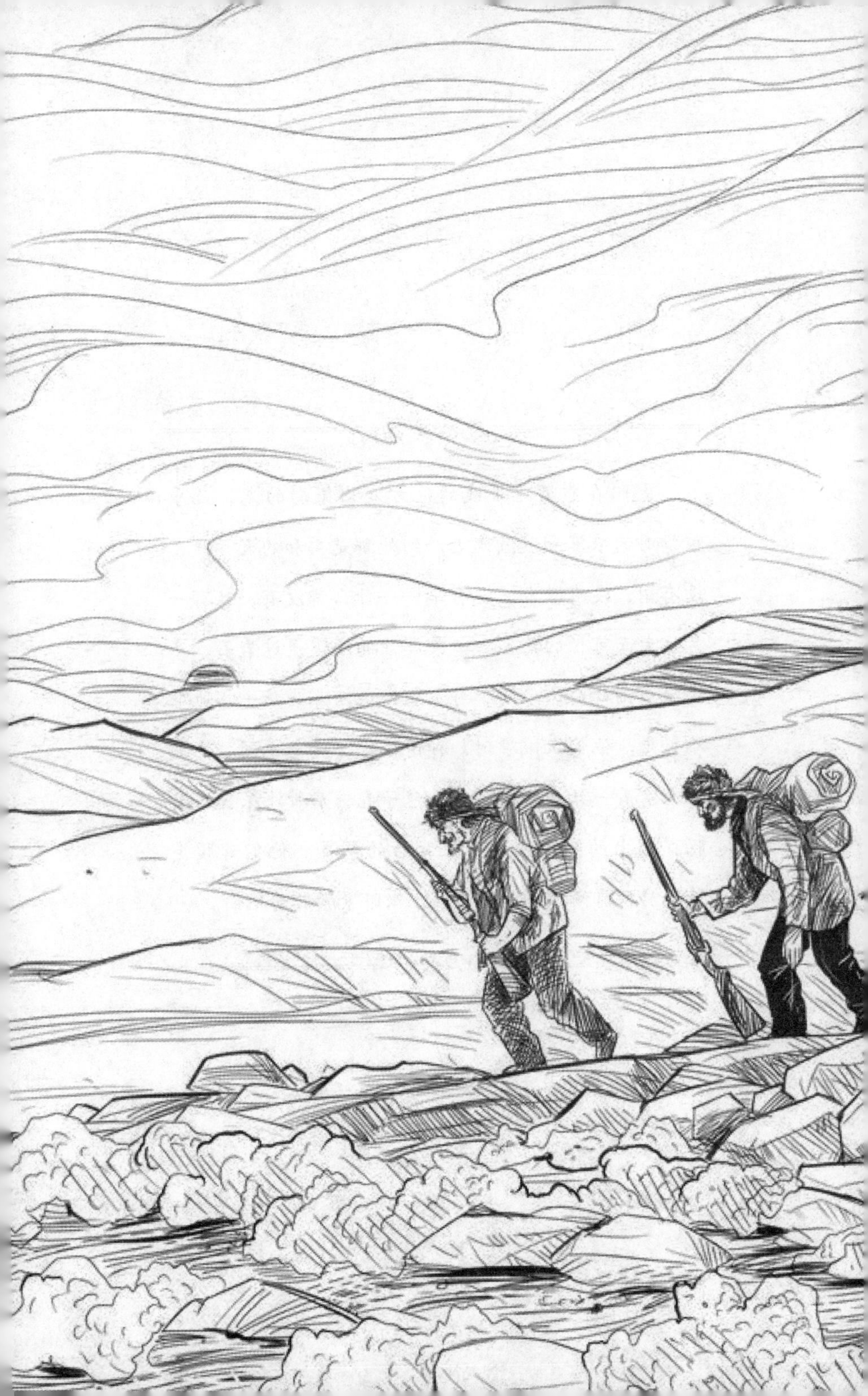

太阳在靠近地平线的地方发出微弱的光,几乎被缥缈的浓雾和蒸汽遮盖。到处都是柔和的天际线,没有树,没有灌木,没有草——什么都没有,只有一片巨大而可怕的荒芜。一条浑浊的小溪流过岩石,产生很多细碎白沫。两个男人正沿着河岸一瘸一拐地艰难行走。他们饥饿难耐,神情憔悴,疲惫虚弱。他们每人拿着一只来复枪,背着毯子包,肩带深深嵌入肩膀,额上的头带帮着吊住背后的包裹。他们弯腰走着,肩膀前倾,头更向前倾,双眼紧紧盯着地面。

山头消失了。这时,他才转过目光,慢慢四下里打量着比尔离开后留给他的世界。

地平线上,太阳焖烧着,发出微弱的光,几乎要被缥缈的浓雾和蒸汽遮住了,看起来密密麻麻的一团,没有轮廓,模糊不清。男人身体的重量挪到了一条腿上,拽出手表。现在是四点钟,季节是七月底或八月初——他已经两周不知道确切日期了——但是他知道太阳大致在西北方。他看向南边,知道在那些荒凉的小山后就是大熊湖;他也知道在那个方向上,北极圈的禁区界横切加拿大荒原,令人心生畏惧。他脚下的这条河是铜矿河的一个分支,铜矿河则流向北方,注入加冕湾和北冰洋。他从没去过那里,但是他有一次在哈德孙湾公司的地图上见过。

他再次环视周围的世界,实在没有什么可让人激动之处。到处都是柔和的天际线,低低的山丘。没有树,没有灌木,没有草——什么都没有,只有一片巨大而可怕的荒野,让他顿生恐惧。

"比尔!"他一次又一次地低声呼唤着,"比尔!"

他蜷缩在白茫茫的溪水中,仿佛被这无穷无尽的空间用无法抗拒的力量压迫着,这股力量无法抗拒、自鸣得意、凶神恶煞般地要将他置于死地。他开始像发疟疾似的颤抖起来,手里的枪哗啦一声掉进水里。这反倒令他惊醒。他从恐惧中振作起来,在水中摸索,找回了枪。他把包袱向左边肩膀拉了拉,以便减轻受伤脚踝的负担。尽管疼痛依旧深入骨髓,他还是慢慢、小心地走向岸边。

他没有停。在绝望中,他发疯似的,不顾疼痛,赶紧顺着斜坡爬上他的伙伴消失的山头——样子比他那一瘸一拐、磕磕绊绊的伙伴的样子更加古怪滑稽。可是,站在山头,他只看到一片浅浅的山谷,寸草不生。他再次打败了袭来的恐惧,把包袱往左肩又拉了拉,蹒跚地走下了山坡。

谷底泥泞潮湿,厚厚的苔藓贴着地面生长,如同海绵一般。每踩上去一脚,水就从脚下喷射而出,而每次提起脚,湿润的苔藓总是不情愿地放开,拽得脚砸吧砸吧地响。他从一块沼泽走到另一块沼泽,沿着另外一个人的脚步,穿过一堆堆岩石。这些岩石像是这片苔藓海洋中突起的小岛。

他虽然孤身一人,却没有迷路。他知道,再往前就会走到一个小湖,湖边有很多细小枯萎的云杉和枞树。当地人把小湖叫作"提青尼其利",意为"小棍子地"。还有一条小溪流到湖里,溪水不再是白茫茫的。上面有灯芯草——他记得很清楚——但是没有树,他可以沿着小溪一直上行,直到它的源头。那里是一个分水岭,翻过去,就是另一条小溪的源头,那条小溪流向西边,注入狄斯河,他会顺着小溪走到那里。在狄斯河的一条翻过来的独木船下面有一小坑,上面堆着很多石头。在这个坑里有他的空枪需要的子弹、鱼钩、鱼线、鱼网——打猎捕食所需的一切工具。同时,他还能找到面粉——

不多——还有一块培根和一些豆子。

比尔会在那里等他，他们会划船沿着狄斯河向南到大熊湖。接着，他们会继续划船向南穿越大熊湖，到达麦肯齐河。然后继续向南，向南，冬天赶不上他们的。湍急的水流结成冰，天气变得越来越凄寒干冷，他们会向南走到一个暖和的哈德孙湾公司的邮站，那儿有参天大树，还有无穷无尽的食物。

他挣扎着前行，脑子里满是这些。他身体苦苦挣扎，脑子也同样苦苦思索，努力让自己相信比尔没有抛弃他，肯定会在粮窖那里等他。他不得不这样想，否则挣扎就没有什么用了，他就会躺下来等死。太阳那个模糊的圆球在西北方慢慢下沉，他一再思索着在冬天来临之前，他和比尔向南方逃去所走过的每一寸土地。他一遍又一遍想着小坑里的食物和哈德孙湾公司邮站的食物。他已经两天没有吃东西了；至于他没有吃到自己想吃的东西的日子则更长久。他常常弯腰采摘灰白色的沼泽地浆果，把它们放进嘴里，嚼一嚼，然后吞下。这种沼泽地浆果是浆水包裹一粒种子，放进嘴里，水就化了，种子嚼起来又辣又苦。他知道这种浆果没有营养，但是此时他已经全然不顾了，只是带着希望耐心地咀嚼着。

九点钟的时候，他的脚趾在一块岩石上绊了一下，由于极度疲倦虚弱，他踉跄了一下就倒在地上。他侧身躺了许久，一动不动。然后，从包袱的带子中抽身，笨拙地挣扎着坐起来。天还没有完全黑，借着迟迟未消散的暮色，他在石堆里摸索着找一片片干苔藓。他找到一堆之后就生火——一堆冒着黑烟的、阴燃的火——然后，他在上面放了一个白铁罐子煮水。

他打开包袱，第一件事情就是数火柴。还有六十七根火柴。他数了三遍才确认。他把火柴分成几份，然后用油纸包起来，一份放在空烟草袋里，一份放在他破帽的帽带里，第三份放在贴胸的衬衫里。做完这些以后，他感到一阵惊恐，又把它们全部打开，再数了一遍。还是六十七根。

他在火边烤干了潮湿的鞋袜。他的鹿皮鞋湿透了，成了碎片。毛毡袜有很多地方磨破了，两只脚也磨破了，流着血。扭伤的脚踝一抽一抽地痛，他仔细检查了一下。它已经肿得跟膝盖一样粗了。他拿出两条毯子中的一条，从上面撕下一长条，把脚踝捆紧。他又撕下几长条裹在脚上，代替鹿皮鞋和袜子。接着，他喝了那罐热气腾腾的水，给表上了发条，爬进了毯子里。

他睡得跟个死人似的。午夜前后，短暂的黑夜来了又走。太阳在东北方升起——至少那个方向出现了曙光，因为太阳躲在灰色的云层后面。

六点钟的时候，他醒了，静静地仰面躺着，眼睛直勾勾地看着灰色的天空，他知道自己饿了。他用胳膊肘撑着翻身的时候，一阵响亮的喷鼻声把他吓了一跳。他看见一只公鹿警惕又好奇地看着他。这头鹿就在离他不到五十尺的地方，他脑子里立刻出现了鹿肉在火上烤着、咝咝作响的场景，闻到了香味。

他机械地伸手拿枪，瞄准，扣动扳机。公鹿哼了一下，跳开了，它逃过山岩时，蹄子嘚嘚作响。

男人咒骂着，扔掉空枪。他一面拖着身体站起来，一面大声呻吟。整个过程缓慢又吃力。他的关节像生锈的铰链。它们在骨头之间吃力地工作，凶狠地摩擦，每次曲和伸都靠意志才能完成。最后，他总算站起来了，又花了一分钟左右直起腰，能像正常人一样站着。

他爬上一个小圆丘，观察周围的地形。四周没有树木，也没有小树丛，只有一片灰色的苔藓海洋，偶尔有些灰色的岩石，灰色的小湖，还有几条灰色的小溪。天空是灰色的。没有太阳，也没有一点太阳的影子。他不知道哪个方向是北方，他已经忘记了昨天晚上是如何走到这里的。不过，他并没有迷路。他知道。他很快就会到达那块"小棍子地"。他感觉它就在左边某处，已经不远——也许翻过下一座小山就到了。

他回去整理好包袱，准备动身。他确认那三包分开的火柴还在，不过他没有停下来再数一数。可是，他仍然犹豫了一下，盘算着要不要将一只厚实的鹿皮袋子装进包袱。袋子不大，可以用两只手完全遮住。可是它有十五磅重——重量相当于背包里其他东西的总和——这让他发愁。最后，他把它放在一边，继续整理包袱。可是，他停了下来，盯着鹿皮袋子。接着，他一把捡起它，用挑衅的目光看着四周，仿佛这片蛮荒之地要把它抢走似的。等他站起来摇摇晃晃地开始这一天的路程

127

时，那只鹿皮袋子已经躺在他的包里了。

他转身向左走，不时停下来吃沼泽地上的浆果。他的脚踝已经僵硬，明显比之前跛得更厉害，但是比起胃中的疼痛，脚疼就不算什么。饥饿的疼痛很尖锐。它们咬噬他，再咬噬他，直到他不能专注于去往小棍子地的路线。沼泽地浆果不能减轻这种疼痛，而浆果刺激的味道却让他的舌头和上颚火辣辣的。

他来到一道山谷，那儿的岩雷鸟拍打着翅膀从岩石和沼泽地上飞起来，"咯—咯—咯"地叫着。他拿石块扔向它们，却没有打中。他把包放在地上，像猫捉麻雀一样偷偷接近它们。锋利的岩石划破了他的裤腿，膝盖留下一道血迹；但是在饥饿的痛苦中，他没有感受到这种痛苦。他在潮湿的苔藓上蠕动着，衣服都湿透了，身上很冷；但是他完全没有意识到这些，因为他对食物的渴望太过强烈。可是每当他即将抓到那些鸟，鸟儿们就扑棱着飞起，到后来，它们"咯—咯—咯"的叫声仿佛是在嘲笑他，于是他开始咒骂它们，它们叫起来，他也跟着大叫。

有一次，他爬到一只肯定是睡着了的岩雷鸟附近，之前他一直没瞧见这只鸟，等到它从岩石一角里飞起来，从他脸上掠过，他才看到。他像那只飞起来的岩雷鸟一样惊慌，立刻伸手去抓，却只抓到三支尾羽。他恨恨地看着岩雷鸟飞走，仿佛它做了什么非常对不起他的事儿。接着，他走回去，背起包袱。

时光渐渐消逝，他来到山谷或者沼泽地里，那些地方猎

物更多。一群驯鹿走了过去,有二十来只,都在来复枪的射程内,却可望而不可即。他发狂地想要追上它们,而且相信自己一定能追上它们。一只黑色的狐狸朝他走来,嘴里叼着一只岩雷鸟。他大喊一声,声音骇人,吓得狐狸飞奔而去,却没有丢下岩雷鸟。

下午晚些时候,他沿着一条小溪走,溪水因为含有石灰而变成了乳白色,从稀疏的灯芯草上流过。他紧紧抓着灯芯草的根部,一把拔了起来,下面的东西好似洋葱嫩芽,只有石子大小。这东西很嫩,他一口咬下去,发出嘎吱嘎吱的声音,光是听着就觉得美味可口。可是,它的纤维不容易嚼烂。它由一丝一丝的纤维组成,充满水分,跟浆果一样,没有营养。他扔下包袱,爬到灯芯草丛里,像牛一样嘎吱嘎吱大嚼起来。

他疲累至极,常常想休息——躺下来睡一觉;但是他不断驱赶自己前进——不是因为他多想抵达"小棍子地",而是因为饥饿。他在一个个小水坑里找青蛙或用指甲挖虫子,虽然他知道这么靠北的地方没有青蛙也没有虫子。

他审视每个水坑,一无所获,直到漫长的黄昏来临,才发现其中一个水坑里有一条孤零零的小鱼,跟米诺鱼一般大小。他把胳膊用力伸到水中,水没到肩头,但是鱼逃掉了。他又用双手去抓,搅起了池底乳白色的泥。因为太激动,他甚至掉进了水坑里,一直湿到腰间。水变得浑浊不堪,他看不到鱼,只好等着,等泥沉淀下去。

129

他又重新开始捉鱼,直到水又搅浑了。但是他等不及了,解下腰上的白铁罐子,开始舀坑里的水。起初,他疯狂地舀着,水溅到自己身上,可是舀出去的水距水坑太近,又流了回来。于是,他小心了一些,尽量保持冷静,即便他的心在胸腔里怦怦地跳个不停,手也抖得厉害。半个小时后,小水坑里的水差不多干了。剩下的水还不到一杯,却没有找到鱼。他发现石头里有一条隐藏的裂缝,那条鱼已经从这边逃到旁边一个相连的更大的水坑了——里面的水他一天一夜也舀不完。要是他早知道有这个裂缝,他一开始就会用石头把它堵住,那条鱼也早就归他了。

他这样想着,四肢无力地瘫倒在湿地上。起初,他只是轻轻地哭泣,接着他对着周遭无情的荒原号啕大哭;很久以后他还在大声抽噎着。

他生了一堆火,喝了几夸脱热水暖暖身子,然后跟昨晚一样,在一块岩石上露营。最后,他检查了火柴是不是还干燥,又上好了手表的发条。毯子又湿又冷,他的脚踝一抽一抽地疼。可是他只是感觉自己很饿,睡得也不安稳,梦见了一桌桌宴席以及以各种能想象到的方式送上来、铺展开的食物。

醒来时,他又冷又恶心。天空中没见着太阳。灰蒙蒙的大地和天空变得越来越阴暗。一阵寒风吹来,初雪覆盖了山顶。他生火烧水时,周围的空气正变浓变白。雨夹雪落下来,一半是雨,雪片大而潮湿。起初,它们一落地就融化了,但是后来

越下越多,遮盖了地面,压熄了火,弄湿了烧火用的苔藓。

这是一个信号,告诉他得绑好背包,继续跋涉。他不知道要去哪儿。他既不关心小棍子地,也不关心比尔和狄斯河边翻过来的独木舟下的粮窖。"吃"这个动词把他死死套住了。他快饿疯了,完全不管脚下的路通往何地,只要这条路能引他穿过这个沼泽谷底就成。他在湿雪地里摸索着前进,来到水水的沼泽地浆果那儿,一边试探着前行,一边连根拔起灯芯草。可是,这东西没什么味道,也不顶饿。后来,他发现一种野草,吃起来酸酸的,他把能找到的这种草都吃了,不过,没有找到多少,因为这是一种蔓生植物,很容易就被几英寸深的雪掩埋了。

那天晚上,他没有生火,也没有喝热水,就饿着肚子爬到毯子里睡了个又饥饿又断断续续的觉。雪变成了冷雨,他感觉雨水打在他仰起的脸上,醒来好多次。天亮了——仍旧是灰暗的一天,没有太阳。雨停了。万分饥饿的感觉已经消失。他对食物的渴望没有了,只觉得胃里有一种沉重的钝痛,不过,这对他而言,没什么大关系了。他恢复了理智,又专心致志地想着"小棍子地"和狄斯河边的粮窖了。

他把一条毯子的残余部分撕成一条一条的,绑在流血的脚上。然后把受伤的脚踝重新捆紧,准备开始这一天的行程。等他去拿包袱的时候,他又盯着那个厚实的鹿皮口袋犹豫了好一会儿,最后还是把它带上了。

雪已经被雨融化，只剩下山头还是白色的。太阳出来了，他终于定出了罗盘的方位，不过，他知道自己已经迷路了。也许在前几天的游荡中，他往左边走太多了。现在，他要往右边走走，以便校正可能的偏离。

虽然饥饿的痛苦已经不那么剧烈，但是他意识到自己非常虚弱。他不得不频繁地停下来休息，歇息时就向沼泽地浆果、灯芯草丛发起进攻。他感觉舌头又干又大，好像舌面长着一层细毛，含在嘴里苦苦的。他的心脏也给他添了很多麻烦。每走几分钟，心脏就会无情地咚咚直跳，然后上下起伏，剧烈跳动，使他痛苦地喘不过气来，头昏眼花。

中午的时候，他发现一个大水坑里有两条小鱼。把水舀干是不可能了，不过，他现在更加镇静了，想办法用白铁罐子把它们捞了起来。这两条小鱼都不比他的小指长，但他也不觉得特别饿。胃里的钝痛已经更钝了，更轻微了。胃就跟睡着了一样。他把鱼生吃了下去，费劲地嚼着，因为吃东西已成了一种纯理智的行为。他虽然不想吃，但是他知道，要活下去就必须吃。

黄昏时候，他又抓到三条小鱼。他吃了两条，余下的一条做早饭。太阳晒干了稀稀落落的苔藓，他又可以喝热水暖暖身子了。这一天，他才走了十英里；而接下来的一天，只要心脏允许他就赶路，也只走了五英里。不过，他的胃倒没有让他感觉丝毫难受——它已经睡着了。他来到一个陌生的地方，驯鹿

越来越多,狼也多了起来。这片荒凉的土地上常常传来狼的嗥叫,有一次,他还看见三只狼在他前面的路上偷偷溜走。

又过了一个晚上;早上的时候,他的头脑清醒了一些,于是就解开系在厚实的鹿皮口袋上的皮绳。从口袋里倒出黄色的粗金砂和金块。他把这些金子大致分成两份,一份包在一块毯子里,藏到一块突出的岩石上,另外一份仍然装到袋子里。接着,他又从剩下的毯子上撕下几条用来裹脚。他仍然带着枪,因为狄斯河边的小坑里有子弹。这一天雾蒙蒙的,他又感觉饿了。他非常虚弱,常常受到眩晕的折磨,有时什么都看不见。对他而言,磕绊跌倒已经是司空见惯的事情了;有一次,他刚好倒在一个雷岩鸟窝里。里头有四只刚孵出来的小鸟,才一天大——这些鲜活的小生命只够他吃一口;于是,他把它们活生生地塞进嘴里,狼吞虎咽地吃掉,像嚼蛋壳一样嘎吱嘎吱地咬。母鸟不停地扑向他,大声尖叫。他把枪当作棍子来打它,但是被它躲开了。他向它扔石头,一块石头碰巧打断了它一只翅膀。它就扑扇着,拖着断翅在地上跑。他就在后面追赶。

那几只小鸟只是激发了他的食欲。他因为脚踝有伤,笨拙地跳着蹦着,不时粗声吆喝着扔石头;有时候,他悄无声息地蹦跳,摔倒了就奋力、耐心地爬起来,又要被晕眩弄得失去意识的时候,就用手揉揉眼睛。

他追赶着穿过了谷底的沼泽地,发现潮湿的苔藓上有脚印。这不是他的脚印——他看得出来。一定是比尔的脚印。但是他不能停下来,因为那只母鸟往前跑了。他得先把它抓住,然后再回来查看一番。

母鸟被他追得精疲力竭,可是他自己也精疲力竭了。雷岩鸟侧躺着喘粗气,他也侧身躺在十来米远的地方喘粗气,却没有力气爬过去。等他恢复过来时,它也恢复过来了,他饥饿的手一伸出去,那只鸟就拍动翅膀,逃到他抓不到的地方。于是又开始你追我赶。天黑了,它最终跑掉了。他浑身无力,摔了一跤,头朝下栽倒,把脸划破了,包袱压在背上。他过了很久才翻身,侧躺在地上,给表上好发条,然后一直躺到早晨。

又是一个雾蒙蒙的日子。他最后的毯子只剩下一半了,另一半都用来包脚了。他没有找到比尔的足迹。不过,这不打紧。他饿得太难受了——只是——只是他在想,比尔是不是也迷路了。到中午的时候,累赘的包袱压得他受不了。于是他再次把金子分成两份,只是这次把其中一份直接倒在了地上。到了下午,他把另外一份也扔掉了,身上只剩下半条毯子、白铁罐子和来复枪。

一种幻觉开始折磨他。他很确信身上还有一发子弹。这发子弹在枪膛里,他一直没有注意到。然而,他一直都知道枪膛是空的。但是这种幻觉始终挥之不去。他挣扎了几个小时,想摆脱这种幻觉,接着又打开来复枪,里面果然是空的。这种失望的滋味不好受,仿佛他真的很期待找到子弹。

他又往前跋涉了半个钟头,这种幻觉又出现了。他再次挣扎，可是仍然无法摆脱，于是他又打开枪膛，以此来打消自己的念头。有时候，思绪飘到更远的地方，他只是机械地向前跋涉，各种奇怪的念头和想法像虫子一样噬咬着他的大脑。不过，这些脱离现实的想法没有持续太久，因为饥饿的痛苦总是把他叫醒。有一次，他正在这样胡思乱想的时候，眼前的景象猛然让他惊醒过来，差点晕倒。他左右摇摆，像个醉汉似的晃荡着，努力不让自己摔倒。他看到前面站着一匹马。一匹马！他不敢相信自己的眼睛。他感觉眼前雾气浓重，还点缀些闪亮光点。他使劲揉了揉眼睛，想看清楚，原来那不是一匹马，而是一头大棕熊。那头野兽正带着敌意的好奇审视着他。

还没等自己意识到，这个人已经差不多把枪举到肩头。他放下枪，伸手从腰间的镶珠刀鞘里拔出猎刀。他面前是肉和生命。他用大拇指试了试刀刃，很锋利。刀尖也很锋利。他本来要扑到熊身上把它杀死。可是，他的心脏又开始警告地猛跳，接着又有一阵疯狂的跳跃和悸动的鼓点随之而来，就好像额头上给铁箍箍紧了似的，脑子里感到一阵昏迷。

一股强烈的畏惧升起，拼死搏斗的勇气被赶跑了。他这样衰弱，万一那头熊攻击他怎么办？他挺起身子，极力做出威风凛凛的样子，紧握着刀狠狠地盯着熊。那熊笨拙地向前靠近了几步，站直了，发出一声试探性的咆哮。如果这个人逃跑，那它就追上去；但是他没有逃跑。他反倒在恐惧中生出了勇气，振奋起来。他也咆哮起来，声音凶残、可怕，带着对死亡的深深恐惧，这种恐惧缠绕在生命的根基之处。

那头熊向旁边挪了一下，又发出一声满含威胁的咆哮，但似乎被这个直立、无畏的神秘生物给吓住了。这时，男人没有动。他像雕像一样站着，直到危险过去，他才哆嗦了一阵，倒在潮湿的苔藓上。

他振作起来，继续前进，心里又开始担忧起其他事情来。他不怕自己因为缺少食物而无可奈何地死去，而是怕饥饿在耗尽他最后的求生努力之前，意志先被凶残地摧毁。这地方还有狼。它们的嗥叫声在这片荒凉的土地上飘来荡去，将这里的空气织成一张带有威胁的网，这危险真切异常，他甚至发现自己正伸出胳膊极力抵挡，好像它是被风吹斜的帐篷。

时不时有狼三三两两结队经过，但是它们都避开他。一方面是因为它们数量不足，另一方面，它们要找的是不会搏斗的驯鹿，而这个奇怪的直立行走的生物可能既会抓又会咬。

傍晚时分，他发现很多零乱的骨头，说明狼群在这里进行过猎杀。这些残骸一个小时前还是一头小驯鹿，叫着、跳着，充满活力。他凝视着这些骨头，它们已经被啃得精光了，只有一些没死的细胞呈现粉红色。难道在天黑之前，他也可能变成这个样子吗？生命就是如此吗？嗯？如此虚妄，如此转瞬即逝。只有活着才有痛苦。死了就没有任何痛苦了。死亡就是睡觉。它意味着终止、休息。可是，他为什么不想死呢？

但是，他对这些大道理只是想了一会儿。他蹲在苔藓上，嘴里叨着一根骨头，吸吮着残余的生命，那生命把骨头染得微微发红。甜滋滋的肉味，跟回忆一样依稀恍惚、不可捉摸，却让他快要发狂了。他紧紧咬着骨头，拼命嚼着。有时候是骨头被咬碎了，有时是自己的牙齿被咬碎了。于是，他就用石头砸骨头，把骨头砸成浆，再吞下去。匆忙之中，他也砸到了自己的手指头，不过，让他一时间感到惊奇的是，手指被落下来的石头砸中，但好像不是很痛。

可怕的雨雪天气到来了，持续了几天。他不知道是什么时候宿营的，又是什么时候起身的。他日夜兼程，不停赶路。在哪儿摔倒就在哪儿休息，只要垂死的生命之火微微燃烧闪烁起来，他就又往前跋涉。作为一个人，他已经不再挣扎了。只是他的生命还不愿意死去，逼迫他继续前行。他也不再感受到痛苦。他的神经已经变得迟钝麻木，而他的脑子里充满了各种诡异的场景和美妙的梦境。

但是，他一直在吸吮着小驯鹿的碎骨头，这是他收集起来随身带着的最后一点东西。他不再翻山，也不再越岭，只是机械地沿着一条大溪流往前走。这条溪流穿过一片宽阔的浅滩，对此他完全忽视了，只看到幻象。灵魂和躯体并排行走或者爬行，然而它们是分开的，彼此的联系极其微弱。

有一次他醒来，神志清醒，发现自己仰卧在一块岩石上。太阳明亮温暖。他听到远处有小驯鹿的尖叫声。他隐约记起那些下雨、刮风又下雪的日子，但是他究竟被暴风雨吹打了两天还是两个星期,他自己也不清楚。

他躺着,许久不动,和煦的阳光倾泻在他的身上,用温暖浸润着他饱受磨难的躯体。这是一个晴天,他想着。也许,他能想法子确定自己的位置。他痛苦地侧身,他下面是一条流得很慢的宽阔河流。这条河看上去很陌生,让他觉得奇怪。他慢慢顺着河流看去,发现河流在许多荒凉的、光秃秃的荒山之间蜿蜒曲折,这些山比他见过的任何山都要荒凉、光秃、低矮。他慢慢地,从容不迫地,不带一丝兴奋地或者最多也是非常随意地,顺着这条奇怪的河流望向天际,看到它流入一片明亮发光的大海。他仍然没有一丝兴奋之色。太奇怪了,他想,这是一种幻象或者海市蜃楼——很可能是幻象,他错乱的神经搞出来的把戏。他看到一艘船,停泊在闪闪发光的大海中,就更加确信这是幻象了。他把眼睛闭上一会儿,然后再睁开。真奇怪,这个幻象竟然还在!然而并不奇怪。他知道,在这片荒凉的土地中心不可能有大海或轮船,正如他知道空枪里没有子弹一样。

他听到背后有抽鼻子的声音——像是喘不过气或者咳嗽的声音。由于身体太过疲惫和僵硬,他极其缓慢地翻过身。他看不到附近有什么东西,不过他耐心地等着。又听到了抽鼻子和咳嗽的声音,在离他不到二十英尺远的地方有两块凸起的岩石,岩石之间隐约出现一只灰狼的头。那尖尖的耳朵不像他见过的其他狼那样竖得笔挺;它的眼睛浑浊,充满血丝,脑袋似

乎绝望无力地耷拉下来。那头狼在阳光下不停地眨眼，它好像生病了。正当他瞧它的时候，它又吸了一下鼻子，咳嗽出来。

这至少是真的，他一边想着，一边翻过身，以便看见先前被幻觉遮住的真实世界。可是，大海仍然在远处闪闪发光，那艘船仍然清晰可见。那究竟是不是真的？他闭上眼睛，想了很久，终于想起来了。原来他一直向北偏东方向走，远离了狄斯分水岭，走到了铜矿谷。这条流得很慢却又很宽的河是铜矿河。阳光下熠熠生辉的大海是北冰洋。那艘船是一艘捕鲸船，本来应该驶向麦肯兹河口，可是行驶的方向偏向东边太远了，现在抛锚停泊在加冕湾里。他记起来很久之前他看过哈德孙湾公司的地图。现在，这一切都变得清晰明了、合情合理了。

他坐起来，把注意力转向了眼前的事情。毯子做的裹脚布已经磨破了，他的双脚成了没有形状的烂肉。最后一条毯子也已经用完了。来复枪和猎刀都丢了。帽子也不知道丢在哪里了，帽圈里的那一小捆火柴也跟着一块丢了，不过他贴胸放着的火柴还在，因为用油纸包好放在烟草袋子里，所以还是干的。他看了一下表，十一点。表还在走。显然他一直没有忘记上表。

他冷静又沉着。虽然极度虚弱，但是他不觉得痛苦。他也不饿。甚至想到食物也不会让他产生愉悦的感觉，他做的一切全是凭借理智进行。他撕下膝盖以下的裤腿，用来裹脚。他总算保住了白铁罐子。开始走向那艘船之前，他想先喝点热水，因为他已经预料到那将会是一段可怕的路程。

他动作缓慢。他抖得厉害，像痉挛一样。他开始收集干苔藓的时候，发现自己站不起来了。他试了又试，还是不行，于是只好用手和膝盖爬来爬去，这已经让他满足了。有一次，他爬到了那头病狼附近。那头狼很不情愿地拖着身体避开他，同时又用它那好像连弯都没有力气弯的舌头舔了舔牙齿。男人注意到它的舌头不是惯常健康的红色，而是黄褐色，舌头上面好像有一层粗糙、半干的黏液。

他喝了一夸脱热水之后，觉得自己能够站起来了，甚至可以像濒死之人那样行走了。他每走一分钟左右就得停下来歇一会儿。他的步子虚弱不稳，而那匹狼尾随着他，也是一样；这天晚上，黑夜遮盖了大海的光辉，他知道自己离海边只有不到四英里的距离了。

他一整夜都听到病狼的咳嗽，有时候还听到小驯鹿的叫声。他的周围都是生命，而且是强壮的生命，非常活跃，也非常健康，他也知道那头病狼紧紧跟着他这个病人，是希望他先死。第二天早上，他一睁开眼睛，就看到它正带着期盼和饥饿盯着他。它蹲在地上，夹着尾巴，像一只可怜的丧家犬，在清晨的寒风中哆哆嗦嗦，只要他对它发出嘶哑的吆喝，它就无精打采地龇着牙。

明亮的太阳升起来了。整个上午，他都跌跌撞撞地朝着熠熠生辉的海上的那艘船移动着。天气非常好。这是高纬度地区的短暂小阳春。这样的天气可能会持续一个星期，也可能明天或者后天就结束了。

下午的时候，男人发现了一条痕迹，是另外一个人留下的，这个人不是走的，而是爬的。他想，可能是比尔留下的痕迹。但是他只迟钝地、淡漠地想着，没有了好奇心。事实上，他早已没了知觉和情感。他不再受到痛苦的影响。胃和神经已经睡着了。然而，他内在的生命驱使着他前进。虽然他非常疲倦，但是他的生命却拒绝死去。正因为如此，他才仍旧要吃沼泽地浆果和小鱼，喝热水，还要提防那只病狼。

他跟随着这个人爬行的痕迹，很快就到了痕迹的尽头——几根刚刚被啃完的骨头，旁边湿漉漉的苔藓上还有很多狼的脚印。他看到一只矮胖的鹿皮口袋，跟自己的一模一样，它已经被尖锐的牙齿咬破了。虽然它的重量对于他无力的手指而言太重了，但他还是把它捡了起来。比尔到死都带着它。哈哈！他可以嘲笑比尔了。他会活下来，把这只袋子带到熠熠生辉的大海的船上。他的笑声又沙哑又可怕，跟乌鸦叫一样，那条病狼也跟他一起悲伤地嚎叫。突然，他不笑了。如果真的是比尔，这些红白相间、被啃得精光的骸骨是比尔，那他怎么能嘲笑比尔呢？

他转身走了。是的，比尔抛弃了他；可是他不会拿走金子，也不会吸吮比尔的骨头。不过，如果事情反过来，比尔可能会这么做，他一边蹒跚地走着，一边这样想着。他来到一个水坑旁，弯下腰准备找小鱼的时候，却猛然缩回头，好像被什么东西叮了一下似的。原来，他瞥见了映在水中的自己的脸。他的脸色太可怕了，竟然使他一时恢复知觉，吓了一跳。水坑里有三条小鱼，不过水坑太大了，舀不干；他用白铁罐子去抓，尝试了几次，都没成功，于是他就放弃了。由于自己太过虚弱，他担心自己掉进水坑里淹死。也正因为如此，他没有骑到河流中许多沿着沙嘴并排漂着的浮木上，让自己顺流而下。

　　那一天，他和那艘船之间的距离缩短了三英里；第二天，缩短了两英里——因为他现在跟比尔一样，是爬着前进的；第五天结束的时候，他和船之间还有七英里，可是他每天能爬的距离都不到一英里了。小阳春还在持续，他继续爬行、晕倒、晕倒、爬行；那头病狼也始终咳嗽着、喘着气，紧紧跟在他的身后。他的膝盖跟他的脚一样，成了烂肉，尽管他撕下背上的衬衫用来垫着膝盖，但是他身后的苔藓和石头上仍然留下了一道红色的血迹。有一次，他回头，看见那头狼贪婪地舔着他的血迹，这让他清楚地看到自己可能有的结局——除非——除非他把狼杀死。接着，从未有过的生存悲剧上演了——一个爬行的病人，一只跛脚的病狼，两个生物拖着行将就木的躯壳穿越荒野，猎取彼此的生命。

　　如果那头狼身体健康，那么这个人也觉得无所谓；但是一想到自己要被这个令人恶心、濒临死亡的东西吃掉，他就觉得

十分恶心。他就是这样挑剔。他又开始走神,被幻象迷惑,而他清醒的间隔也越来越少、越来越短。

有一次,他从昏迷中被贴近耳朵的微弱的喘息声给惊醒了。那头狼跛着脚往后退,可是身体太过虚弱,跌倒了。那样子滑稽可笑,不过他没有被逗笑。他甚至不害怕。他根本想不到这些。那一刻,他头脑清醒,躺在那里左思右想。船离他只剩下不到四英里的路程。当他把眼里的云翳揉掉之后,可以清楚地看到船;他还能看到小船白色的帆在发光的大海里乘风破浪前进。不过,这四英里他再也爬不动了。他知道这一点,知道了之后仍然非常镇静。他知道,自己甚至爬不了半英里。然而,他想要活下去。在经历了这么多之后,他居然会死,这太不合理了。命运对他太严苛了。可是,即便自己奄奄一息,他还是拒绝死去。也许他完全疯了,但是在死神的掌控中,他仍然藐视死神,拒绝死去。

他闭上眼睛,让自己镇静下来,不敢有丝毫懈怠。疲倦像涨潮水一样拍打着他全身的生命之泉。这种致命的疲倦,如同大海,一浪又一浪打过来,一点点淹没他的意识。有时,他几乎被完全淹没了,颤抖着划过这一片混沌;而有时候,凭借着奇怪的心灵力量,他又找到一点意志,更加坚强地划动。

他仰面躺着,一动不动,他能听见病狼呼哧呼哧地喘着气,慢慢向他靠近。它越来越近,越来越近,好像穿越了无穷的时间,但是他没有动。它在他的耳边了。它那粗糙干燥的舌头像是砂纸一样磨着他的面颊。他的手突然伸出——或者至少他凭着意志要把双手挥出去。他的手指勾得跟鹰爪一样，不过抓了个空。敏捷和准确是需要力气的，这个人已经没有力气了。

狼的耐心太可怕了。这个人的耐心也是一样可怕。他躺着半天没有动，尽力不让自己昏过去，同时等待着那个想要吃掉他、他也想要吃掉的那个东西。有时候疲倦之海袭来，他就会做一个长长的梦；但是在整个过程中，不管是醒着还是做着梦，他都在等那喘息声和舔过来的粗糙的舌头。

他没有听见喘息声，他从一个梦中慢慢滑脱出来，感到有舌头在舔他的一只手。他静静等着。狼牙轻轻地扣在他的手上，压力感加强了；那头狼正用尽最后一点力气咬到它等待已久的食物上。不过，他也已经等得太久了，那只被咬破的手抓住了狼的下颚。那头狼无力地挣扎、他的手无力地抓着的时候，他的另外一只手慢慢伸过来抓紧它。五分钟之后，这个人的整个身体都压在了狼的身上。他的手没有足够的力气把狼掐死，可是，他的脸已经紧紧压在狼的喉咙上，嘴里都是狼毛。半个小时后，他感觉到一股温暖的液体滴进了他的喉咙，让他很难受，好像融化的铅液被强灌进胃里，而且完全是靠意志给灌进去的。后来，这个人翻了一个身，仰面睡着了。

捕鲸船"白德福号"上有几位科学考察队队员。他们在甲板上看到岸边有一个奇怪的东西。它正爬下沙滩朝着水边靠

近。他们看不清那是什么。因为他们都是科研人员，所以就爬到船边的一条捕鲸小船上，到岸边去看看。他们看到一个活物，可是很难说那是人。它瞎了，也没有意识，只是像某种巨大的虫子一样在地上蠕动。它的大部分努力都不起作用，但是它很执着，不停地扭动前进，也许一小时能爬二十英尺。

三周后，这个人躺在捕鲸船"白德福号"的一个铺位上，眼泪流过他瘦削的脸颊，告诉大家他是谁以及他经历过的一切。同时，他又含糊不清、语无伦次地提到他的母亲、阳光灿烂的加利福尼亚以及他在橘子树和花丛中的家。

没过几天，他就跟考察队员和船员一起坐在桌边吃饭了。他贪婪地看着面前这么多食物，焦虑地看着它们都进了其他人嘴里。人家每吃一口，他的眼里都会流露出深深的惋惜之情。他的神志十分正常，不过吃饭的时候，他就会憎恶这些人。他心头萦绕着恐惧，担心食物维持不了多久。他向厨子、船上的服务生、船长打听食物的贮藏量。他们无数次向他保证；可是他仍然不相信他们，绞尽脑汁地跑到贮藏室窥探，亲眼看到食物才安心。

人们注意到，这个人正在发胖。他每一天都在变胖。科考队员们摇摇头，提出了自己的理论。他们限制他每顿饭的食量，可是他的腰围还是在增加，胖得惊人。

水手们咧嘴而笑。他们很理解。科考队员派人来监视这个人的时候，他们也理解。他们看到他早饭后无精打采，像一个乞丐似的，伸出手，跟一个水手要东西。那个水手就咧嘴笑笑，给他一块压缩饼干。他贪婪地一把抓过来，像守财奴盯着金子一样盯着它，然后把它猛塞到胸前的衬衫里。其他水手也嘻嘻笑着给过他类似的食物。科考队员很谨慎，他们随他去，但暗地里检查了他的铺位，上面摆着一排排硬饼干；床垫里也塞满了硬饼干；每个角落里都放满了硬饼干。然而，他神志清醒。他正采取措施预防另外一次可能出现的饥荒——仅此而已。考察队员说，他很快会恢复的；在"白德福号"的锚在旧金山湾里隆隆地抛下之前，他就恢复了正常。

北方的奥德赛

北方的憂鬱集

一

挽具嘎吱嘎吱地叫着,领队狗的脖子上的铃铛丁零当啷地响着,就像雪橇在吟唱着一首永恒的凄美旋律。但是人和狗都已经疲惫不堪,发不出一点声音。雪刚下不久,但路上积雪已深,使队伍的行进变得更为艰难。他们来自远方,雪橇上载着许多被劈成四块、冻得像燧石一样坚硬的驼鹿。雪落在地上,还没有轧结实,橇板粘在积雪上,就像一个倔强的人,无论如何也不愿前进。暮色开始降临,但是今晚这支队伍没有支起帐篷。雪从空中无声无息地轻轻飘落下来,不是雪花,而是小巧精致的冰晶。天气非常暖和——只有零下10摄氏度——大伙都不在乎。麦耶斯和贝特斯已经翻起了他们的护耳,马尔穆特·基德甚至把手套也脱了。

这群狗刚到下午就已经疲惫不堪,但是现在又开始恢复活力。那些比较机敏的狗显得有些不安——好像急于摆脱缰绳的束缚,想加快速度却又犹豫不决,竖着耳朵,鼻子用力地吸气。渐渐地,它们开始对那些反应迟钝的伙伴感到恼火,用各种狡猾的办法去咬它们的后腿，催促它们快快跑起来。那些被催促的狗受到影响也去催促其他的同伴。最后，跑在雪橇队伍最前面的领队狗发出一声尖锐而满足的长吠，将身体低低地伏在雪地上，使出浑身力气绷紧了颈圈向前冲去。其他狗也纷纷仿效它的样子。于是，它们身后的皮带一缩，缰绳一紧，一架架雪橇飞快地向前冲去。男人们必须紧紧抓住方向杆，竭力加快脚步，以免被拖到橇板下面。这时，一天的疲惫已经烟消云散，他们大声叫喊着，为狗鼓劲。那群狗也用欢快的吠声作为回应。他们急速地穿梭在越来越浓重的夜色中，雪地上回荡着"咔嗒、咔嗒"的声音。

"向右转！向右转！"男人们依次喊着，一辆辆雪橇突然离开了大道，雪橇向一侧倾斜着飞奔，就像顶风前进的小帆船。

雪橇向前猛冲了一百码，直到在一个木屋子前才停下。灯光从羊皮窗户纸上透出来，诉说着这个木屋里的故事，育空河地区特有的火炉正在熊熊燃烧，火炉上的茶壶正冒着热汽。看来，有人已抢先进了这个木屋。屋内的六十只爱斯基摩犬同时发出挑衅的嗷叫，随即这些毛烘烘的家伙迅速地向拉着第一架雪橇赶到的狗扑去。这时，小木屋的门猛地打开了，一个身穿猩红色西北警察制服的人穿过这群及膝高的狂犬，他看起来很冷静也很公正，很快用狗鞭柄把这群狗收拾得服服帖帖。然后，双方握了握手。就这样，马尔穆特·基德被一个陌生人迎接到了本属于他自己的木屋中。

本来应该出来迎接他们的人是斯坦利·普林斯,他负责照看前面提到的火炉和炉上的热茶,但是他现在正忙着招呼客人。这些客人大约有十二个,都曾是为英国女王执行法规和传送信件的人,现在却一点也看不出他们的身份了。他们来自不同的血统,可是相同的生活环境却使他们变成了同一种类型的人。他们消瘦、健壮,由于长年奔走肌肉都异常坚硬,脸庞也被晒成了棕褐色。他们内心无忧无虑,目光明亮并且坚定地直视前方。他们驾驶着女王的狗,令敌人闻风丧胆。他们吃的是女王分配的不多的食物,却非常快乐。他们见多识广,做过很多了不起的事情,体验过种种浪漫奇遇,自己却没有意识到。

此刻,他们彻底把这个木屋当成自己的家了。有两个人四仰八叉地躺在马尔穆特·基德的床上。他们哼着歌谣,当年他们的法国祖先首次踏上西北部这片土地,并与当地的印第安姑娘结合的时候,唱的就是这样的歌曲。贝特斯的床也被霸占了,三四个健壮的押运员裹着毯子,一边搓着脚趾,一边听故事。讲故事的这个人曾经在沃尔斯利的舰队服役,并跟随他一起远征过喀士穆。这个人讲累了,一个牛仔便开始讲述他跟随布法罗·比尔游历欧洲各国首都时所见过的宫廷、国王和王公贵妇。屋子的角落里坐着两个混血儿,他们是一场失败战役中的老战友。他们一边修理雪橇上的挽具,一边谈论着当年西北部的人民起义和路易斯·瑞尔称王时的情景。

粗鲁的俏皮话和粗野的笑话此起彼落。陆路、河道上发生的那些重大危险，在他们口中只不过是家常便饭，他们之所以还会想起这些事情，仅仅是因为其中一些滑稽可笑的情节。这些无名英雄的故事让普林斯听得着了迷。英雄们目睹了历史的缔造，却把这些伟大传奇的事情看作是平日里普通的小意外。普林斯把自己宝贵的烟草毫不吝啬地分给客人们。客人们已经生锈的记忆的链条开始松动，已被遗忘的那些奥德赛般的故事也开始为他而唤醒。

谈话结束，客人们最后一次把烟斗装满，并解开了捆扎得结结实实的毛皮睡毯。这时，普林斯退到他的老朋友身边，向他打听这些人的底细。

"哦，你很清楚那个牛仔，"马尔穆特·基德一边解开他的鹿皮靴，一边回答，"不难猜出，跟他睡在一起的那家伙有英国血统。至于其他人，他们长年待在森林里，只有上帝才知道他们身上混合着多少血统。睡在门边的那两个人是纯种的法国人，或者叫'木炭'。那个围着毛线围巾的小伙子——注意他的眉毛和下巴，就会明白曾有个苏格兰男人在他母亲冒烟的圆锥帐篷里哭泣。那个把斗篷枕在头下的英俊小伙子，他有一半的法国血统——你听到过他说话。他不喜欢睡在他旁边的那两个印第安人。你知道，当年瑞尔领导法国人起义的时候，纯种的印第安人没有支持他们，从此他们之间就没有什么好感了。"

"那个挨着火炉、看上去有点阴郁的家伙是什么人？他肯定不会说英语。整个晚上他都没有开口说过一个字。"

"你错了。他的英语很不错。你注意到他听人们说话时的目光了吗？我注意到了。不过，他跟其他人并不沾亲带故。当他们说家乡话的时候，你可以看出他根本听不懂。我也在好奇他究竟是什么人。我们来打探一下吧。"

"往火炉里添点柴！"马尔穆特·基德盯着那个身份不明的人，提高了嗓门吩咐他。

那人立刻照做了。

"他肯定在什么地方受过训练。"普林斯低声评价道。

马尔穆特·基德点点头，然后脱掉袜子，小心翼翼地绕过那些躺着的人，走到火炉旁，把湿了的鞋袜和二十来双鞋袜挂在一起。

"你觉得什么时候可以到达道森？"他试探着问道。

那人审视了他一会儿，然后答道："他们说还有75英里。对吗？估计得两天吧。"

可以听出他稍稍带些口音，可是他的回答一点也没有犹豫，也没有费心琢磨用词。

"你以前来过这儿吗？"

"没有。"

"西北地区呢？"

"去过。"

"在那儿出生的?"

"不是。"

"哦,那你到底是从哪里来的呢?你和那些人完全不同。"马尔穆特·基德把手朝那些赶狗的人一挥,连那两个睡在普林斯床上的警察也包括在内。"你从什么地方来的?我以前见过你这样的脸孔,可我不记得是在什么地方见过。"

"我认识你。"那人答非所问地插了一句,立刻将马尔穆特·基德的问题引开了。

"在哪里?你见过我?"

"不是你,是你的伙伴,一位牧师,在帕斯提里克,很久以前。他问我有没有见过你,马尔穆特·基德。他给了我一些吃的。我在那里待的时间不长。他有提到过我吗?"

"啊!你就是那个拿海獭皮换狗的家伙?"

那个人点了点头,敲掉烟斗里的烟灰,然后裹紧他的毛皮毯子,表示他不想再继续往下谈了。马尔穆特·基德吹灭了油灯,和普林斯一起钻进毯子里。

"怎么样,他是什么人?"

"不知道——他转移了我的话题,然后就像蛤蜊一样闭上了嘴。不过,他是一个能挑起你好奇心的家伙。我听说过他。八年前,海岸一带所有的人都对他充满了好奇。你知道,他的确有些神秘。在冻死人的冬天,他从离这里有上千英里的北部,沿着白令海一路走过来,好像身后有魔鬼在追他似的。没

有人知道他来自哪里,但是他一定来自非常遥远的地方。他到戈洛文湾的时候已经筋疲力尽了,他从瑞典牧师那里弄了些吃的,还向牧师询问了通往南方的路线。这些都是我们事后听说的。之后,他放弃了海岸线,渡过了诺顿海峡。天气糟透了,还有暴风雪和大风,但他挺了过来,要是换成别人,就算有一千个人,也早都死光了。由于错过了圣·迈克尔,他便在帕斯提里克上了岸。他什么都没了,只剩下两条狗,还差点被饿死。"

"罗布神父见他急着赶路,就送给了他一些吃的,但是没有送给他狗。因为等我到了,神父自己也要出门。这个怪人知道没有狗是没法上路的,因此他烦躁了好几天。他的雪橇上有一捆鞣制得非常不错的水獭皮,那是海獭啊,你知道,它们可是跟金子一样贵重。当时,帕斯提里克有一个俄国生意人,老夏洛克,刚好有几条狗要宰。这笔交易很快就谈成了。当这个怪人再次向南方前进的时候,已经有一支跑得飞快的狗队了。当然了,夏洛克先生也得到了那捆海獭皮。我见过,那些皮非常不错。我们估算了一下,每条狗至少替他赚了五百块。不是说这个怪人不知道海獭皮的价格;他应该算是是一个印第安人,而且从他不多的谈话中,我们还能听出他曾和白人一起待过。"

"海面上的冰融化以后,有消息说他曾到奴尼瓦克岛找吃的。之后他就消失了,八年来人们再也没有听到过他的消息。

但是现在他又出现了,他到底去了哪里?在那里做过什么?他为什么又要离开?他是印第安人,可是他去过别人都不知道的地方,还受过专业训练,这对于一个印第安人来说非同寻常。又有一个北方的奥秘让你来解决了,普林斯。"

"太感谢你了,可是我手头上这样的奥秘已经太多了。"普林斯回答。

马尔穆特·基德的呼吸已经沉重起来,但这位年轻的采矿工程师却仍睁大眼睛,注视着眼前的一片黑暗,等待心中那股奇妙、让他血液沸腾的热潮慢慢平息下去。等他确实睡着了,大脑还在不停运转。他梦见自己也在人烟罕至的雪地上流浪,和雪橇狗一起在没有尽头的雪地上挣扎,目睹人们生活、劳作,最后悲壮地死去。

第二天,离天亮还有几个小时,这些赶狗人和警察们便动身前往道森。然而,为了守护女王的利益,帮她统治这些小人物,这些邮差们丝毫不敢懈怠。才过了一个星期,他们就出现在斯图亚特河边,载着沉甸甸的、运往盐湖的信件。不过,他们的狗倒是换了一批新的;但是,那些毕竟是狗。

这些人原本盼望这次能停留几天,歇息一下。而且,克朗代克又是北部一个新兴的城市,他们早就盼望见识一下这个金沙似水、舞厅里狂欢不止的黄金城市。但是,和上次来这里一样,他们只来得及烤干他们的袜子,在夜里吸几袋烟。不过,他们当中有一两个胆子大的已经有了逃跑的念头,正盘算着穿过人迹罕至的落基

山脉前往东部，然后沿着麦肯齐山谷，回到他们过去喜欢并熟悉的契帕文地区。有两三个人甚至打定主意，在任职期满后也沿着这条路线返回家乡。他们开始制订计划，对这番冒险充满期待，就像一个在城市长大的人渴望到森林里度过一天假期一样。

那个用海獭皮换狗的人对他们的谈话毫不关心，却显得心神不宁。最后，他将马尔穆特·基德拉到一旁，低声交谈了一会儿。普林斯好奇地盯着他们。后来，他们竟然戴上帽子和手套出去了，这情形就更加神秘了。他们回来后，马尔穆特·基德将称黄金的天平放到桌子上，称了六十盎司的黄金，放进那个怪人的袋子里。之后，赶狗人的首领也加入了他们的秘密会谈，也做了某种交易。第二天，这群人沿河而上，但是那个用海獭皮换狗的人却带了几磅的食物，独自返回道森去了。

当普林斯询问起来的时候，马尔穆特·基德回答："我也搞不清楚到底是怎么回事。反正这个可怜的人肯定是有什么原因才不想干了——他不愿意透露，但至少对他来说是很重要的一个原因。你知道，干这种活和当兵一样，他签了两年，想要离开就得把自己赎出来。他不能逃跑，否则他就不能继续留在这一带，可是他又发疯似的想留在这里。他说，他刚到道森就打定主意了，但是他谁也不认识，口袋里没有一分钱，只有我跟他说过两句话。他同副州长谈好了，如果能从我这里弄到钱——借钱，你知道的，就用这些钱解除他的合约。他说年底前就会把钱还给我，假如我愿意的话，还可以给我指条财路。

他从没见过，但他知道有一个地方有很多金子。

"听我说！唉，他把我拉到外面，都要哭了。他苦苦哀求，还在雪地里给我下跪，我只好把他拽起来。他像个疯子一样唠叨了好久，还发誓说为了这个目的已经熬了很多年，如果现在希望落空，他真的无法承受。我问他有什么目的，他却不肯告诉我。他跟我说，他会被分配到这条线路的另外一半去工作，那样的话两年之内他就回不了道森，一切就都来不及了。我这辈子从没见过这么可怜的人。当我答应借钱给他的时候，我不得不再次把他从雪地上拽起来。我告诉他，这笔钱就算是我的投资好了。你认为他会同意吗？没有，老兄！他发誓说会把他找到的所有财宝送给我，让我富得连做梦都不敢想，总之他反反复复说的就是这些话。一般情况下，一个人拿着借来的钱拼命打拼，一旦发达了，往往连一半都舍不得分给那个借给他钱的人。这件事不同寻常，普林斯，你记住这一点。如果他继续留在这一带，我们一定会听到他的消息——"

"如果他没有留在这一带呢？"

"就当我瞎了眼，白白损失了六十多盎司金子。"

夜渐长，天气越来越冷，太阳也躲在雪地南面的地平线下，和人们玩起了古老的躲猫猫游戏。马尔穆特·基德借出去的钱却没有一点儿音讯。后来，一月初的一个阴冷的早上，几架载满货物的雪橇停在了他位于斯图亚特河下游的木屋前。那个用海獭皮换狗的人真的来了，跟他一起来的还有一个人，高大健硕，大概连上帝都忘了自己当初是怎么创造他的。只要谈到好运、勇气以及价值五百美元的金沙，大家都会提到阿克塞尔·冈德森这个名字。只要大家围着篝火，说起关于勇气、力量和胆识的故事，也一定会提到他。如果大家谈兴渐失，只要提到那个和他的命运紧紧连在一起的女人，大家的兴致又会重新高涨起来。

正如前面所述，上帝在创造阿克塞尔·冈德森的时候，想起了古时候的高超手艺，于是便仿照创世之初的人类样式创造了他。他足有七英尺高，穿一身漂亮的衣服，就像是一位黄金国的国王。他的胸膛、脖子和四肢都和巨人的一样。为了承受他那三百磅的骨骼和肌肉，他的雪地鞋都比其他人的大出足足一码。他面部线条粗犷，额头上布满皱纹，下巴宽大，一对浅蓝色的眼睛充满无所畏惧的神色。这张面孔告诉人们，他认为力量代表一切。他那结了霜的头发黄得如同熟透了的玉米穗，好像白天横扫黑夜一样，披散在他的熊皮大衣上。他领着雪橇狗，沿着狭窄的道路摇摇摆摆走过来的时候，隐约可以看出常年在海上生活的印记。当他拿狗鞭的柄敲打马尔穆特·基德的房门时，就像一个北欧来的海盗到南方打劫，正在猛烈进攻城堡大门。

普林斯露着他女人似的胳膊，揉着发面团，眼睛不停地瞟向这三位客人——这样三位客人一起走进一个人的家，真是一辈子都难得遇见的事。那个被马尔穆特·基德称为尤利西

159

斯的怪人，依旧吸引着他，但是阿克塞尔·冈德森和他的妻子激起了他更大的兴趣。在路上奔波了一天，她看起来很疲倦。自从她的丈夫得到寒带的金矿并发财后，她在舒适的木屋里生活久了，身体也变得柔弱起来。她依偎在丈夫宽厚的胸膛上，就像一朵娇弱的鲜花倚靠着墙一样。她懒洋洋地回应着马尔穆特·基德善意的玩笑，幽深的黑眼睛偶尔瞟一眼普林斯，使普林斯莫名激动起来。普林斯毕竟是一个男人，身体健康，他已经有几个月没怎么见过女人了。虽然她比他大，还是一个印第安人，可是她跟他见过的所有土著女人都不同：她去过很多地方——从他们的交谈中他了解到，她去过很多国家，包括他的家乡；白种女人知道的事情，她差不多都知道，很多女人不该知道的事情她也知道。她能把鱼干做成一顿饭，在雪地上搭出一张床。但是她会故意逗弄他们，绘声绘色地向他们描述宴会上的一道道菜肴，提起各种各样几乎已经被遗忘的美食，搞得他们的肚子都在抗议了。她了解麋鹿、熊和小蓝狐的生活习性，也清楚北方海域里的两栖动物的特征。她精通森林和河流的各种知识，不管是人、鸟还是野兽在柔软的雪地上留下痕迹，她都能一一辨别出来。普林斯还发现，当她看到他们的露营规则时，她的眼睛里闪烁着赞赏的光芒。这些规则是那个本性难改的贝特斯一时头脑发热写上去的，语言简洁、幽默。每次女士来之前，普林斯都会把这些规则翻过去面朝墙壁，但是谁会想到这个土著女人会——好吧，现在已经太迟了。

这就是阿克塞尔·冈德森的妻子。她的名声和她的丈夫一起传遍了整个北方。饭桌上，马尔穆特·基德以老朋友的身份，肆无忌惮地逗弄着她，而普林斯也摆脱了刚见面时的羞怯，跟着一起起哄。尽管势单力薄，但她一张嘴毫不示弱。她的丈夫笨嘴拙舌，只能笑着给她鼓掌助威。他为自己的妻子感到自豪，他的每一个眼神，每一个动作，都表明她在他的生命中占据着非常重要的位置。那个拿海獭皮换狗的人只是默默地吃着，在这嬉笑斗嘴中他已经被遗忘了。他早早吃完饭，离开了桌子，到外面和狗待在一起了。不过，很快他的同伴们也戴上手套，穿上皮外套，跟他到了外面。

好几天没有下雪了，雪橇沿着被冻得很结实的育空路一路滑去，就像在光滑的冰面上滑行，一点儿也不费力。尤利西斯驾着第一架雪橇走在最前面，普林斯和阿克塞尔·冈德森的妻子驾着第二架紧随其后，马尔穆特·基德和那黄发巨人驾着第三架雪橇走在最后。

"这只是一种'预感'，基德，"冈德森说，"不过，我认为这件事情还是靠谱的。他从来没有去过那个地方，可是他的话很让人信服，而且他还给我看了一张地图。多年前我在库特奈就听说过这张地图。我本来希望能和你一起去，可是那个家伙是个怪人，他明确提出一旦有其他人介入，他就不干了。不过，等我回来，我会第一个告诉你，我会把附近的矿送给你，再把建造城市的地基分给你一半。"

"不！不！"他大叫，因为基德想要打断他的话，"我已经打定主意，在事情没办完之前，我需要有个人帮我出出主意。如果一切顺利，那就是第二个克里普尔河啊，老兄！你听见了吗？——第二个克里普尔河！那可是石英矿，你知道，不是砂矿。如果我们干得漂亮，我们就能得到整个矿区——那可是成百上千万啊。我听说过这个地方，你肯定也听说过。我们要建一座城镇——雇成千上万的工人——凿一条好河道——开通轮船航线——搞运输贸易——弄个开往上游的小火轮——勘测一条铁路线，或许还要建锯木厂——发电厂——我们自己的银行——商业公司——财团——啊哈！我回来之前，你可千万不要跟别人讲！"

雪橇沿着道路来到斯图亚特河口时停了下来。一望无际的冰海，一直延伸到未知的东部。他们把绑在雪橇上的雪地鞋解了下来。阿克塞尔·冈德森和大家握了握手，随后走在了队伍的最前面。他那双巨大的、像蹼一样的雪地鞋，在松软的雪里陷下去足足有半码深，将脚下的积雪压得结结实实，这样狗就不会陷在雪里了。他的妻子走在最后一架雪橇的后面，她很熟练地踩着那双笨拙的雪地鞋，看得出来她训练有素。愉快的告别声打破了寂静，狗也开始大声吠叫。那个用海獭皮换狗的怪人正在拿鞭子教训一只不听话的狗。

一个小时后，这队雪橇就像一支黑色的铅笔，在雪白的大纸上勾画出一条长长的直线。

二

几个星期后的一个晚上,马尔穆特·基德和普林斯正在研究一个从旧杂志上撕下来的棋谱。基德刚从他的波那泽矿山回来,正想好好休息一下,为即将到来的漫长的猎鹿工作做准备。普林斯也几乎在河道和雪路上度过了整个冬天,他也非常渴望在木屋里舒舒服服地待上一个星期。

"黑骑士跳上去,将军。不对,这不行。你看,下一步……"

"怎么让卒子进两格呢?应当用它来换子,然后吃掉主教……"

"等等!那就有漏洞了,而且……"

"不会,有保护的,往前跳!你看会成功的。"

这棋局很有意思,因此有人在外面敲了两次门,马尔穆特·基德才回应了一声:"进来。"门被猛地推开,一个东西跟跟跄跄地走了进来。普林斯抬头一看,不禁跳了起来。他那惊恐的眼神让马尔穆特·基德也急忙转身。虽然他以前看到过很多可怕的东西，可是他也大吃一惊。那东西跌跌撞撞地向他们走来。普林斯慢慢往后退，一直摸到那个挂着他的史密斯&威森刀具的钉子。

"我的上帝！这到底是什么东西？"他低声问马尔穆特·基德。

"不知道。像是冻坏了，而且很久没有吃东西了。"基德一边回答，一边溜到对面。"小心！它可能是个疯子。"他关好门，回身警告道。

那东西走向桌子，盯着桌上的油灯发出的明亮的火光。它似乎很开心，嘴里发出可怕的咯咯声，来表示它的高兴。突然，他——因为它是一个人——往后一偏，拉紧了皮裤，唱起歌来。这是水手们在哗哗的海浪声中转动绞盘时唱的歌：

> 顺水而下的美国船啊，
> 　拉啊！我勇猛的小伙子！使劲拉！
> 你想知道船长是谁？
> 　拉啊！我勇猛的小伙子！使劲拉！
> 他就是南卡罗来纳州的乔纳森·琼斯，
> 　拉啊！我勇猛的……

突然，他停了下来，像一只狼一样咆哮着，踉踉跄跄地扑向放肉的架子。他们还没来得及阻止，他已经用牙齿撕开了

一大块生熏肉。他和马尔穆特·基德激烈地争夺着那块肉。不过，他身上那股疯狂的力气来得突然，消失得也很快，他虚弱地交出了那块已经被撕开的生肉。他们搀着他，将他扶到一张凳子上坐下来，于是他伸开四肢将大半个身体趴在了桌子上。一小杯威士忌让他有了精神。马尔穆特·基德把一只糖罐放在他面前，他能自己拿勺子舀糖吃了。当他的肚子稍微填充了点东西，普林斯哆哆嗦嗦地把一杯清淡的牛肉汤递给他。

那个家伙的眼睛里闪烁着一种阴森、狂暴的光芒，每喝一口汤，这种光芒就随之一闪，然后慢慢黯淡下去。他脸上的皮肤所剩无几，已经深陷、消瘦得不成人形。一次又一次的严寒冻坏了他的脸。上一次冻坏的伤疤还没痊愈，又添新伤。他的脸又干又硬，颜色黑得发紫，几道锯齿状的裂痕触目惊心，里面的红肉都翻了出来。他身上的皮衣脏破不堪，一侧的皮毛已经烤焦甚至烧光了，他肯定把这侧身子贴着火睡过觉。

他那被太阳晒黑的皮衣上都是一道一道被割过的痕迹——那是因为饥饿留下的痛苦印记，马尔穆特·基德指着这些印记问：

"你——是——谁？"他说得很慢，很清晰。

那个人似乎没有听到他的问话。

"你从哪里来？"

"美国船，顺流而下。"他用颤抖的声音答道。

"毫无疑问，这个乞丐是顺着大河下来的。"基德一边说,一边摇晃着他的身体,试图让他回答得更清楚一些。

可是,基德的手刚碰到他,他便尖声大叫起来,一只手捂住腰,那里显然非常痛。他慢慢地站了起来,然后将半个身体靠在桌子上。

"她嘲笑我——就这样——眼里都是恨。她——不——肯——来。"

他的声音渐渐微弱下来,身体向后倒去。此时,马尔穆特·基德一把抓住他的手腕,大声问道:"谁?谁不肯来?"

"她,恩卡。她嘲笑我,打我,这样,就这样。后来——"

"怎样?"

"后来——"

"后来怎样?"

"后来她就静静地躺在雪里,躺了很久。她——还在——雪里。"

基德和普林斯无助地看着彼此,不知道怎么办。

"谁躺在雪里?"

"她,恩卡。她看着我,眼里都是恨,后来——"

"恩,恩。"

"后来,她拿起刀,就这样,一下,两下——她没力气了。我走得很慢。在那个地方有很多金子,非常多的金子。"

"恩卡在哪里?"据马尔穆特·基德所知,她很可能就在一英里外的地方，就快死了。他拼命摇晃着那个人，不停地问："恩卡在哪里？恩卡是谁？"

"她——在——雪——里。"

"接着说！"基德狠狠地抓着他的手腕。

"所以——我——也想——躺——在——雪里——但是——我——有一——笔——债——要——还。债——很——重——我——有一——笔——债——要——还——一笔——债——要——还，我——有——"他的回答一字一顿，断断续续，他将手伸进口袋摸索着，掏出了一个鹿皮口袋。"一——笔——债——要——还——五——磅——金子——投——资——马——尔——穆——特——基——德——我——"他的头无力地耷拉在桌子上，马尔穆特·基德再也不能把他扶起来了。

"是尤利西斯，"他镇定地说，然后把那袋金子扔到了桌上。"看来阿克塞尔·冈德森和那个女人都完了。来，把他抬到床上去，盖上毯子。他是印第安人，他会挺过来的，还要把事情说清楚。"

他们用刀子把他身上的衣服割开，在他右胸口上有两处还没有愈合的刀口，伤口已经冻得发硬了。

三

"我会用自己的方式把一切都告诉你们,你们会明白的。我会从头讲起,讲我和那个女人的故事,然后,再讲讲那个男的。"

这个用海獭皮换狗的人往火炉靠了靠,就像是一个被剥夺了火种的人,担心普罗米修斯的礼物会随时消失。马尔穆特·基德拨亮了油灯,把它换了个位置,好让光照在讲故事的人脸上。普林斯也从床沿上移过来,坐到了他们中间。

"我叫纳斯,是一个酋长,也是酋长的儿子。在日落和日出之间我出生了,那是在漆黑的大海上,我降生在父亲的皮船里。整个晚上,我们都在和暴风雨搏斗,男人们不停地划桨,女人们则把涌进来的海水往外舀。咸涩的海浪溅到我母亲的胸口上,结成了冰。等到海浪平息下来,她的呼吸也没了。但是我——我在暴风雨中提高了嗓门,我活了下来。

"我们居住在阿卡坦——"

"哪里?"马尔穆特·基德问道。

"阿卡坦，在阿留申群岛。阿卡坦，比契格尼克、卡尔达拉克、阿尼麦克都远。正像我说的，我们住在阿卡坦，在海的中央，世界的尽头。我们在咸涩的海水里捕鱼，捉海豹和海獭。我们的房子建在森林边缘和黄色沙滩中间的岩石带，一家紧挨另一家，我们的皮船就停在那片沙滩上。我们的人不多，我们的世界也很小。在我们东边有一些陌生的岛屿——这些岛屿和阿卡坦很像，所以我们以为整个世界都是岛屿，我们也不介意。

"我和我的族人不同。在沙滩上有一些弯曲的船骨和几块被海浪打弯的木板，可是我的族人从来没有造过这样的船。我记得，在三面临海的小岛的一端，生长着一棵光滑、挺拔、高大的松树，也是这里从未见过的。我听说曾经有两个男人在那个地方转悠，从日出到日落，待了好几天才离开。他们从海外来，沙滩上那艘成了碎片的就是他们的船。他们的皮肤跟你们的一样白，身体非常虚弱，就像海豹逃走、猎户两手空空回到家时饿肚子的小孩子。这些事情是我从那些上了年纪的男人女人那里听来的，他们又是从祖辈那里听来的。这两个白人很怪，他们刚开始不愿意接受我们的生活方式，但是吃了鱼和鱼油以后，他们变得强壮而且凶猛。他们各自建起了自己的房子，娶了我们这里最好的女人，还很快生了孩子。就这样，我父亲的父亲的父亲就出生了。

"我刚说过，我跟我的族人不一样，因为我体内流着这

169

个从海外来的白人的强壮的血液。据说,在这两个白人到来之前,我们有另外一套法规。但是他们凶猛好斗,总是和我们的族人打架,直到最后,没有人敢跟他们打。于是他们就自封为酋长,废除了我们以前的法规,制定了一套新的,规定男人是父亲的儿子,而不再像我们从前规定的那样是他母亲的儿子。他们还规定,第一个生下来的儿子有权继承他父亲留下的一切,而他的几个弟弟和姐妹必须靠自己的能力谋生。他们还给我们制定了其他法规。他们教我们用新的方法捕鱼猎熊,树林里的熊真多。他们还教我们贮藏更多食物来应对饥荒。这些都是好事。

"但是,等他们当了酋长,再也没有人敢惹他们以后,这两个外来的白人开始互相残杀。其中一个,也就是我继承了血统的那个人,把刺海豹的鱼叉扎进了另外那个白人的身体,足足有一臂长。他们的孩子,孩子的孩子也不断地斗下去。两家之间充满了仇恨,经常互相伤害,甚至到了我这一代还是这样,所以每家都只有一个人能够活下来传承血脉。我们这条血脉只剩下我一个人了,而另外一家只剩下一个女孩,叫恩卡,和她母亲生活在一起。一天晚上,她的父亲和我的父亲出去打鱼,再也没有回来。后来,他们被大潮冲上了海滩,两个人仍紧紧缠在一起。

"人们都对我们两家的仇恨感到惊讶。老人们总是一边摇头一边说,等她生了孩子,我也有了孩子,这场仗还会继续打下去。我小的时候他们就跟我这么说，直到后来我也相信了，把恩卡当作了自己的敌人。我相信以后她的孩子一定会跟我的孩子打仗。我每天都想着这些事，等我长大了，我问为什么一定要这样。他们回答：'我们也不知道，你们的父辈就是这样的。'我很纳闷，上一辈打仗，为什么下一辈还要继续打下去，完全没有道理。但是人们说这是必要的，而我当时还是个小伙子。

"他们还说我必须快点结婚，这样我的孩子就会比恩卡的孩子大，而且比她的孩子先强壮起来。这事很容易，因为我是头领，因为我先辈的功绩和他们制定的法规，还有我拥有的财产，我的族人们都很尊敬我。族里任何一个姑娘都愿意嫁给我，可是我一个也看不上。老年人和那些姑娘的母亲都告诉我，要快点儿结婚，因为那时候已经有很多猎人争着出很高的聘礼给恩卡的母亲，希望能够和她的女儿结婚。那样，她的孩子一定会比我的孩子先强壮起来，我的孩子只有死路一条。

"可是，我还是没有找到一个中意的姑娘，直到我打鱼回来的那个傍晚。那时，太阳正要落山，我的眼前是一片西沉的阳光，微风吹拂，几只皮船乘着白色的波浪疾驶过来。突然恩卡的皮船从我旁边驶过，她看了我一眼，她乌黑的头发飘舞着，就像黑夜的云彩，浪花打湿了她的脸颊。就像我说的，当时我的眼前一片阳光，我还是一个小伙子，但不知怎么回事，我恍然大悟，这就是所谓的情投意合。她朝前划着船，刚划了两下,就回过头来看我——那样的眼神,只有恩卡才会有——我又一次体会到了这种爱慕之情。在人们的欢呼声中,我们超过了那些慢吞吞的大皮船,把它们远远地甩在了身后。她划桨的速度非常快,尽管我的心就像是鼓起的船帆,我却没能追上她。风变大了,海浪翻滚,我们的船就像是迎风跳跃的海豹,在阳光的照耀下向金色海岸驶去。"

纳斯弯着身子,半个身体已离开了凳子,他摆出一副划桨的姿势,似乎重新回到了当时赛舟的那一刻。透过炉火,他又看到了在海浪中上下颠簸的皮船和恩卡飘扬的黑发。他的耳朵里又充满了风声,鼻孔里也灌满了海水的咸味。

"可是,她靠岸后,飞快地跑上了沙滩,大笑着跑向她母亲的房子。那天晚上,我想到了一个极好的办法——这不愧是整个阿卡坦人的酋长想出来的好办法。于是,月亮升起来的时候,我来到恩卡母亲的房子前,看着亚士-努士堆放在门前的东西——这些东西是亚士-努士的聘礼。他是一个强壮的猎户,一心想做恩卡的孩子的父亲。其他几个年轻人也曾把他们的东西堆放在那里,后来又拿走了,而每一个年轻人堆放在那里的聘礼,都比前面的小伙子多一些。

"我对着月亮和星星大笑起来,然后回到我的房子,这里存放的都是我的财产。我搬了好几趟,直到我的东西比亚士-努士的那一堆高出一只手为止。我的聘礼有晒干和烟熏的鱼;四十张海豹皮和二十张毛皮,而且每张皮子都扎着口,里面装满了油;还有十张熊皮,那是它们春天出来的时候我在树林里捕到的。还有玻璃珠子、毯子和红布,这些是我向居住在东边的人交换来的,而他们又是向居住在更东边的人交换来的。我看着亚士-努士的那一堆东西笑了,因为我是阿卡坦的酋长,我的财产比族里所有的年轻人都多。我的先辈曾经立下许多功绩,为阿卡坦制定了各种法规,他们的名字一直流传在族人口中。

"所以,天刚亮,我就来到沙滩,用眼角的余光瞟向恩卡的母亲的房子。我的聘礼原封不动地堆在那里。女人们都在笑,还偷偷地议论着。我很吃惊,因为从来没有人出过这么高的聘礼。那天晚上,我又放了一些东西,而且还在旁边放了一只从未下过海、鞣制得非常好的皮船。但是第二天这堆东西还在那里,成了所有人的笑料。恩卡的母亲真是一个狡猾的女人,我在族人面前受到这样的羞辱,生气极了。因此,当天晚上,我又加了很多东西,直到它变成了很大的一堆,还把我的大皮船拖了过去,它可以抵得上二十只小皮船。早晨,那堆东西不见了。

"然后,我开始准备婚礼。为了婚宴上丰盛的食物和送给客人的谢礼,连住在东边的人都赶来参加我的婚礼。恩卡年纪比我大,大四个太阳年,这是我们计算年龄的方法。我还只是一个小伙子,但是我是酋长,而且还是酋长的儿子,所以这些都不算什么问题。

"但是有一艘船从海平面上露出帆来,在海风的推动下越来越近。船的排水口不断排出清水,船上的人正手忙脚乱地拼命抽动水泵。一个健壮的男人站在船头,他一边观察着水的深浅,一边用打雷一样的声音发号施令。他的眼睛是淡蓝色的,和深海的海水一个颜色。他的头长满鬈毛,看起来就像是一只海狮。他的头发是黄色的,就像是南方人收割的稻草,也像是水手们编绳子用的马尼拉麻绳。

"最近几年,我们也见过一些从远方开来的大船,但是这艘船是第一个在阿卡坦海滩靠岸的。婚宴被搅乱,女人和孩子们都逃进屋子里,而我们男人则拉开弓箭,手握长矛,等着那伙人过来。但是,船头靠上沙滩后,那些陌生人根本没有注意我们,他们忙着做自己的事情。潮退了以后,他们把那艘双桅帆船侧过来,开始修补船底的那个大窟窿。于是,女人们又悄悄跑了回来,婚宴继续。

"等到涨潮的时候,那伙海上的流浪汉把帆船拖入水深的地方抛下锚,接着来到我们中间。他们带来一些礼物,显得非常友好。于是,我给他们腾出座位,像对待所有来客一样大方地招待他们,因为这是我结婚的日子,而且我还是阿卡坦的酋长。那个头上长着像海狮一样鬈毛的男人也来到婚宴上,他又高又壮,让人觉得他一脚踩下去,地面都会跟着震动。他双臂交叉放在胸前,眼睛总是直勾勾地盯着恩卡,就这样一直到太阳下山,星星也出来了,他才回到自己的船上。他走后,我拉起恩卡的手,领着她来到我自己的家里。大家在我家又唱又笑,女人们都开着玩笑,就像平常在婚礼上那样,但是我们并不在意。最后,大家留下我们两个人,各自回家了。

"喧闹的声音还没有完全消散,那个海上流浪汉的首领就走进了我的家门。他拿着几个黑瓶子,我们一起喝着黑瓶子里的东西,非常尽兴。你们知道,我当时只是一个小伙子,又一直生活在世界的尽头,所以当时我热血沸腾,就像火在燃烧,心也轻飘飘的,就像海浪溅起的泡沫飞上了峭壁。恩卡静静地坐在放在角落里的一堆皮子中间,眼睛睁得大大的,好像很害怕。那个长着像海狮一样鬃毛的男人一直盯着她看。后来,他的人进来了,搬进来一捆捆的货物。他把这些货物堆在我面前,都是阿卡坦没有的东西。有大小不一的枪支,有火药、子弹和炮弹,有闪亮的斧头和钢刀,有各种精致的工具,还有很多我从未见过的稀奇古怪的东西。他用手势表示,这些东西都是我的了。我当时认为他这样慷慨,真是一个伟大的人。可是他又用手势表示,恩卡要上船跟他一起走。你们明白了吗?——恩卡要上船跟他一起走。我顿时热血沸腾,抓起长矛想要刺穿他的身体。但是瓶子里的烈酒已经让我的胳膊失去了力气,他抓住我的脖子,就这样,把我的头往房子的墙上撞。我被撞得没有一点力气,就像一个刚出生的婴儿,两条腿也站不住了。他强行拖着恩卡往门口走,恩卡尖叫着,拼命用手抓住屋子里的东西,东西在我们周围倒了一地。后来,他用两条大胳膊把恩卡抱了起来,恩卡拼命撕扯他的黄头发,但他却放声大笑,就像是一只发情期的雄海豹。

"我爬到沙滩上,呼喊我的族人帮我,可是他们都害怕了。只有亚士-努士算得上是一个男人,但是那些家伙拿船桨打他的头,直打得他趴在沙滩上一动不动。然后,他们扬起船帆,唱着歌,借着风力离开了。

"大家都说这样也好,以后阿卡坦就再也不会有打仗流血的事了;但是我不说一句话,直到满月那一天,我把鱼和油装上我的小皮船,往东面驶去。我到过很多岛屿,也遇见了很多人,我这个生活在世界尽头的人,这时候才明白世界原来这么大。我用手势和人们交流,但是他们既没有见过双桅船,也没有见过那个长着一头海狮鬃毛的人,只是他们的手一直指向东方。我在各种奇怪的地方睡过觉,吃过各种奇特的食物,也遇到过各种陌生的面孔。很多人嘲笑我,以为我是个疯子;但是有时候,一些老人会让我面对阳光,为我祈福;还有一些年轻女人,在询问我那只外来的船、恩卡和那些海上来的人时,眼里透着温柔。

"就这样,我穿过波涛汹涌的大海,冒着狂风暴雨,来到了阿纳拉斯卡。那里有两艘双桅船,可都不是我要找的。所以,我继续向东航行,眼前的世界也变得越来越大。可无论是在犹那莫克岛、卡迪卡岛,还是在阿托格纳克岛,我都没有打听到那艘船的消息。有一天,我来到一个地方,那里有很多的岩石，人们正在山里凿大洞。那里有一艘双桅帆船，可是也不是我要找的。他们把凿下来的岩石装到船上。我觉得他们这样做太幼稚了，因为整个世界都是用岩石组成的。但是他们给我吃的，并让我干活。当船上的岩石装得差不多了，船长给了我一些钱，告诉我可以走了；我问他要去哪里，他指了指南方。我做手势，告诉他我想跟他一起去；他开始还嘲笑我，后来因为船上缺少人手，就让我待在船上帮忙干活。于是，我开始学他们的腔调说话，帮忙拉锚索，在狂风来临的时候收船帆，而且还轮班掌舵。这些活对我来说并不陌生，因为我的先辈本来就和这些海上的人是一种血统。

"我以为，只要我和他的族人在一起，就能很容易找到他。一天，陆地出现在我们眼前，我们的船穿过海峡，驶入港口。我以为这里的双桅帆船可能也就我的手指头那么多，可是几英里长的码头停靠的全都是这种船，就像很多小鱼挤在一起。我向他们打听那个长着一头海狮鬃毛的男人，他们都大笑起来，用各种不同的语言来回答我。我才知道，他们来自天南海北。

"我进入市区，仔细看每一个行人的脸。但是他们多得就像是游到岸上的密密麻麻的鳕鱼，不计其数。各种喧闹声吵得我到最后什么都听不见了，乱七八糟的场面也使我头昏脑涨。就这样，我不停地往前走，有些地方飘着歌声，洒着暖暖的阳光；有些平原堆满了丰收的庄稼；有些大城市里居住着很多男人，他们就像女人一样生活，嘴里全是谎话，只想着金子，心都变黑了。而我的族人却一直在阿卡坦狩猎打鱼，简单快乐，以为世界就是这么一个小天地。

"可是，我一直记得那次恩卡捕鱼回家时看我的眼神，我知道总有一天我会找到她的。以前，她总是在傍晚暮色时分到安静的小路上散步，也会引我穿过被晨露打湿的茂密田野去追赶她。她的眼里带着对我的爱意，只有恩卡这样的女人才会有这样的眼神。

"所以我一路流浪，走过了上千座城市。有些人很和气，还给我吃的，有些人却嘲笑我，甚至还有一些人诅咒我。但我一直隐忍着，行走在陌生的路上，看着各种陌生的景象。有时候，我，一个酋长，还是酋长的儿子，竟然给别人做苦工——那些人言语粗鲁，铁石心肠，从同胞的汗水和痛苦中榨取金子。但是，我还是打听不到任何消息。当我像一只归巢的海豹再次回到海上，我终于打听到了一些蛛丝马迹。不过，这次是在另一个港口，从一个位于北方的国家得到的信息。那个黄头发的海上流浪汉是个猎海豹的，他那时正在海上航行。

"于是，我登上了一艘捕捉海豹的双桅帆船，同船的还有几个好吃懒做的西瓦什人。我们去了北方，漫无边际地寻找着他，那里正好是捕捉海豹的旺季。我们在海上一待就是好几个月，疲惫不堪，我们谈论了很多有关船队的事，还听说了不少有关那个家伙的野蛮行为，却一次也没有在海上遇到过他。我们继续向北行驶,甚至到了普里比洛斯群岛。我们在沙滩上捕杀了成群的海豹,然后把这些还留有余温的海豹尸体搬上船,直到船上的排水管流出的都是油和血,甲板上也没有了站立的位置。后来,我们被一艘蒸汽船追赶,他们还向我们开炮。但是我们扬起帆加速前进,溅起的海浪冲上甲板,把甲板冲刷得干干净净,而我们也在大雾中迷了路。

"听说,就在我们吓得逃窜的时候,那个黄头发的海上流浪汉正好来到了普里比洛斯群岛,径直开进了那里的工厂。他命令手下的一部分人控制住公司里的员工,又命令其他人从工厂里搬了一万张生皮装到船上。这些是我听来的,但是我相信都是真的。尽管我在海上航行的时候从未遇见过他,但是北方一带海域却传遍了他那些疯狂大胆的举动,以至于三个在那里有领地的国家都派出船只来捉拿他。我也听到了有关恩卡的消息,因为一些船长都对她赞赏不已。她一直和那个家伙在一起。据说,她已经适应了他们的生活方式,过得还很开心。但是我比谁都清楚——我明白她心里仍然怀念生活在黄色沙滩上的阿卡坦族人。

"所以过了很长一段时间,我又回到了靠近海峡的那个港口,而且在那里听说那个家伙已经横渡大洋,到俄国海域南面那一带暖和的东海岸捕捉海豹去了。这时我已经是一名水手,我跟他的同胞一起上船,紧跟在他后面去捕海豹。那是个新区,没有多少船。但是整个春天,我们的船都守在海豹群的附近，把它们赶向北方。后来，母豹们怀孕了，都跑出俄国海域了，我们的人就开始抱怨，感到害怕了。因为那里总是有大雾，每天都有小船失踪。他们不愿意干了，所以船长不得不调转船头沿原路返航。但我知道那个黄头发的海上流浪汉是不会害怕的，他会一直跟着豹群，甚至追到人迹罕至的俄国岛屿。于是，在一个漆黑的夜晚，趁着放哨的人在船头甲板上打瞌睡，我解开了船上的一只小艇，独自一个人朝那个温暖的长岛划去。我一路向南，到了江户湾。那里的人既野蛮又无所畏惧。吉原的姑娘们都很娇小，皮肤像钢一样光洁，长得很好看。但是我不能停留，因为我知道恩卡正在海豹聚集的北方海域上颠簸。

"江户湾的人来自世界的各个角落，他们不相信上帝，也没有家，他们的船上都悬挂着日本国旗。我跟着他们一起来到了富饶的考珀岛海滩，在那里我们货舱里含盐的皮货堆得更高了。在那片寂静的大海上，直到我们准备离开，我们都没有遇见过一个人。后来有一天，一阵大风吹开了海上的浓雾，有一艘双桅帆船急速向我们驶来，它后面还跟着一艘冒着浓烟的俄国军舰。我们借着风力赶紧逃命，可是那艘双桅帆船却离我们越来越近，我们每前行两英尺，他们就追上来三英尺。在船尾站的就是那个长着一头海狮鬃毛的家伙，他正用横木压着船帆，生机勃勃地笑着。恩卡也在船上——我一下子就认出了她——但是当俄国军舰开炮的时候，她就被他送到船舱里去了。我说过，我们每前行两英尺，他们就追上来三英尺。很快，每次船被浪一颠，我们都能看见那高高耸起的绿色船舵，我们已经在俄国军舰的射程内了。我一边掌舵一边咒骂，因为我们都很清楚，他故意要跑到我们前面，这样当我们被抓的时候他就可以趁机逃走。我们的桅杆被炸飞了，我们就像是受伤的海鸥被扯进风里；而他却一路向前驶出了天际线——他和恩卡。

"我们能怎样办呢？刚剥下的海豹皮就是证据。所以，我们被押送到俄国的一个港口，之后又被带到一个与世隔绝的地方，被逼着在盐矿里挖盐。有的人死了，还有——还有一些人活了下来。"

纳斯掀开了披在他肩膀上的毯子，露出粗糙变形的皮肤，一条条鞭痕清晰可辨。普林斯赶紧为他盖好毯子，因为那些伤痕让人看着很不舒服。

"我们在那里干得非常辛苦，有时候有人会往南逃，可是每次都被抓回来。于是，一天晚上我们这些从江户湾来的人抢了警卫的枪，往北方逃去。那一带地域辽阔，有湿乎乎的平原，还有大片的树林。寒冬降临了，地上有很多积雪，没有人知道怎么走出去。我们在无边无际的森林里走了好几个月，疲惫不堪——我不记得我们走了多久，那里几乎没有什么吃的东西，我们常常躺下来等死。最终我们来到了冰冷的海边，不过我们只剩下三个人了。一个是来自江户的船长，他很清楚这片区域的地形,而且他还知道从冰面上的某个地方出发,可以从一片陆地穿越到另外一片陆地。他带着我们——我不知道路有这么长——最后只剩下我们两个人。当我们来到冰面那个地方,我们遇见了五个陌生人,他们是当地人,有狗和皮子,而我们几乎一无所有。我们在雪地里打了起来,最后他们都被打死了,船长也死了,那些狗和皮子都归我了。然后,我就走上了那片冰面,冰面裂开了,我就一直在海上漂流,直到西面来的一阵大风把我吹到了岸上。之后,我又来到了高洛文湾、帕斯提里克,遇到了那位神父。接着我一直往南,往南,回到了我刚开始流浪所到的满是阳光的温暖城市。

"但是,海洋里的收获已经不大了,出去捕海豹利润很小,风险却很大。船队都散了,船长和水手都没有我要找的那个人的消息。于是,我离开了永远不会平静的大海,来到了陆地上,那里有树木、房屋和山脉,它们永远待在一个地方,从来不会移动。我走了很远,也学会了很多东西,甚至还学会了读书写字。我觉得这样也不错,因为我想恩卡一定也学会了这些东西。等到那一天,我们见面的那一天——我们——你知道,我们见面的那一天。

"所以我到处漂泊,就像那些小渔船随风漂流,却不能控制方向。不过,我的眼睛和耳朵却一直保持着警惕。我经常和那些走过很多地方的人打交道,因为我知道只要他们见过我要找的那两个人,就肯定不会忘记。最后,我遇到了一个人,他

刚从大山里出来,身上带着几块矿石,里面嵌着很多跟豌豆差不多大的金子。他不仅听说过他们,还见过他们,认识他们。他说,他们很有钱,就住在他的金矿附近。

"那是一个荒凉的地方,非常远。但我还是走到了那个藏在群山间的营地。那里的人没日没夜地工作,根本看不到太阳。但是,时机还是没有到来。从他们的谈话中,我了解到他已经走了——他们已经走了——去英国了,据说是为了找几个有钱人一起开公司。我看见了他们居住过的房子,就像是古时候的那种王宫。夜晚,我悄悄地从窗户爬进屋子,想看看他是怎么对她的。我走过一个又一个房间,似乎只有国王和王后才会住在这里,简直美极了。他们都说他把她当作王后,很多人都好奇她的来历。因为她的身上带有外来民族的血统,跟阿卡坦的女人们都不同,没有人知道她是谁。对,她是王后,但我是酋长,还是酋长的儿子。我为她付出了难以估价的皮子、小船和珠子。

"但是,何必说这么多呢?我是一名水手,很清楚船在海上航行的路线。我跟着他们去了英国,又去了其他几个国家。有时候我从人们嘴里听到一些他们的传闻,有时候我从报纸上读到一些关于他们的消息,可我还是一次都没有遇见过他们,因为他们有很多钱,走得很快,而我只是一个穷人。后来,他们遇到了麻烦,有一天他们的财产就像一缕青烟一样全没了。那时候,报纸上登满了这条新闻,但之后便再无消息。我知道,他们肯定又回到了那个可以掘出许多金子的地方。

"他们成了穷人,被世人遗弃了。我也从一个营地辗转到另一个营地,甚至还到了北方的库特奈地区,也只在那里打听到了一点过时的消息。他们来过这个地方,但是已经离开了,有人说往这边走了,有人说往那边走了,还有人说他们去了育空河。我也跟着往这边走,往那边走,一直不停地从一个地方奔向另一个地方,走到都开始对这个广阔无边的世界感到厌烦。但是,在库特奈曾经有一个西北人跟我一起走过一段很长很糟糕的路。他受不了饥饿的折磨,即将死去。他曾经沿着一条没人知道的路翻过群山,到了育空河一带。当他知道自己大限将至,就给了我那张地图,还告诉了我一个秘密,他指着上帝发誓,说那个地方有大量金子。

"随后,所有的人都往北方涌去。我是一个穷人,只能卖了自己替别人赶狗。接下去的事情你们就知道了,我在道森遇见了他和她。她没有认出我,因为当初我只是一个小伙子,而她又生活得那么阔气,所以她没有闲暇记着一个为她付出那么多代价的人。

"是啊!是你帮助我提前结束了苦役。我回到道森,要用我自己的方式来解决这一切。我已经等了太久,现在我已经把他抓在手里,我就不必急在一时了。就像我说的,我要用自己的方式来解决。我回顾一生,想到我所经受的一切苦难,还有我在俄国海边无边无际的森林里所忍受的严寒与饥饿。你们知道，我带着他到了东部——他和恩卡——去东部的人很多，但没有几个人活着回来。我把他们带到那个地方，那里都是白骨、人们的诅咒和带不走的黄金。

"那条路很长，而且从未有人走过。我们带了很多狗，它们吃得也很多。我们的雪橇不可能把开春之前所需要的东西都带上，我们必须在河水融化之前返回。所以，我们就把食物藏在了沿途各个地方，这样可以减轻雪橇的负担，回来的时候我们也不会被饿死。我们在麦克凯斯申挖了一个粮窖，那附近住着三个人。我们在梅奥又建了一个粮窖，在那里有十二个佩里人在狩猎宿营，他们是翻过南边的分水岭来到这个地方的。在那之后，我们继续往东走，就再也见不到其他人了，只有沉睡的河流、纹丝不动的树林和北方的寂静雪原。我说过，那条路很长，而且从未有人走过。有时，经过一天的艰苦跋涉，我们也不过走了八英里，或者是十英里。晚上，我们都睡得像死人一样。他们即使做梦也不会想到我就是纳斯，阿卡坦的酋长，要来报仇雪恨。

"这时候，我们搭的粮窖比之前小了，到了晚上，我便毫不费力地沿着来时的路线回去，把食物藏到别的地方，并制造粮食被黑貛偷走的假象。在这条路上，有些地方很容易掉进水里。因为水流湍急，冰只结在表面，下面的冰层很容易被水冲走。我就掉下去过，我赶的雪橇和狗一起掉进去了。对于他和恩卡来说，这是一起很不幸的意外，不过之后再也没有发生过这样的事情。那架雪橇上有很多粮食,狗也是最强壮的。他却大笑起来,因为他的生命力还很旺盛。从那以后,他给剩下的狗很少的食物,后来我们就割断缰绳,把它们一个一个喂给它们的同伴。他说,这样我们回去的时候会很轻松,我们可以一路步行从这个粮窖吃到那个粮窖,用不着狗和雪橇了。这是真的,因为我们的粮食非常紧张。等我们晚上到了那个堆满黄金、白骨和被人诅咒的地方,最后一条狗也死在了挽具里。

"我们要去的那个地方——地图上标得很清楚——在群山的中心,我们在结了冰的分水岭的峭壁上凿出一些台阶。我们希望分水岭后面是一片山谷,却不是山谷,只有一片雪野伸向远方,平坦得像一片巨大的收割后的平原。我们的周围都是高耸的山峰,雪白的峰顶直插云霄。在那片原本应该是山谷的奇异的平原中间,大地和积雪一起向下沉去,似乎一直沉到了地球的心脏里。如果我们没有当过水手,看到眼前的情景,一定会头晕目眩。我们站在这让人眩晕的山崖上,竭力想找一条到下边去的路。其中有一侧,而且只有这一侧的峭壁像被风掀起的甲板一样逐渐倾斜。我不知道为什么会是这样,但它就是这样。'这是地狱的入口,'他说,'咱们下去吧。'我们就下去了。

"斜坡底部有一个小木屋,是很久以前有人用从山上丢下来的木头建造的。木屋已经很老了,在不同时期都有人来到这里,最后都孤独地死在了这座木屋里。屋子里的桦树皮上写着他们的遗言和咒骂。有一个人是得坏血病死的；另一个人被同伴抢走了最后的粮食和弹药，最后饿死的；第三个人是被一头脸上长白斑的灰熊拍伤后死掉的；第四个人想捕猎来充饥，但还是饿死了——诸如此类，他们都不愿意丢下那些金子，最终都死在了金子旁边，只是各有各的死法。地板上都是他们挖来的毫无价值的金子，金灿灿一片，让人感觉就像在梦里一样。

"但是，被我带到这么远地方的那个人，此刻却依然很镇定，头脑也很清醒。'我们已经没有吃的了，'他说，'我们只能看看这里的金子，弄清楚它们的来历和储量，然后我们必须赶快离开这个地方，免得被它们迷惑双眼、失去理智。这样我们还可以下次再来，多带点食物，所有的金子就都归我们了。'于是，我们开始查看这个矿脉，它就像一条血脉一样贯穿了整个矿壁。我们测量了它的高度，从上而下画出它的大致轮廓，然后在周围打下树桩，又在树上刻了一些字迹，以此证明这个矿归我们所有。这时候，由于没有吃东西，我们的膝盖在发抖，肚子非常难受，心脏也要跳到嗓子眼了。最后，我们爬上了那个巨大的峭壁，开始往回走。

"最后那段路，我们两个人搀着恩卡走，一路跌跌撞撞，终于来到一个粮窖。看吧，食物没了。我做得天衣无缝，他以为食物被黑獾偷走了，不停地咒骂黑獾和他的神。但是，恩卡是个勇敢的女人，她面带微笑，把手放进他的手里。而我不得不背过身子，努力控制自己的情绪。'我们在火边休息一会儿吧,'她说,'等天亮再走。我们可以把鹿皮鞋吃了,增加一些力气。'于是,我们把鹿皮鞋的鞋筒一条一条割下来,煮了大半夜,这样才能咀嚼着咽下去。第二天一早,我们讨论了我们此刻的处境。下一个粮窖离这里还有五天的路程,我们肯定撑不到那里。我们必须找到一些猎物充饥。

"'我们去捕猎吧。'他说。

"'好,'我说,'我们去捕猎。'

"于是,他命令恩卡留在火堆旁,保存体力。我们一起出发了,他去寻找驼鹿,而我去了我挪过的粮窖那里。不过,我只吃了一点儿东西,免得被他们看出我还有很多力气。那天晚上,他摔倒了很多次才回到我们的营地。而我也装出非常虚弱的样子,总是被我的雪鞋绊倒,好像每迈出一步都可能是最后一步似的。后来,我们把鹿皮鞋吃了才有了一点力气。

"他是一个了不起的男人。他的精神一直支撑着他的身体到最后的时刻。除了为恩卡之外,他从来没有放声哭过。第二天,我还是跟着他去打猎,我想要亲眼看着他死去。他经常躺下来休息。那天晚上,他都要死了;可是到了早上,他虚弱地咒骂了几句,又继续向前走去。他就像是一个喝醉酒的人,我看到他好多次都要放弃了,但是他有坚强的精神,有巨人一样的灵魂支撑着他熬过那疲惫不堪的一天。他抓了两只松鸡,但是他不吃。他根本用不着火,它们可以挽救他的性命,但是他想着恩卡,转身回营地。他已经走不动了,只能用手和膝盖撑在雪里往前爬。我走到他面前，在他眼睛里看到了死亡的气息。这时候只要吃掉松鸡也还为时不晚。但他扔掉了他的步枪，像狗一样用嘴叼着那两只松鸡。我在他边上走，身体挺得直直的。每次他爬不动停下来休息的时候，都会看向我，好奇我为什么会这么强壮。我知道他心里在想什么，尽管他已经说不出话了，他的嘴唇在动，却发不出一点声音。我说过，他是一个了不起的男人，我的心开始变软。但是过去的一切在我眼前浮现，我想起了我在俄国海域那无边无际的森林里所遭受的寒冷和饥饿。而且，恩卡本来就是我的，我为她付出了无法估价的皮子、小船和珠子。

"就这样，我们穿过了白茫茫的树林，周围一片寂静，就像海上潮湿的浓雾一样重重地压在我们身上。过去的一切如同幻影一般弥漫在空中，把我们紧紧围住。我看到了阿卡坦金黄的海滩、捕完鱼疾驶回家的小船，还有树林边上的房屋。那两个自封为酋长的人也在那里，这两个立下各种规矩的人，一个是我的祖先，另一个是嫁给我的恩卡的祖先。对，亚士-努士也在我身边，他的头发里都是湿湿的沙子，手里仍然握着那根摔倒时被折断的长矛。我知道那个时刻到了，我看到了恩卡眼里那信誓旦旦的眼神。

"我说过，我们就这样穿过树林，直到我们闻到了营地上飘来的烟味。于是，我弯下腰，从他的嘴里夺过了那两只松鸡。他转身侧卧，休息了一会儿，眼睛里充满了疑虑，身下的那只手慢慢地向别在臀部的刀子摸去。但是，我先他一步夺过那把刀，然后凑近他的脸微笑。即使到了这个时候，他还是不知道发生了什么。于是，我就做出从黑瓶子里喝酒的样子，比画着在雪地上堆起一堆高高的货物，把那天晚上我结婚时的情景重新演了一遍。我没有说一个字，但是他已经明白了一切。然而，他并没有害怕。他的嘴角露出一丝讥笑，透着冷冷的愤怒。知道了这些，他好像又有了力气。我们距离营地不远，可是积雪很深，他拖着身子非常缓慢地往前爬。有一次，他在雪地里躺了很久，我把他翻过来，盯着他的眼睛。有时候他看着前方，有时候他的眼睛里充满了死亡。当我松开他以后，他又挣扎着向前爬去。就这样，我们到了火堆旁边。恩卡马上来到他的身边。他的嘴唇动了动，但是发不出一点声音；然后他用手指着我，希望恩卡可以明白。之后他就躺在雪地里，静静地躺了很长时间。一直到现在，他还躺在那里。

"我一直在烤松鸡，没有说话。然后，我跟她说话，说的是她很多年都没有听过的家乡话。她直起了身子，眼睛因为惊讶而睁得大大的。她问我是谁，从哪里学会了这种话。

"'我是纳斯。'我回答。

"'你？'她说道，'是你？'她爬过来想看清楚我。

"'是的，'我回答，'我是纳斯，阿卡坦的酋长，我们家族的最后一条血脉，和你一样，你也是你们家族的最后一条血脉。'

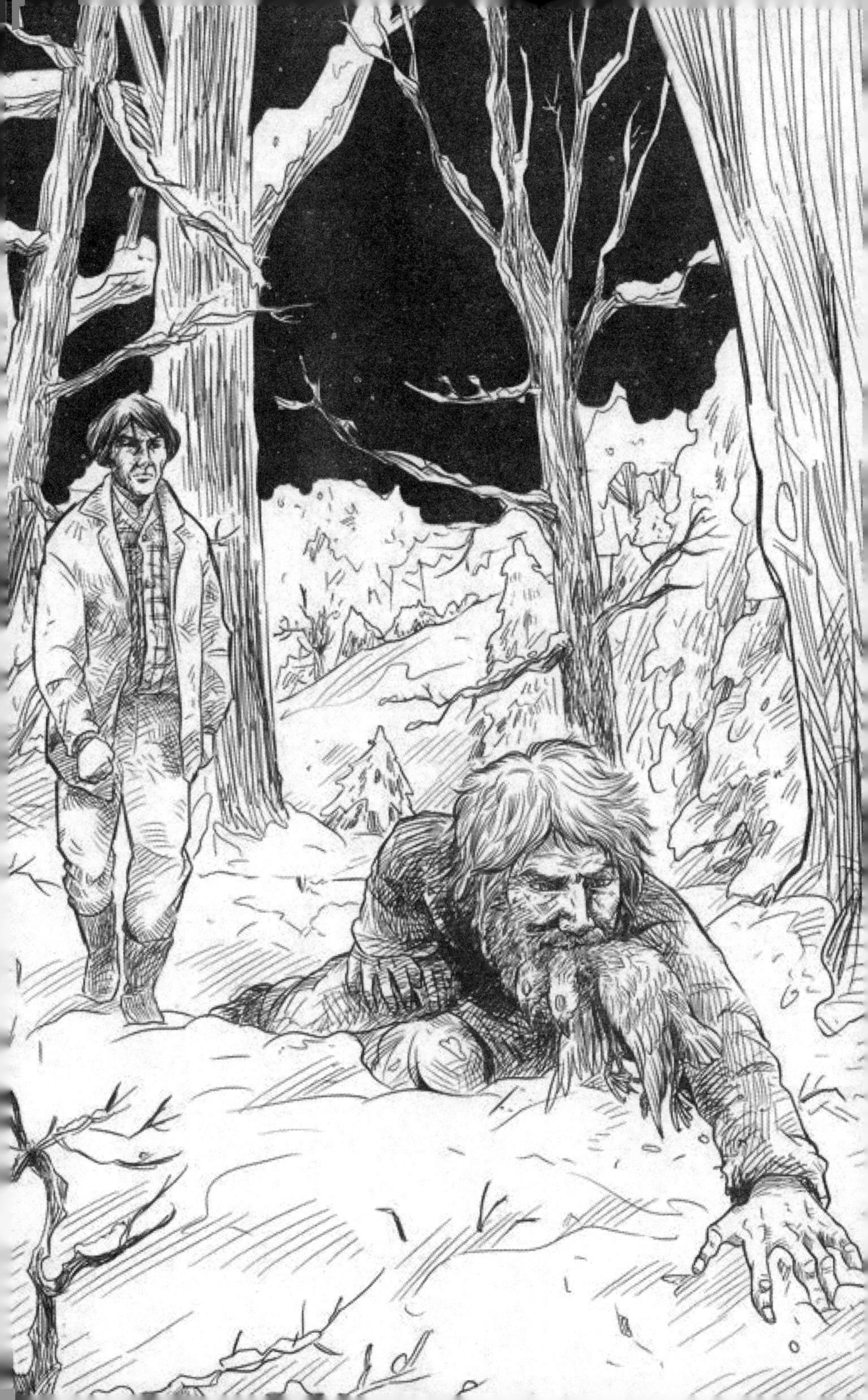

这个男人一头黄发，像海狮的鬃毛，又像南方人收割的稻草。他极为虚弱，濒临死亡，经常躺下来休息，好多次都要放弃了，但巨人一样的灵魂支撑着他熬过疲惫不堪的一天。他抓了两只松鸡，像狗一样叼着，用手和膝盖撑在雪里往回爬。我在他身边走，身体挺得直直的。每次他爬不动、停下来休息的时候，都会看向我，好奇我为什么会这么强壮。

"她大笑起来。我用我见过和做过的一切发誓,我再也不要听到那种笑声了。它使我心寒,在那万籁俱寂的雪野里,只有我一个人孤独地面对着死神和那个大笑的女人。

"'来!'我说,因为我觉得她已经疯了,'吃了这些东西,然后我们离开这里。从这里到阿卡坦还有很远的路要走。'

"可是,她把脸埋进他的黄色鬃毛里,一直大笑着,感觉天都要塌下来了。我原本以为她见到我会高兴得发狂,会马上回想起过去的时光,但是她的表现似乎有些奇怪。

"'起来!'我大声喊,用力抓住她的手,'路又远又黑,我们要快点儿!'

"'去哪儿?'她坐起来问道,不再怪笑了。

"'回阿卡坦。'我回答,希望我的话能使她的脸色变得好起来。可是,她的表情和他一样,嘴角露出一丝讥笑,透着冷冷的愤怒。

"'是啊,'她说,'我们回去,手拉手,回阿卡坦,我和你。我们会住在脏乎乎的茅屋里,吃鱼和鱼油,再生一个孩子——让我们一辈子都为之骄傲的孩子。我们会忘掉这个世界,会幸福,非常幸福。多好啊,好极了。来吧!我们赶紧走,让我们回阿卡坦。'

"她一边用手梳理着他的黄头发,一边不怀好意地笑着。她的眼里没有那信誓旦旦的眼神。

"我坐在那里一声不吭,弄不明白为什么这个女人这么古怪。我回想着那个晚上,当他把她拖走的时候,她尖叫着,撕扯着他的头发——现在她却玩弄着他的头发,不愿意离开。后来我又想起损失的财产和漫长的等待。我把她抓过来,像他之前那样把她拖走。她也像那天晚上那样倒退着,像一只不愿离开小猫的母猫一样拼命挣扎。当我们拉扯到火堆的另一边、和那个男人分开以后,我松开了她。她坐了下来,听我讲话。我向她讲述了她走后所发生的一切,讲述了我在那片陌生的大海和陆地上的各种遭遇,讲述了我怎样找得精疲力竭,多少年来忍饥挨饿,讲述了一开始她对我流露出的信誓旦旦的眼神。是的,我把一切都告诉了她,甚至包括那天我和那个男人之间所发生的一切,还有我们年轻时的事情。在我讲述的时候,我看到她的眼睛里又流露出了信誓旦旦的眼神,像破晓时分的第一缕阳光,既饱满又宽广。我看到她眼里流露出的同情、女人的柔情、爱意,和恩卡的心和灵魂。我似乎又变回当初那个小伙子,因为这眼神就是恩卡跑上沙滩、大笑着跑进她母亲的家时所流露的眼神。这时,所有的不安、饥饿和疲倦的等待都消失了。那个时刻终于到来了。我感到她在呼唤我,示意我将头放在她的胸口,忘记过去的一切。她向我张开双臂,我朝她的怀抱扑过去。突然,她的眼里燃起了仇恨的火焰,她的手已经放在我的臀部。一刀,两刀,她捅了我两刀。

"'恶狗!'她冷笑着,把我一下子推到雪地里。'蠢猪!'她说着大笑了起来,直到那笑声打破了四周的沉寂。她又回到了她的死人身边。

"我说过,她用刀捅了我一下,两下。但是她已经饿得没什么力气了,所以杀不死我。但是我宁愿待在那里,闭上眼睛,和他们一起长眠。他们的生活和我的生活交叉在一起,让我踏上了未知的旅途。但是我身上还背负着一笔债,让我无法安息。

"路是那么漫长,天冷得刺骨,而且没什么食物。那些佩里人没有找到驼鹿,抢光了我的粮窖。那三个白人也是一样。但是当我经过他们的木屋时,他们已经骨瘦如柴,饿死了。之后我什么都不记得了,直到我来到这里,发现了食物和火——很多火。"

说完,他俯下身子,满脸羡慕地靠近炉火。有很长一段时间,仿佛油灯的影子也在墙上上演着一幕幕悲剧。

"但是恩卡!"普林斯大声喊道,他仍然沉浸在故事中。

"恩卡?她不肯吃松鸡。她就躺在那里,双手搂着他的脖子,把脸埋在他的黄头发里。我把火移到她的旁边,怕她冻伤,但是她爬到了另一边。我又在那边点起了一堆火,但是没有用,因为她不肯吃东西。就这样,他们一直躺在那儿的雪地里。"

"你打算怎么办?"马尔穆特·基德问道。

"我不知道。阿卡坦很小,我不想回去,住在世界的边缘。可是活下去也没有多少意义。我可以去找康斯坦丁队长，他会给我戴上手铐和脚镣，有一天，他们会给我套上一根绳子，这样我就可以安安稳稳地长眠了。但是——这样也不好。我不知道。"

"可是，基德，"普林斯抗议道，"这是谋杀！"

"嘘！"马尔穆特·基德命令道，"有些事是我们的智慧不能及的，也不能用我们的标准来判断。发生这样的事，到底是谁的过错，很难说得清楚，也不能由我们来审判。"

纳斯又向火炉靠近一些。屋子里静悄悄的，每个人的眼睛里都浮现出一幅又一幅的画面。

墨西哥人

一

没有人知道他的来历——尤其是革命委员会那些人更不了解他。他是他们眼中"神秘的少年""伟大的爱国者"。为了即将到来的墨西哥革命,他用自己的方式跟他们一样努力工作着。但是这一点他们过了很久才意识到,因为没有一个人喜欢他。他第一天来到革命党那拥挤繁忙的工作室时,他们都怀疑他是个探子——狄亚士的情报组织雇来监视他们的眼线。已经有太多革命者被这个组织关在了美国各地的民事或军事监狱里,还有一部分甚至被套上镣铐押到境外,在土墙前排成队被枪毙。

这个男孩给他们的第一印象就不好。他的确是个孩子,不满十八岁,而且相对于他的年龄而言,个子也不太高。他说他叫菲力普·利威拉,志在革命。除此之外没有一句废话,也没有进一步的解释。他就站在那儿等着,嘴上没有一丝笑意,眼里没有一丝友善。急性子的保林诺·维拉在心里哆嗦了一下。这小子真是既可恶又可怕,而且难以捉摸。他的黑眼睛里透出毒蛇般的狠毒,像冷火一样燃烧着,仿佛充满了巨大而强烈的痛苦。他的目光从这些革命者的脸上掠过,落到一台打字机上,矮小的塞斯贝太太正在上面辛勤地敲字。他只瞧了她片刻,——碰巧她正抬起头来——目光间的对视让她也感觉到了那种难以名状的东西,使她暂停了一下。接着,她不得不往回读,以便继续自己正在草拟的信函。

保林诺·维拉询问似的看了看阿列拉诺和拉摩斯,他们也询问似的看了看他,然后两个人面面相觑。他们眼睛里都流露着迟疑不决的神色。这个瘦长的男孩来历不明,任何一个来历不明的人都充满了威胁。在这些正直的普通革命者的眼里,他难以辨认。他们对狄亚士和他的暴政都抱有深切的仇恨,不过这只是正直的普通爱国者的仇恨。而他身上带有另外一种特质,他们却说不上来。不过,一向冲动、鲁莽的维拉上前打破了沉寂。

"很好,"他冷冷地说,"你说你想为革命工作。把外衣脱掉,挂在那边。让我来告诉你,来——水桶和抹布在哪儿。地板脏了,你先擦干净,然后把其他房间的地板也擦干净。痰盂洗干净,然后把窗户也擦了。"

"这是为了革命吗?"男孩问道。

"是为革命。"维拉回答。

利威拉用怀疑的眼神冷冷地环顾众人,然后脱掉了外衣。

"那好吧。"他说。

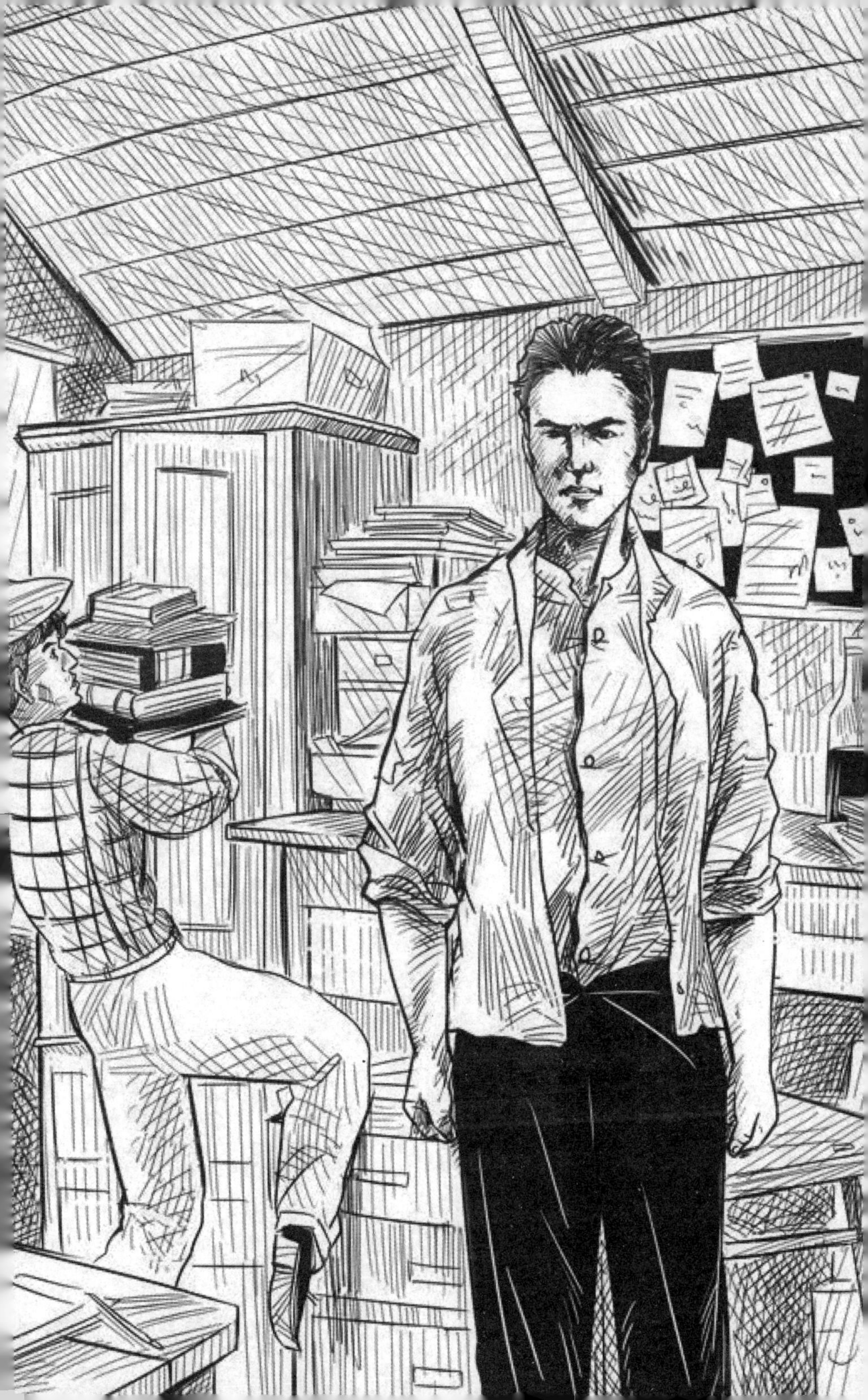

这个男孩给人的第一印象着实不讨喜。他还是个孩子,不过十八岁,个子也不魁梧。他就站在那儿等着,嘴边没有一丝笑意,眼中没有一丝友善。男孩的黑眸里藏着虺蛇的颜色,仿佛火焰一般燃烧着,散发出极度痛苦的味道。

再没有别的。他每天都来干活——扫地、擦地板、洗涮。他总是在他们之中最积极主动的那个人来之前,把炉里的灰倒干净,放好煤和火柴,生好火。

"我可以睡在这儿吗?"有一次他问道。

啊哈!原来如此,狄亚士的爪牙露出狐狸尾巴了!睡在革命委员会这里,然后窥探情报,拿到名单,摸清墨西哥革命党人的住址。他的请求被一口回绝了,利威拉再也没提起过。他在哪里睡觉,在哪里吃饭,靠什么糊口,大伙一概不知。有一次,阿列拉诺给了他几美元,利威拉摇头拒绝,维拉也过来想强迫他收下,他说:"我是为革命工作。"

现代革命需要钱。革命党一直很拮据,革命党人挨饿辛劳,日子再长也不嫌长,可是有时候革命的成败却似乎就在几块钱上。有一次也是第一次,工作室的房租拖欠了两个月,房东威胁着要赶人,是菲利普·利威拉,那个穿着破烂廉价衣服、打扫房间的可怜小工,放了六十美元的金币在梅·塞斯贝的桌子上。类似的事情发生过不止一次。有一次,好不容易打出了三百封信(向有组织的劳工团体请求援助和请求捐款的呼吁书,恳请报纸编辑在新闻报道上主持公道的请求信,以及反对美国法院以高压手段对待革命者的抗议书),却因为没有邮票,堆积在桌上。维拉的表已经卖掉了——这只老式的金质打簧表是他的父亲传给他的。梅·塞斯贝无名指上的纯金戒指也卖掉了。形势严峻。拉摩斯和阿列拉诺绝望地捋着自己的长胡子。这些信必须全部寄出去,可是邮局又不允许赊账买邮票。依旧还是利威拉,戴上帽子出了一趟门,带回来一千张两分钱面值的邮票,放在了梅·塞斯贝的桌上。

"我怀疑这会不会是狄亚士的该死的钱?"维拉对同志们说。

大家挑了挑眉毛,都没了主意。菲利普·利威拉这个用搞卫生来支持革命事业的小工,却不断在危急关头,掏出真金白银来资助革命党活动。

可是大家还是没办法喜欢他。他们不了解他,他的行事风格与众不同,他从来不透露私事,抗拒一切探究。虽然他不过是个年轻人,但是谁也不敢盘问他什么。

"或许他是一个伟大而孤独的人吧,我不知道,搞不明白。"阿列拉诺无奈地说。

"他不是人。"拉摩斯说。

"他的灵魂已经饱受摧残,"梅·塞斯贝说,"光明和欢笑已被燃尽。他像一个死人,一副可怕的行走的躯壳。"

"他经历过地狱。"维拉说,"没有经历过地狱的人不可能变成那样——况且他还只是一个孩子。"

然而,他们依旧对他喜欢不起来。他从来不说话,从来不问,从来不提议。当他们谈起革命、慷慨激昂的时候,他也只是站在旁边听,面无表情,死人一般,除了他的眼睛,冷冷地燃烧着。他的目光总是从这张脸移到那张脸,从这个说话的人

移到那个说话的人,像亮闪闪的冰锥一样锋利,让人觉得不安和慌乱。

"他不可能是间谍,"维拉对梅·塞斯贝吐露道,"他是一个爱国者——听我的,他是我们这群人中间最大的爱国者。我知道,我能感觉到,我的心和大脑都这样告诉我。但他这个人,我搞不明白。"

"他脾气不好。"梅·塞斯贝说。

"我知道,"维拉哆嗦了一下说,"他那双眼睛看着我,眼里丝毫没有爱,满是威慑,就像猛虎一样凶。我知道要是他发现我对革命不忠,他会杀了我的。他冷酷无情,铁石心肠,冷若冰霜。他就像月光,冬天的夜晚,一个人在荒山上快要冻死时看到的月光。我不怕狄亚士和他的任何杀手,但这个男孩,我害怕。我说的是真的,我害怕。他身上有死亡的气息。"

然而,说服大家给予利威拉初次信任的,也是维拉。当时,洛杉矶和加利福尼亚南部之间的通讯线被切断,敌人枪杀了三名同志,把尸体埋葬在他们自己挖的坟墓中。还有两名同志被关在洛杉矶的监狱里。联邦指挥官胡安·阿尔瓦拉多像怪物一样可怕,革命党人所有的计划都被他摧毁。工作室无法跟加利福尼亚南部那些积极的革命者以及早期的革命人士取得联系。

小利威拉收到指令前往南方,他回来的时候,通讯线已经重新建立,胡安·阿尔瓦拉多也死了,一把钢刀齐着柄插进了他的胸口,倒毙在床上。利威拉收到的指令中并没有暗杀这一条,但是革命党人都知道他行动的时间。没有人问他。他也什么都没有说。他们只是彼此交换眼神,心照不宣。

"我已经告诉过你了,"维拉说,"这小伙子对狄亚士造成的威胁胜过任何其他人。因为他毫不留情。他简直是上帝之手。"

至于梅·塞斯贝说的坏脾气,不仅大家能感觉到,还得到了实际证明。利威拉经常挂着彩出现,不是嘴唇裂开就是脸上一块淤青,或者耳朵肿着。显然他在外面和人打架了,只是没有人知道他在哪里吃住,靠什么赚钱,怎么来,怎么去。随着时间的推移,他开始为每周出版的革命小册子排版。但是身上的伤经常妨碍他的工作,有时是指关节上伤痕累累,有时是大拇指受了伤,使不上力,或者是一只胳膊无力地耷拉着,脸上流露出说不出的痛苦表情。

"浪荡子。"阿列拉诺说。

"肯定是下流地方的常客。"拉摩斯说。

"可是他的钱从哪儿弄来的呢?"维拉问,"直到今天,就刚才,我才知道他付了白纸的账单———一百四十美元。"

"他经常不来,"梅·塞斯贝说,"而且一句解释都没有。"

"我们应该派个人监视他。"拉摩斯提议。

"可别派我去，"维拉说，"我怕你们再也见不到我了，除非是给我下葬的时候。他对革命的热情太炽热了，就是上帝要插手，他也不会允许的。"

"我在他面前就像个小孩子。"拉摩斯坦白道。

"在我眼里他就是力量的化身——就像原始人、野蛮的狼、攻击人的响尾蛇、蜇人的蜈蚣。"阿列拉诺说道。

"他就是革命的化身，"维拉说，"他是革命的火焰和灵魂，是无休止的复仇的呐喊，但是他却不发出呼喊，只是在寂静中肆意杀戮。他是在寂静的夜晚活动的毁灭天使。"

"我简直要为他哭一场，"梅·塞斯贝说，"他没有朋友，恨所有人。他容忍我们是因为我们在实现他的愿望。他很孤单……很寂寞。"她抽抽噎噎地说不下去了，两只眼睛也模糊了。

利威拉的行踪的确神秘。有时候一整周都见不到他的人影。有一次他离开了一个月。但是他总是出人意料地回来，把金币放在梅·塞斯贝的桌上，不张扬，也不说话。之后，他会再次一连数天甚至数周都泡在革命委员会里工作。可是，每天他又会不定期地出去，从清早到傍晚都不见人影。每当这时，他就会来得早，并待到很晚。阿列拉诺曾见他半夜还在排版，指关节又肿起来了，或者嘴刚被打破，还在流血。

二

危机时刻到来了，革命能否启动就看革命党了，可是革命党实在是囊中羞涩。他们对资金的需要日益迫切，然而创收却变得越来越困难。爱国者们已经拿出了手里的最后一分钱，现在再也拿不出了。季节工——从墨西哥逃亡出来、以劳役抵债的农民——捐出了他们微薄工资的一半。然而缺口依然没有填上。多年的辛苦、密谋和地下工作，已经快要有收获了。时机已经成熟，革命成败未决。只要再加一把劲，最后奋力一搏，革命就会颤抖着跨过天平走向胜利。他们了解他们的墨西哥，只要一旦发动起来，革命就会自然而然地进行下去。狄亚士的统治就会像纸板房一样垮塌。边境的起义兵已经整装待发，有一个美国人带着一百名世界产业工人联盟的成员正在等待指令，准备穿越边境占领加利福尼亚南部。但是他需要枪支。革命委员会跟大西洋对岸的人也有联系，他们也都需要枪支。他们当中有纯粹的冒险家、想赌一把的士兵、土匪、满腔愤恨的美国工会工人、社会主义者、无政府主义者、流氓、墨西哥流

亡者、从奴役中逃出来的苦力以及在柯尔达伦和科罗拉多监狱里饱受鞭挞后逃亡出来、更加迫切要求战斗的矿工——这些都是被这个疯狂而复杂的现代社会弄得流离失所、不顾一切的人。而他们永恒的呼声，不是枪支和弹药，就是弹药和枪支。

只要让这群五花八门、一无所有、一心复仇的乌合之众冲过边界，革命就可以打响。海关和北部的港口都会被他们占领。狄亚士无法抵抗，因为他必须控制住南方，不敢派遣他的主要兵力来对付他们。但是南方也会燃起革命的星火，人民已经准备好揭竿而起。狄亚士的防御会一个城池接着一个城池地崩溃，一个州接着一个州地垮台。最后，胜利的革命军会从四面八方涌来包围住墨西哥城——狄亚士的最后据点。

但是钱成问题。他们人手充足，一个个都迫不及待，愿意拿起枪作战。他们也认识军火商，军火商能出售和运送枪支。但是革命的进程已经耗尽了革命党人的资金，他们已经把最后一块钱花完了，最后的资源和最后一位挨饿的爱国者都被榨干了，然而伟大的革命事业依然迈不过最后的那个临界点。枪支和弹药！这支衣衫褴褛的队伍需要武装。可是现在怎么办？拉摩斯惋惜自己被没收的资产，阿列拉诺追悔年轻时的挥霍浪费，梅·塞斯贝在想如果以前革命委员会的人能节俭一点，也许情形会有所不同。

"真不可理喻，墨西哥的自由居然取决于区区几千美元。"保林诺·维拉说。

绝望笼罩在每个人身上。他们本来把最后的希望都寄托在乔斯·阿马利诺身上。这个新近加入革命委员会的人答应拿出钱来，可是他在墨西哥奇瓦瓦州自己的庄园里遭到逮捕，在马厩的墙边被当场枪毙。消息刚刚传到。

利威拉正跪在地上擦地板，他抬起头瞧了瞧，手里举着刷子，裸露的手臂上都是脏泡沫水。

"五千块够吗？"他问道。

大家都万分惊讶。维拉点了点头，咽了口唾沫，一句话也说不出来，但一瞬间他的心里燃起了希望。

"订枪吧。"利威拉说。接着，他说了一段话，这是大家到目前为止听他说的最长的一段话："时间不多了。三个星期内我会给你们五千块钱。这样也好，对打仗的人来说，到时候天气会暖和一点。再说，我也只能做到这样。"

维拉压抑着自己心头的希望，因为这事太不可思议了。自从他投身革命以来，太多美好的希望都破灭了。虽然他信任这个衣衫褴褛的革命清洁工，但是他又不敢相信。

"你疯了。"他说。

"三周内，"利威拉说，"订枪吧。"

他站起身，放下袖子，穿上外套。

"订枪吧，"他说，"我现在要出发了。"

三

忙乱了好一阵子，又是电话又是争吵，晚上凯里还在办公室里开了个会。凯里事务繁忙，运气也不好。他从纽约邀请了丹尼·华尔德来，安排了他和比里·卡尔塞的拳击比赛。比赛还有三个星期就要开始，然而卡尔塞不慎重伤，已经躺了两天。他一直小心翼翼地瞒着体育记者。现在找不到人可以顶替卡尔塞参赛。凯里发了许多电报到美国西部去，问遍了每一个合适的轻量级拳击手，可是所有人都因为档期或者合同的限制无法前来。现在，凯里看到了一点希望，尽管渺茫。

"你的胆子可不小。"凯里一见到利威拉，看了他一眼后说道。

利威拉的眼神里充斥着仇恨，但是脸上依然不动声色。

"我可以打败华尔德。"他只说了这么一句。

"你确定？你见过他打拳吗？"

利威拉摇摇头。

"他闭着眼睛，用一只手就能把你撂倒。"

利威拉耸耸肩。

"你怎么不说话?"拳行老板咆哮起来。

"我能打败他。"

"你都和谁打过拳?"迈克尔·凯里质问道。迈克尔是拳行老板的兄弟,经营着黄石赌场,在拳击比赛上赚了很多钱。

利威拉恶狠狠地瞪了他一眼,没有回答。

老板的秘书,一个打扮得很花哨的年轻人,冷笑了一声。

"好的,你知道罗伯茨吧。"凯里打破了这充满敌意的沉默,"他该来了,我已经派人去请他了。坐下来等一会儿吧,不过,从你的模样来看,你没有什么希望。我可不想让一场狗屁比赛使观众扫兴。一等座的门票可要十五美金一张,你也知道。"

罗伯茨来了,显然带着几分酒意。他又高又瘦,没有一点精神头,走路和说话一样轻而拖沓。

凯里开门见山。

"你看,罗伯茨,你一直在吹嘘是你发现了这个墨西哥小子。你知道,卡尔塞的手断了。好吧,这个小东西今天有种跑过来,说自己能代替卡尔塞。你怎么说?"

"可以,凯里,"他慢吞吞地回答,"他能打。"

"照我看,接下去你会说他能打败华尔德。"凯里马上顶了他一句。

罗伯茨审慎地考虑了一下。

"不，我可不敢这么说。华尔德是个一流拳击手，是拳王。但是他也不能一下子把利威拉打倒。我了解利威拉，没有人能让他慌乱，我还从来没有见过他慌乱。而且他还能双手出拳，能从任一方向把人打得头昏眼花。"

"这我不管。我关心的是他能给观众献上怎样一场表演。你这一辈子都在培养和训练拳击手，我很佩服你的眼力。他能让大家看了觉得钱没白花吗？"

"他肯定能行，不光这样，他还会把华尔德折腾个够呛。你不知道这个男孩，但我了解他。是我发现他的。他不会慌乱，他简直是个恶魔。要是有人问你，你可以说他是个魔术师。他那套自学的拳击术会把华尔德吓一跳，也会把你们大伙吓一跳。我不敢说他一定能打败华尔德，但是他一定能给你们一场精彩的演出，让你们知道他是一个大有前途的拳击手。"

"好的。"凯里跟秘书说，"给华尔德打个电话。我提前和他说过，如果我认为合适，我会叫他到这儿来。他就在对面的黄石赌场，在扔大把的钱出风头。"

凯里转身又对这位教练说："来一杯？"

罗伯茨啜了一口威士忌苏打，讲起故事来。

"我还没和你说过我是怎么发现这个小家伙的。几年前，他到训练场来。当时我正在训练普列因，准备和德莱尼对战。普列因这小子很缺德，生来没有一点仁慈，从来都把陪练往死里打，所以我根本找不到愿意陪他练拳的人。当时我看到这个快饿死的墨西哥小子在附近晃荡，就不顾一切抓住他，给他戴上拳击手套，让他上场。他比生牛皮还结实，就是没力气。他对拳击的规则一窍不通。普列因把他打得很惨。可是，他居然挺住了两个回合才昏过去。但是是饿昏的。好惨！他被打得都认不出来了。我塞给他半块钱，给了他一顿饱饭。你该看看他是怎么狼吞虎咽的。他已经好几天没吃过一点东西了。我想以后不会再见到他了。没想到第二天他又来了，伤口还肿着呢，已经准备好再赚半块钱和一顿饱饭了。渐渐地他打得越来越好。他简直是个天生的拳手，结实得令人难以置信。他冷酷无情，就像一块冰。我认识他以来，他从来没有一连说过十一个字。他只知道埋头干活。"

"我见过他，"秘书说，"他给你干了不少活。"

"所有出名的小伙子都在他身上试过，"罗伯茨答道，"他也从他们身上学到不少东西。我发现他能打倒其中几个。但是他的心思不在这上面。我想他从来没有喜欢过这一行。至少他看起来是这样的。"

"过去几个月，他在一些小俱乐部里打过几场。"凯里说。

"当然。但是我不知道是什么影响了他。突然间，他全身心投入了。他一出场就把所有本地的小伙子给打倒了。他好像需要钱，他也赢了一些，不过从他的衣着上看不出来。他很奇怪。没人知道他是干什么的。也没人知道他的日子怎么过的。即使打拳的时候，他也是打完就走，大部分时间都不知道在哪。有时候甚至一连几周都不见他。不过他不从接受别人的意见。谁要是成为他的经理人，一定能赚一大笔，不过他不会考虑。等你跟他谈条件的时候，你瞧吧，他会坚持要现金。"

就在这时，丹尼·华尔德到了，简直是大批人马。他的经理人和教练也来了，他好像一阵风似的刮进来，非常殷勤和善，还带着征服一切的神气。他到处跟人打招呼，跟这个说句笑话，跟那个抬下杠，对每个人不是微笑，就是大笑。不过这只是他的行为方式，里面只有几分真心。他是一个好演员，他知道在立身处世这个游戏里，殷勤是最好的法宝。但是骨子里他是一个谨慎、冷血的拳击手和商人，其余的都是假面具。那些了解他的，或者跟他做过生意的人都说，一旦涉及实质问题，他就露出本来面目。每次谈生意，他都会亲自到场。有人说他的经理人就是个傀儡，唯一的作用就是充当丹尼的传声筒。

利威亚的行事方式则不同。他的血管里流着印第安人和西班牙人的血液。他坐在角落里，一言不发，一动不动，只有漆黑的眼睛扫过一张张脸庞，注意着一切动向。

"原来就是这个家伙，"丹尼说着，用审视的眼光扫了一眼他的提议对手，"你好，老兄。"

利威拉的眼里冒着恶狠狠的火光，但是他没作任何表示。所有美国佬他都不喜欢，但是眼前这个美国佬，他简直一见就恨，实属罕见。

"上帝！"丹尼开玩笑似的跟老板抗议道，"你不会是想让我跟一个哑巴打拳吧。"等笑声平息下来之后，他又挖苦起来："如果这就是你能挖到的最好的拳击手，那洛杉矶一定是小得可怜了。你是从哪所幼儿园里把他找来的？"

"他是个优秀的小伙子，丹尼，相信我没错，"罗伯茨辩护道，"他没有看起来那样容易对付。"

"况且门票都卖出去一半了，"凯里恳求道，"你一定得应战，丹尼。这是我们能找到的最好的了。"

丹尼又漫不经心、毫不在意地瞥了一眼利威拉，叹了口气。

"我只好手下留情了。但愿他别一下子就被我打死了。"

罗伯茨哼了一声。

"你要小心，"丹尼的经理警告说，"不要拿新手冒险，可能会出事。"

"行啦，我会小心的，好了吧，"丹尼微笑着回答，"为了亲爱的观众，我会一开始就掌控住局面，然后好好照顾他。十五个回合怎么样，凯里——然后来个杀手？"

"可以，"凯里回答道，"只要你做得像那么回事就行。"

"那么我们来谈生意吧。"丹尼停了一下，心里盘算着，"当然，还是门票的65%，跟卡尔塞打拳一样。不过分法要不一样。我得拿80%才合适。"他接着问经理："怎么样？"

经理点了点头。

"喂，你，你懂了吗？"凯里问利威拉。

利威拉摇了摇头。

"是这样的,"凯里解释说,"拳击手的奖金是门票收入的65%。你是个新手,没名气。你和丹尼分这笔钱,你拿20%,丹尼拿80%。很公平,不是吗,罗伯茨?"

"很公平,利威拉,"罗伯茨赞同地说,"你看,你现在还没名气呢。"

"门票的65%是多少钱?"利威拉问。

"哦,也许五千元,也许高达八千元,"丹尼插嘴解释道,"差不多就那样。你的那一份大概有一千元或者一千六百元。能被像我这样有名的人打败,还能拿这么多钱,很不错了。你还有什么话说?"

但是,利威拉接下来的话让他们都大吃一惊。"赢的人拿走所有的钱。"他斩钉截铁地说。

满屋子一片死一样的沉默。

"这就像从婴儿的手里抢糖果。"丹尼的经理大叫道。

丹尼摇了摇头。

"我在这一行太久了,"他解释说,"我不是怀疑裁判,或者在座的各位。我也不想提赌场老板和有时可能遇到的欺骗。但是我要说,对于像我这样的拳击手,这笔买卖太不划算。我从不冒险。世事难料。也许我会折断胳膊,嗯?也许有人会给我下麻醉药。"他郑重地摇了摇头:"不论输赢,我拿80%。你说怎么样,墨西哥人?"

利威拉摇了摇头。

丹尼发火了。现在他谈的是正事。

"嘿，你这个下流的墨西哥小鬼！我真想马上把你的脑袋拧下来。"

罗伯茨慢慢站起来，身体横在这两个对手之间。

"赢的人拿全部。"利威拉沉着脸又说了一遍。

"你为什么一定要坚持这样？"丹尼问道。

"我能打败你。"利威拉直接回答。

丹尼把外套脱了一半。不过，他的经理人明白，这不过吓唬一下这些人。外套没有脱下来，丹尼就被众人安抚好了。大家都同情他。利威拉被孤立了。

"听着，你这个小傻瓜。"凯里插嘴道，"你是个无名小卒。我们知道你最近几个月做了什么——打败了本地的几个小拳击手。不过丹尼是一流的。打完这次比赛他就要参加锦标赛了。你没有名气。洛杉矶以外的人都没有听过你的名字。"

"这场比赛后，"利威拉耸耸肩膀说，"他们就会听说了。"

"你再想想，你能打败我吗？"丹尼脱口而出。

利威拉点了点头。

"哎呀，你就听我们的劝，"凯里恳求道，"想想，这等于是在给你做广告。"

"我要钱。"利威拉回答。

"你一千年也赢不了我。"丹尼信誓旦旦地说。

"那你为什么不同意?"利威拉反问道,"如果钱来得那么容易,你为什么不设法去赚?"

"我会的,我敢对天发誓!"丹尼忽然信心十足地叫道,"我要在擂台上打死你,小子——你竟敢这样挖苦我。凯里,把条件写下来。赢的人拿全部。登到体育宣传栏里。告诉他们这是一场报仇的比赛。我要给这个毛头小子一点颜色看看。"

凯里的秘书刚要开始写,丹尼打断了他。

"等等!"他转向利威拉,"体重呢?"

"场边称。"利威拉回答。

"休想,臭小子。如果赢的人拿全部,我们早上十点称重。"

"那么赢的人拿全部?"利威拉询问道。

丹尼点了点头。这就定下来了。他要在体力最饱满的时候上台。

"那就在十点钟称重。"利威拉说。

秘书的笔继续写着。

"那你就轻了五磅啊。"罗伯茨向利威拉抱怨道,"你太吃亏了。就凭这一点你就输了。丹尼会打败你。他像公牛一样强壮。你是个傻瓜。你一点赢的希望都没有。"

利威拉用仇视的目光代替了回答。连这个美国佬他也瞧不起了,即便他曾经认为他是所有美国佬中最正直的一个。

四

利威拉上台的时候,几乎没有人注意。欢迎他的只有几下零零落落、不冷不热的掌声。观众都不相信他。他是牵来让伟大的丹尼亲手宰杀的羊羔。此外,观众很失望。他们本来期待看到丹尼·华尔德和比利·卡尔塞之间的一场激战,现在却不得不将就着观看这个可怜的新手。另外,对了表示对这种变动的不满,他们已经在丹尼身上押了二比一,甚至三比一的赌注。这些人把钱压在哪儿,心就向着哪儿。

墨西哥小伙子坐到自己的边角等着。时间一分钟、一分钟地挨过去。丹尼故意让他等着。这是他的老把戏了,不过对年轻的新手却很管用。他们就这样坐着,既要克服内心的恐惧,又要面对冷漠无情、不断吸烟的观众,会变得越来越害怕。但是这一次,这个把戏失效了。罗伯茨是对的。利威拉完全不在乎这些。他比任何一个人都稳重、勇敢和沉着,绝不会出现这种神经紧张的情况。即使他这一边的气氛都预示着他会失败,他也丝毫不受影响。他的助手都是一些美国佬和陌生人。他们

都是废物——拳击比赛中随风倒的垃圾,既无廉耻,又不中用。他们也泄了气,认定他们这一边是会失败的。

"现在你要小心,"斯派德尔·海格尔特警告他。斯派德尔是他的主要助手。"你得尽量拖长时间——这是凯里嘱咐我的。否则,报纸又会说这是一场狗屁比赛,而且会在洛杉矶散布更多坏话。"

这些都不是什么鼓舞人心的话。不过利威拉毫不在意。他鄙视职业拳击。这是可憎的美国佬弄出来的可憎的游戏。之前,他开始这一行,作为训练场里别人的工具,仅仅是因为他饥肠辘辘。即便他取得了不可思议的成绩,也算不了什么。他厌恶这一行。直到他加入委员会之后,他才为了钱去打比赛,才发现这个钱来得容易。他不是世界上第一个在自己鄙视的职业上获得成功的人。

他没有去分析,只知道他一定要赢得这场比赛,不可能有任何其他结果。因为在他身后,鼓励他坚持信念的,是这个拥挤的拳击场里的人所想象不到的一种更强大的力量。丹尼·华尔德打拳是为了钱,为了钱所带来的舒适生活。可是,利威拉打拳是为了在他脑子里燃烧着的东西——燃烧着的可怕的场景,他孤单地坐在擂台的一角,眼睛睁得大大的,等待着狡猾的对手,眼里清清楚楚地看到那些场景,就像他曾亲身经历过。

他看到里奥·布兰柯河畔白色围墙里的水力发电站。他看到六千员工忍饥挨饿，面无血色，还有七八岁的孩子，辛苦地从早忙到晚，却只挣到十美分。他看到许多脸色惨白、行尸走肉般的染坊工人。他记得他曾听父亲把这种染坊叫作"自杀洞"，只要在那里工作一年就会死去。他看见了那个小院子，他的母亲正在做饭，忙着粗重的家务，还抽空来跟他亲热一下。他又看见了父亲，魁梧的身材，大大的胡子，宽厚的胸膛，比任何人都和善。父亲爱所有人，他的心如此宽广，因此还专门有一部分爱留给妈妈和在院子角落里玩耍的小男孩。那时候，他的名字不是菲利普·利威拉。他姓弗尔南德斯，这是他父母的姓。他的名字叫璜。后来，他自己改了姓名，因为他发现警察局长、政客领导和骑警都痛恨弗尔南德斯这个姓。

高大、热心的霍亚金·弗尔南德斯！他在利威拉所见到的幻象里占据了很重要的地位。那时候他不明白，但是现在回头一想，他明白了。他看到父亲在小小的印刷所里排字，或在那张杂乱不堪的桌子上不停地、匆忙地写着一行行不规整的字。他看到有些奇怪的夜晚，工人们趁着天黑偷偷摸摸来见父亲，就跟做了坏事一样，一谈就是几个小时，而他这个小淘气则躺在角落里，常常醒着。

他好像听见斯派德尔·海格尔特在遥远的地方跟他说："不要一开始就躺着。这是命令。挨顿打，挣点钱。"

十分钟过去了，他仍然坐在他的角落里。丹尼还是没有出现，显然他把自己的把戏玩到了极致。

然而，更多的回忆在利威拉眼前燃烧。那场罢工，或者更确切地说是老板停工，是里奥·布兰柯的工人为了支援帕布拉的工人兄弟的罢工而引起的。这群饥饿的人到山上寻找浆果、树根和野菜，吃了这些东西以后，肚子都疼得跟刀绞一样。还有那场噩梦：公司商店门前的荒地；成千上万挨饿的工人；罗萨利奥·马丁那兹将军和波尔弗里奥·狄亚士的军队，喷出死亡火焰的来复枪似乎永不停歇地射击着，工人们在自己的血泊中一遍又一遍地洗刷自己的罪孽。还有那个夜晚！他看见平车上高高地堆着被屠杀的尸体，这些尸体被运到维拉·克路兹，扔到海湾里喂鲨鱼。他又爬到恐怖的死人堆里，不停地寻找，最终找到他的父亲和母亲，被剥光了衣服，砍得血肉模糊。他特别记得母亲的样子——她只有脸露在外面，身上压着几十具尸体。此时，波尔弗里奥·狄亚士的士兵又用来复枪扫射起来，他又跳到地面上，像是被猎人追赶的山上的土狼一样，偷偷逃走。

他的耳边传来一阵巨大的咆哮声，好像海啸一样。接着他看见丹尼·华尔德带领着一班教练和助手从中央的过道走下来。全场都沸腾起来，欢迎必胜的英雄。人人都赞美他。人人都支持他。当丹尼得意扬扬地弯下腰从栏索下面钻到台上的时候，连利威拉的助手都兴奋地快活起来。丹尼的脸上笑意连连，他笑起来的时候，脸上处处在笑，甚至连他眼角的笑纹和眼睛的深处都在笑。从来没有见过这么和气的拳击手。他的脸仿佛就是一面展示友善和友谊的流动广告牌。他认识所有人。他隔着栏索跟他的朋友们插科打诨、说笑、打招呼。那些坐得远的人无法抑制他们的崇拜之情,大声叫喊:"哦,是你啊丹尼!"这样欢快又热烈的欢迎足足持续了五分钟。

没人注意到利威拉。在观众看来,他根本不存在。斯派德尔·拉格尔特把浮肿的脸凑到他面前。

"别害怕。"斯派德尔警告道。"记住命令。你得撑住。不能躺下。我们也得了命令,如果你躺下,我们就在更衣室里揍死你。明白了吗?你只能打。"

观众开始鼓掌。丹尼跨过拳击场来到利威拉面前。他弯下腰,双手握住利威拉的右手,热忱地摇了摇。丹尼堆满笑容的脸跟利威拉的脸凑得很近。观众发出喝彩声,赞扬丹尼展示的运动精神。他像问候兄弟一样亲热地问候对手。丹尼的嘴唇动了动,观众听不到他说了什么,但都认为是一位善良的运动员说的温言善语,于是又发出一阵喝彩声。只有利威拉听见了他低低的声音。

"你这个墨西哥小耗子,"丹尼微笑的嘴唇里小声嘀咕着,"我会把你打得屁滚尿流。"

利威拉一动不动。他没有站起来,只是用眼睛表达他的仇恨。

"站起来,你这个狗东西!"一些人在后面隔着栏索喊起来。

人群开始发出嘘声,因为他的行为没有运动员的风度,不过他仍然坐着没有动。等丹尼穿过拳击场走回去的时候，观众又爆发出一阵热烈的掌声。

丹尼脱掉衣服，人们发出"哦"和"啊"的欢呼。他的身体太完美了，敏捷、健康又强健，充满生机。他的皮肤跟女人的一样洁白光滑，充满弹性和力量，而且身型十分优雅。他早已在过去的几十次比赛里证明了这一点。所有的体育杂志都刊登过他的照片。

当斯派尔得·海格尔特从利威拉头上剥掉他的汗衫的时候，观众发出一阵哼声。黝黑的皮肤让他的身体看起来更瘦。他也有肌肉，但没有对手的肌肉那样触目。观众疏忽了，没有看到他宽阔的胸膛。他们更没有料到他坚韧的肌肉纤维，迅速的肌肉细胞反应和精密的神经系统把他身体的每一个部位都连接起来，把他变成一部出色的战斗机器。观众看到的只是一个棕色皮肤的十八岁的孩子，一副孩子似的身材。丹尼却不同。丹尼是个二十四岁的男人，身体也是男人的身体。当他们站在拳击场中央接受裁判最后的指示时，这样的对比愈加鲜明。

利威拉注意到罗伯茨就坐在新闻记者后面。他醉得比平常更厉害，因此说话的语速也相应更慢了。

"别怕，利威拉。"罗伯茨拉长声调说，"记住，他打不死你。他一开始就会猛攻，你不要怕。招架住，躲避，然后死死地抱住他。他不会伤你太厉害。就当他是在训练场里打你。"

利威拉丝毫没有做出听到的样子。

"这个阴沉的小鬼,"罗伯茨对着他旁边的人嘟哝道,"他总是那副神气。"

但是,利威拉没有露出他一贯仇恨的眼神。他的眼前出现了无数来复枪,让他眼花缭乱。两眼望去,一直到高高在上、票价一元的座位上,观众的每一张脸都变成了来复枪。他又看到漫长的墨西哥边境上,一片荒芜,烈日灼灼,酷热难耐,无数衣衫褴褛的人群为了等待枪支,滞留在那儿。

他回到自己的边角,站着等待。他的助手已经穿过栏索爬了出去,把帆布矮凳也带走了。在四方形擂台的对角,丹尼对着他。锣声一响,战斗开始了。观众欢呼嚎叫起来。他们从没见过一开始就如此激动人心的比赛。报纸上说得对。这是一场复仇赛。丹尼一下子就蹿到擂台四分之三的地方,他的意图很明显,就是想吃掉这个墨西哥小子。他不是一拳、两拳或十几拳地攻击。他的拳头像陀螺,或摧毁一切的旋风。利威拉无处可躲。丹尼这个老手的拳头像雪崩似的从各个角度和各个方向朝他打过来,把他压住了,淹没了。他垮下来,背靠在绳子上,裁判把他们分开,可是紧接着他又被打得靠在了绳子上。

这不是一场拳击赛,而是一场屠杀,一场残杀。任何观众,除了下赌注的,都会在这头一分钟里耗尽了精神。毫无疑问,丹尼使出了浑身解数——真是一场精彩的表演。观众太自信,也太兴奋、太偏袒,因此都没有注意到那个墨西哥人仍然站着。他们忘记了利威拉。丹尼的吃人般的攻击把他遮盖住了,观众几乎无法看到他。就这样过了一分钟,两分钟。等到他们被分开,观众才清楚地看到那个墨西哥人。他的嘴唇破了,鼻子在流血。等他转过身来,摇摇晃晃地跟丹尼扭在一起的时候,他的后背因为屡次靠着绳子露出了一条条血印。但是,观众没有注意到他的胸膛没有一起一伏,他的眼睛依然跟先前一样散发冷光。在训练场残酷的训练中,不知道有多少雄心勃勃的拳击冠军曾经在他身上练习过这种吃人的攻击。为了获得一次半块到后来一星期十五块钱的报酬,他已经学会了如何经受住这样的攻击——这是一所严酷的学校,而他也受到了严酷的训练。

接着发生了一件惊人的事情。让人眩晕的混战突然中止。利威拉独自站在那里。丹尼,那个令人敬畏的丹尼,却躺在地上。他想要努力恢复意识,身体都在发抖。他不是跌跌撞撞倒下去的,也不是直挺挺慢慢翻倒的。利威拉的右勾拳忽然在半空中给了丹尼致命一击。裁判用一只手把利威拉往后推,然后站在倒地的斗士旁边,一秒一秒地数着。职业拳击比赛的观众如果看到如此干脆地一拳把对手打倒,照例是应该喝彩的。可是,此刻的观众没有喝彩。这太出人意料了。观众在紧张的寂静中注意着报秒的声音,只有罗伯兹的欢呼声打破了这一片寂静。

"我跟你们说过他是个双手拳击手!"

数到第五秒的时候，丹尼翻过身趴着，第七秒的时候，他跪起了一条腿，准备在数完九、没数到十之前站起来。如果数到"十"，他的膝盖还没离开地面的话，他就算"败了"，要"出局"。他的膝盖一离开地面，他就算"站起来了"，利威拉就有权再把他打倒。利威拉决不冒险。只要丹尼的膝盖一离开地面，他就会再次出手。他在丹尼身边绕着圈子，可是裁判也挡在他们中间绕着圈子，利威拉知道裁判数得很慢。所有的美国佬都跟他对着干，连裁判也一样。

数到"九"的时候，裁判把利威拉猛地往后一推。这不公平，但是却让丹尼有机会站了起来，丹尼的嘴角又露出微笑。丹尼几乎弯腰成直角，双臂护住脸和腹部，机灵地钻进利威拉的怀里，跟他扭成一团。按照比赛规则，裁判应该阻止他，但却没有把他拉开。于是，丹尼就像是被浪头击打的藤壶一样紧紧粘住利威拉，借此一点点恢复元气。这个回合的最后一分钟很快就结束了。如果他能撑到最后，他就有整整一分钟的时间，坐在自己的边角养精蓄锐。他终于撑到了最后，面对种种绝望和危急，他始终微笑着。

"他总是笑着！"有人叫起来。观众松了一口气，大声笑起来。

"那个墨西哥小子的一拳太可恶了。"丹尼在自己的边角，喘着粗气对他的顾问说道，而他的助手则拼命忙着照顾他。

第二回合和第三回合都平淡无奇。丹尼这个狡猾无比、拳技精湛的老将，躲闪着，抵挡着，坚持着，竭力从第一回合令他眩晕的打击中恢复过来。到了第四回合，他恢复了。虽然受到了震动和打击，但是良好体质又让他恢复了精力。不过，他不再使用吃人的战术了。这个墨西哥人不好对付。于是，他使出自己最好的拳击本领。在计谋、拳术和经验方面他可是老手，虽然不能一拳把对方打倒，但是他开始有计划地采用疲劳战术击垮他的对手。利威拉打一拳，他就会反击三拳，不过这三拳只是惩罚性的，不是致命的回击。要这样打了无数拳之后才会致命。他很佩服这个左右手同样灵巧的新手，双拳短臂出拳非常厉害。

在抵抗的过程中，利威拉使出了一种令人仓皇失措的左直拳。他一次又一次地用左直拳挡住了丹尼的攻击，让丹尼的嘴巴和鼻子接连受伤。不过，丹尼同样变化多端。正因为如此，他才成为冠军人选。他可以随意改变战术。现在，他一心采用近身战术。他特别擅长这种战术，让他躲开了对手的左直拳。他神乎其神地切入对手的防线，朝对手下巴使出一个上勾拳，打得那墨西哥小子凌空飞起，既而摔倒在垫子上。这一连串动作让全场再一次沸腾起来。利威拉单膝跪地，尽量利用数数的时间休息，他心里明白，裁判数他数得很快。

第七回合的时候，丹尼又使出了这招恶毒的上勾拳。这回，他只把利威拉打得后退了几步，不过，他趁着利威拉无法抵抗之际又出了一拳，把他打到了栏索外面。利威拉的身体撞到下面的新闻记者头上，他们立刻把他推回到擂台的边缘。利威拉在栏索外面单膝跪地休息，而裁判则快速地数秒。利威拉必须穿过栏索回到擂台，可丹尼就在那里等他。裁判既没有干涉也没有把丹尼推到后面。

观众欣喜若狂。

"打死他，丹尼，打死他！"人们喊着。

许多声音相继叫起来，就好像狼嚎一般。

丹尼尽了全力，但是利威拉在裁判数到八、还不到九的时候，出人意料地钻过绳子，顺利地抱住了丹尼。现在裁判起作用了，他把利威拉拉开，让丹尼打他。他的审判不公让丹尼占尽了一切便宜。

可是，利威拉熬过来了，脑子也清醒过来。他们都是一路货色，是可恶的美国佬，都不公正。在这最困难的时刻，他的脑海里不断闪现出那些场景——一条条长长的铁路线穿过炙热的沙漠；墨西哥乡村骑警和美国警察、监狱和拘留所；水塔边的流浪汉——所有这些都是他离开里奥·布兰柯和那次罢工后，一路漂泊时看到的丑陋痛苦的景象。然后，他又看到辉煌壮丽的伟大红色革命席卷了祖国。枪就摆在他的面前。每张可恶的脸都是一支枪。他是为了枪来打拳的。他就是枪。他就是革命。他为了所有墨西哥人而战斗。

观众开始对利威拉发怒了。他为什么不接受注定的失败？

当然他一定会失败，可是为什么要这么固执？只有极少数人对利威拉感兴趣，这类人在赌徒中占有一定比例，他们专押希望渺茫的赌注。他们相信丹尼会赢，却仍然以四比十和一比三的比例把钱押在这个墨西哥人身上。大多数人在赌利威拉能坚持几个回合。他们把大量的钱押在台边，赌他不能撑过七个回合，甚至六个回合。现在赌赢的人已经没有了输钱的风险，于是一起给他们最喜爱的拳击手丹尼喝彩。

利威拉拒绝被打败。到了第八个回合，他的对手再次使出上勾拳的伎俩，不过徒劳无功。在第九个回合，利威拉再次震惊了全场。在扭打的过程中，他突然迅速灵巧地挣脱，利用两人身体之间狭窄的空隙，使出右拳，从腰边向上一击。丹尼倒在地上，靠数数来挽救。观众都呆住了。丹尼被自己的拳法打倒了。他那有名的上勾拳竟然打到了自己身上。利威拉并不打算在丹尼听到"九"站起来的时候，给他一击。裁判公然阻止他这样做，但是如果情形颠倒，换作是利威拉想要站起来，他就会让出路来。

在第十个回合中，利威拉两次用右上勾拳，从腰边发力向上猛击对手的下巴。丹尼开始拼命了。虽然他的脸上仍然带着微笑，但是他重新用上了吃人的战术。他的拳头像旋风一样，却无法伤害利威拉，而利威拉在这种旋风似的、眼花缭乱的攻击中连续三次把丹尼打倒在垫子上。现在丹尼没有那么快恢复了，到第十一个回合，他的情况很严重了。然而从那时起，一直到第十四个回合，他使出了一个拳击手的浑身解数。他躲闪着、抵挡着，极少出拳，就是为了恢复体力。他使出了一个成名的拳击手所知道的一切卑鄙手段。他用尽了各种花招和手段，假装不小心撞过去跟利威拉扭打在一起，用胳膊和身体夹住他的手套，用自己的手套堵住利威拉的嘴，让他不能呼吸。在扭打中，他常常用他那带着笑、破了皮的嘴，在利威拉的耳边说出很多下流肮脏的话来侮辱他。从裁判到观众，每个人都站在丹尼那边，帮着丹尼。他们清楚他在想什么。他虽然被一个无名小卒的惊人拳法打败了，但他还是集中一切力量准备致命的一击。他故意让自己挨打，时而试探，时而佯攻，时而诱敌，就是为了寻找一个机会，拼尽全力死命一击，进而扭转局面。从前有一个比他更有名的拳击手也干过，他要对准利威拉的心窝和颚骨双拳齐发。他能够办得到，因为他是以拳头重、臂力大出名的，只要他站得住。

利威拉在两个回合之间休息时，助手们的照顾一点也不用心。他们的毛巾只是做做样子，并没有往他喘息的肺里扇进多少空气。斯派德尔·海格尔特给他提建议，不过利威拉知道那完全是错误的建议。每个人都同他作对。他被背叛包围。在第十四个回合中，他又把丹尼打倒了，裁判数数的时候，他垂着双手，站在那里休息。在对面的角落里，利威拉听到可疑的窃窃私语。他看见迈克尔·凯里走到罗伯茨身边，弯下腰在低声耳语。利威拉的耳朵在沙漠里受过训练，跟猫一样灵敏，他听到了只言片语。他想要听得更多,于是等对手站起来的时候,就乘机扭打在一起,靠在栏索上。

"必须。"他听见迈克尔说,罗伯茨点点头,"丹尼必须赢——否则我要输一大笔钱——我下了很大的赌注——我自己的钱。如果他撑到第十五个回合,我就完了——那孩子会听你的。跟他讲讲。"

从那以后,利威拉就再没看到任何幻想中的场景了。他们正打算愚弄他。他再一次把丹尼打倒在地上,垂着双手,站在那里休息。罗伯茨站了起来。

"这就算把他搞定了,"他说,"回到你的边角去。"

他用命令的口吻说着,就像他经常在训练场跟利威拉说的那样。但是利威拉用仇恨的目光看着他,等着丹尼站起来。在一分钟的休息时间里,拳场老板凯里也走到他的边角跟他说话。

"算了吧,他妈的,"他用刺耳的声音低声说道,"你得倒下,利威拉。听我的,我会让你以后过上好日子的。下次我就让你打倒丹尼。但这次你得倒下。"

利威拉用眼神表示他听见了,不过没有表示同意或不同意。

"你为什么不说话?"凯里愤怒地质问道。

"反正你输定了,"斯派德尔·海格尔特补充说,"裁判是不会让你赢的。听凯里的,倒下。"

"倒下,孩子,"凯里恳求道,"我会帮你夺取锦标赛的。"

利威拉没有回答。

"我会的，帮我这个忙吧，孩子。"

锣声一响，利威拉就感觉到要出什么事情。当然观众没有感觉到什么。他也不知道究竟有什么危险，反正是台上跟他有关系的事，而且已经事到临头。丹尼之前的自信似乎又回来了。他的大胆进攻让利威拉吃了一惊。他又要使阴谋诡计了。丹尼冲了过来，利威拉躲开了。他闪到了旁边安全的地方。丹尼想要跟他扭打在一起，好像只有这样才能使出他的诡计。利威拉向后退，绕着圈子避开，不过他很清楚，他们迟早要扭打在一起，而且那个诡计也总会使出来。他决心不顾一切地把它引诱出来。他装作要在丹尼再次冲过来时跟他扭在一起，然而到了最后一刻，当他们的身体快要碰到一起的时候，利威拉敏捷地向后一退。这时，丹尼那角的人大喊"犯规"。利威拉把他们都耍了。裁判迟疑地停顿了一下，嘴边的话始终没有说出来，因为楼座里传来一个小男孩的尖叫声："不讲道理！"

丹尼公然咒骂利威拉，向他步步紧逼，但是利威拉跳开了。利威拉决定不再攻打他的身体。虽然这样他会失去一半赢的机会，但是他知道如果想赢，就只能靠远攻。只要有一点机会，他们就会诬蔑他犯规。这时，丹尼已经十分大意了。一连两个回合，他都对那个不敢近身作战的对手穷追猛打。利威拉一次又一次地被打；为了避免危险的扭打，他挨了几十拳头。

看到丹尼最终恢复了优势，观众都站起来，发狂了似的。然而他们什么也不明白，只是看到他们最喜爱的拳击手终于要赢了。

"你为什么不打？"观众愤怒地质问利威拉，"你这个胆小鬼！胆小鬼！""打起来，杂种！打起来！""打死他，丹尼！打死他！""你一定要打死他！打死他！"

全场中，只有利威拉是唯一清醒的。就性情和血气而言，他是全场最有激情的人；可是，他经历过的场面比这不知道要激烈多少倍，一阵高过一阵波涛似的万人怒吼，不过是夏日黄昏时分的凉爽微风罢了。

在第十七个回合的时候，丹尼重振雄风。利威拉在挨了重重一拳后，萎靡不振。他的手无力地下垂，身体一个趔趄往后退。丹尼觉得他的机会来了。这小子任凭他摆布了。利威拉就用这样的伪装，趁他不备，朝着他的嘴巴一拳打下去。丹尼倒下了。等他站起来，利威拉又用右拳对着他的脖子和下巴向下一击。他这样一连打了三次。任何裁判都不能说这种拳犯规。

"噢，比尔！比尔！"凯里向裁判恳求道。

"不行，"裁判惋惜地答道，"他不给我机会。"

丹尼虽然被打败了，但是很英勇，仍然不断爬起来。凯里和其他擂台边上的人大叫警察来阻止利威拉，然而丹尼那一角却不肯丢下毛巾认输。利威拉看到那个肥胖的警察开始笨手笨脚地爬过绳子，还搞不清楚他是来干什么的。美国佬的比赛里有太多骗人的把戏。丹尼摇摇晃晃，无力地站在他的面前。裁判员和警官一齐过来，正要拉开利威拉时，他已经打下了最后一拳。不必阻止这场比赛了，因为丹尼没有起来。

"数！"利威拉对裁判厉声喊道。

等裁判数完，丹尼的助手把他抬到他的边角去了。

"谁赢了？"利威拉质问道。

裁判不情愿地抓起利威拉戴着手套的手，举了起来。

没有人祝贺利威拉。他独自走到自己的边角，没有人照料他，他的助手连凳子都没有给他放好。他背靠栏索，用仇恨的目光扫视四周，直到扫遍了全场一万个美国佬。他的膝盖在发抖，他已经筋疲力尽，忍不住地抽噎着。那些可恨的脸在他的眼前来回摇晃着，弄得他头晕恶心。接着，他想起来他们是枪。枪是他的。革命可以继续进行了。

ceAccessible

叛　逆

现在我打起精神去工作，
我向主祈祷自己不再偷懒。
如果我在天黑之前死去，
我向主祈祷我的工作没有瑕疵。
阿门。

"强尼，你再不起来，我就不给你吃的了！"

这种威胁对男孩已经不起作用了。他仍旧倔强地睡着，想尽量多睡一会儿，就像一个追梦者为自己的梦想努力抗争一样。男孩的手握成了拳头，松松垮垮的，像抽筋一样对着空气有气无力地挥打着。他的拳头是向着他妈妈打过去的，但是她一边很熟练地避开，一边抓住了他的肩膀，用力地摇晃着。

"别烦我！"

这叫声一开始像是熟睡中的人发出的压抑的叫喊，随后迅速提高了调子，成为激昂的战斗声，犹如嚎叫，最后低沉下去，变成含糊的呜咽。这野兽般的哀号，就像是一个人心灵上受尽折磨，充满了无尽的抗议与痛苦。

但是，她毫不在意。这个眼神哀伤、容貌憔悴的妇人每天都要面对这个场景，已经习以为常了。她一把抓住被子，想把它从男孩身上拉下来。但是男孩立刻收回拳头，拼命抓紧了被子。他蜷成一团，缩在床脚，还是躲在被子里。她想把被子拉到地板上，但是男孩拼命反抗。于是她铆足力气使劲一拉，借着身体重量的优势，把男孩和被子一起拉了过来。为了不让房中的寒冷侵蚀自己的身体，孩子本能地跟着被子移动。

就在他被拖到床边、看起来肯定会头着地摔在地上的时候，他及时清醒了。他立刻坐正身体，摇摇欲坠地晃了一会儿，然后一下子站到地板上。他的母亲立刻抓住他的肩膀，不断摇晃着他。他又挥起了双拳，这一次劲力更大，打得也更准。这时他的眼睛睁开了，她放开了他，他已经醒了。

"好吧。"他咕哝着说。

她立刻抓起灯，匆匆走出去，把他丢在了黑暗里。

"他们会扣你工钱的。"她回过头，警告他。

他不在乎黑暗。他穿好衣服，向厨房走去。对于一个又瘦又轻的孩子而言，他的步子异常沉重。他的双腿瘦得只剩皮包骨，走一步拖一下，看上去非常不可思议。他拉过一把坐垫破了的椅子，坐在桌子旁边。

"强尼！"他的母亲猛然喝了一声。

他猛地站起来，一声不吭地走到水槽边。那个水槽满是油垢和污渍，排水口还散发出一阵恶臭。他对此视而不见，对他而言，水槽的恶臭再正常不过，就像肥皂沾了盘子上的污水很难产生泡沫一样。他也没有努力要去搓出泡沫。就着水龙头里

流出冷水,他往脸上拍了几下,算是洗好了脸。他没有刷牙,因为他从来没有见过牙刷,也不知道这个世界上有那么多傻瓜要受刷牙这份罪。

"你每天的梳洗不应该再让我提醒了吧。"他的母亲抱怨道。

她按着壶上的破盖子,倒了两杯咖啡。他一句话也没说,因为他们常为这件事吵起来,而母亲在这件事上又很固执。他每天都得洗"一次"脸,这是必须的。他用一条又油又湿、又脏又破的毛巾擦了擦脸,毛巾上掉下来的断纱粘了他一脸。

"要是我们住得不这么远就好了,"强尼一坐下来,她就开始念叨。"你知道我已经尽力了。但是房租上省下一块钱也是不少钱呢,而且这里的空间更大。你知道的。"

他好像没有在听。这些话他早就听过很多次了。她的思想很狭隘,一直觉得他们的生活这么艰苦是因为住得离工厂太远了。

"省下一块钱就能多买一点吃的,"他简单明了地说,"为了多一点吃的,我情愿多走点路。"

他吃得很匆忙,面包才嚼了一半,就伴着咖啡一起吞了下去。所谓的咖啡,其实是一种温热的泥浆般的液体。强尼认为这就是咖啡——而且是很好的咖啡。这是他对生活仅有的幻想之一。他这一生从未喝过真正的咖啡。

除了面包,还有一小片冰冷的培根。他的母亲又给他倒满了一杯咖啡。面包快吃完的时候,他开始留心观察还有没有更多的食物。她打断了他询问的目光。

"别太贪得无厌了,强尼。"她说道,"你已经吃完了你那一份。弟弟妹妹都比你小呢。"

他没有反驳,因为他并不喜欢多嘴。他也不再用饥饿的眼神搜索更多。他没有抱怨,他从学校里学会了忍耐,这种忍耐和那学校一样可怕。他喝完了咖啡,用手背擦了擦嘴,站起身。

"等一等。"她匆忙说,"我想这块面包还可以再切一片给你——一小片。"

她的动作像变魔术一样。看起来她像是从面包上切下来一片分给强尼,但是实际上她把面包和切下来的那片偷偷地放回面包箱里,从她自己的两片里拿了一片给他。她以为骗过了他,但是他早已看穿了她的把戏。尽管这样,他还是不害臊地接过了那片面包。他安慰自己,

母亲患有慢性疾病,本来就是吃不多的。

她看着他在干嚼面包,就把自己的那杯咖啡倒在他的杯子里。

"不知怎么的,今天早上我的胃好像不太舒服。"她解释道。

远处响起刺耳且持久的哨声,他们立刻从椅子上站起来。她瞟了一眼架子上的铁皮闹钟,指针刚好指向五点半。工厂里

的其他人刚刚从睡梦中醒来。她披上披肩，带上帽子。那帽子脏兮兮的，已经旧得不成样子。

"我们得赶紧跑。"她一面说，一面拧下灯芯，向灯罩里吹了一口气。

他们在黑暗中摸索着下了楼梯。天气晴朗，但很冷。强尼一接触到外面的空气就打了个冷战。天上的星星还未隐去，整个城市一片漆黑。强尼和他母亲走起路来都是一步一拖，似乎连把脚抬离地面的力气都没有。默默地走了十五分钟之后，他母亲转了个弯，向右拐去。

"不要迟到。"她最后嘱咐了一句，消失在茫茫的黑暗中。

他没有回答，继续沉稳地向前走。在这片工厂区里，每家每户的门都打开了。很快，他的身边围满了人，大家一起在黑暗里向前赶路。当他进入工厂大门的时候，哨声又响了。他朝东方看去，屋顶形成了参差不齐的天际线，一丝微弱的曙光刚刚透出来。这是他一天中能见到的唯一一缕天光。随后，他就回过头去，和一群工人一起走进了厂房。

他穿过一长排一长排的机器，走到自己的位置。在他面前有许多飞快旋转着的大锭子，上面是一只木箱，里面装满了小锭子。他的工作就是把小锭子上的纱绕到大锭子上。这个活做起来并不难，但是要求速度快。小锭子上的纱一会儿就没了，而把小锭子上的纱绕光的大锭子有那么多，所以一点空闲的时间都没有。

他机械地工作着。当一个小锭子上的纱没了，他就用左手挡住大锭子，让它停止转动，并用大拇指和食指捏住飞出来的纱头。同时，他的右手则捏住一个小绽子上的松的纱头。这些动作他是两只手迅速同时完成的。接着，他的双手飞快地一闪，纱头接好了，绽子又转了起来。接纱头对他来说一点也不难。他曾自夸，说他睡着了也能接纱头。的确，有时候他一整个晚上都梦到自己在辛苦地接纱头，没完没了。

　　有些男孩会偷懒，小绽子上的纱没了也不及时换上新的，让机器空转，也浪费时间。不过监工是不会让这种事情发生的。有一次他发现强尼旁边一个孩子在玩这种把戏，马上给了他一记耳光。

　　"看看强尼——你为什么不学着点儿？"那个监工怒气冲冲地质问。

　　强尼的锭子都在飞快地旋转着，但是这间接的称赞并没有使他感到兴奋。以前他也有过得意的感觉——但是，那是很久、很久以前的事了。现在，当他听到别人把他当作一个光辉榜样的时候，他冷淡的脸上毫无表情。他是一名十分熟练的工人，这一点他非常清楚，别人也常常这么说。这件事很平常，而且对他已经完全没有意义了。他已经从一名熟练的工人变成了一台完美的机器。如果他的工作出了问题，就像机器出了问题，只能说原料不好。一台完美的铸钉器不可能生产出不合格的钉子，就像他不可能会犯错一样。

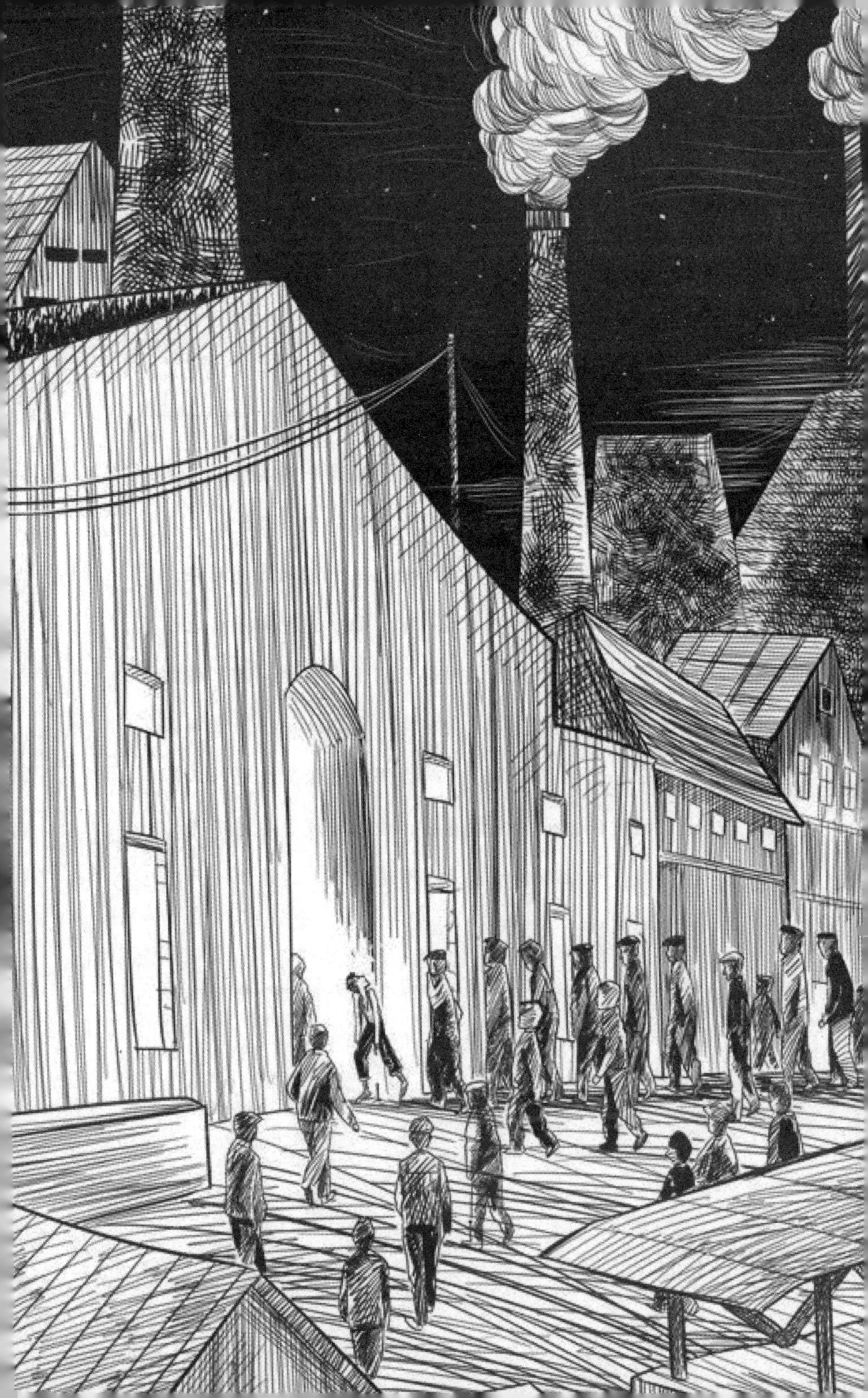

天上的星星还未隐去，整个城市一片漆黑。各家各户的门都打开了，一大群人在黑暗中陆续走向工厂区。人群中有一个12岁左右的男孩子，他又瘦又轻，步子异常沉重，走一步拖一下，似乎连把脚抬离地面的力气都没有。他双腿瘦得只剩下皮包骨，两只胳膊无力地垂在体侧，双肩向前弯曲，胸膛被挤得很窄，就像是一只生病的猴子，既古怪又可怕。在进入工厂大门的时候，他朝东方看去，屋顶形成了参差不齐的天际线，一丝微弱的曙光刚刚透过来。这是他一天中能见到的唯一一缕天光。

说起来也不稀奇。他跟机器的关系一直非常亲密,可以说他是一台天生的机器,至少他是伴随着机器长大的。十二年前,就在这个工厂的织布车间里,发生了一个让人兴奋的小插曲。强尼的母亲晕倒了。大家把她平放到地上,四周都是发出刺耳尖叫的机器。之后又叫来几个年长的织布机女工,工头也来帮忙了。几分钟之后,织布车间里,除了在那些从门外走进来的人里面,又多了一条生命,这就是强尼。他一出生,耳边就是织布机轰轰隆隆的声音,而他吸入的第一口空气不仅湿热,而且充满了纺纱的飞絮。为了排出肺里的棉絮,他从出生第一天就开始咳嗽,而且一直没有中断过。

现在,强尼旁边的那个孩子正在抽抽噎噎地哭。他的脸抽搐着,露出对监工的仇恨,而监工也在远处用威胁的目光盯着他。所有的锭子都在飞快地旋转着。那男孩对着面前旋转的锭子恶狠狠地咒骂,但是车间里的轰鸣声盖住了他的声音,连六英尺以外都传不到,就像被一堵墙挡住了。

强尼一点儿也不在意这些事。他已经学会了平静地接受。而且,事情重复太多次就没意思了,像受罚这件事,他已经见过很多次了。在他看来,违抗监工就像反抗机器的运转一样徒劳无益。机器被制造出来就是要按照特定的方式运转,去完成特定的任务。监工也一样。

到了十一点钟的时候,车间里突然紧张了起来,而且这种紧张的情绪不知不觉就立刻传遍了每一个角落。强尼的另一边是一个缺了一条腿的孩子,他连忙一瘸一拐地走到一个空箱子前面,带着拐杖钻了进去。工厂的主管和一个年轻人一起走了过来。那个年轻人衣着讲究,他身上的衬衫是浆洗过的——根据强尼对人的分类标准来看,他是一位绅士,而且就是那位"检察官"。

他一边走,一边用锐利的眼光打量着男孩们。有时候他会停下来问一些问题。问话的时候他都不得不用最大的声音喊,以便让别人听见他的话。每当这时,他的脸就会扭曲成一副很滑稽的样子。他敏锐的眼睛注意到强尼旁边的机器空着没人,但是他并没有说什么。他突然被强尼吸引住了,停了下来。他抓着强尼的胳膊,把他从机器旁边拖开了一步。这时,他惊讶地叫了一声,松开了强尼的胳膊。

"简直是皮包骨。"主管紧张地笑了起来。

"跟烟斗的管子一样,"检察官回应道,"瞧那两条腿。这个孩子有佝偻病——尽管是初期的,但是他已经得上了。以后,他要不是得癫痫病死掉,要不就是让肺病先要了他的小命。"

强尼听着,却不知道检察官是什么意思,而且强尼对将来会生什么病没有兴趣。眼前就有一种病在威胁着他,而且要严重得多——就是这位检察官。

"喂,小家伙,我要你老老实实地告诉我,"检察官弯下腰,贴着强尼的耳朵喊,好让他听见,"你几岁了?"

"十四岁。"强尼撒谎了,他几乎用尽肺里的气大声喊着来撒这个谎。因为喊得太厉害了,他立即干咳起来,连早上吸进肺里的棉絮都咳了出来。

"看起来至少有十六岁。"主管说。

"或者六十岁。"检察官掐断了话头。

"他一直看起来是这样的。"

"做了多久了?"检察官快速问道。

"有好几年了。简直一点都没有长大。"

"我敢说,他还变小了呢。我猜他这些年一直在这里干活吧?"

"有时候在这儿,有时候不在——他在的时候新法律还没有颁布呢。"主管连忙补充了一句。

"这台机器怎么空着?"检察官指着强尼旁边那台没人的机器问道,那上面只绕了一部分的锭子正发疯一样地旋转。

"好像是空着的。"主管示意让监工过来,对着他的耳朵大声说了几句话,并指了指那台没有人的机器。然后他向检察官报告:"这台机器是空着的。"

他们继续检查,强尼可以回去干活了,他松了一口气,危机终于躲开了。但是那个独腿的男孩就没那么幸运了。那个眼尖的检察官一下子就把胳膊伸到大木箱里,一下子就把他拉了出来。男孩的嘴唇不停地颤抖,脸上的表情就像是遇到了不可挽回的大灾难一样。监工看起来很吃惊,好像这是他第一次看

249

到这个孩子似的。主管的脸上也满是惊讶和不高兴的神色。

"我认识他,"检察官说,"他只有十二岁。今年我已经把他从三个工厂赶出来了,这次是第四个了。"

他转过来对那个独腿的孩子说,"你答应过我,你发过誓,说你会去上学。"

那个独腿的孩子哇的一声哭了起来:"我求求您,检察官先生,我们家里已经饿死了两个小孩了,我们实在穷得没有办法呀。"

"你为什么咳嗽得这样厉害?"检察官问,好像在指责他犯了罪似的。

好像否认有罪似的,那个独腿的孩子回答,"没什么。我就是上个星期有点受凉,检察官先生,这真的没什么。"

最后,那个独腿的男孩跟着检察官走出了车间,主管一路跟随,焦急地申辩着。接着,车间里又恢复了往日的单调。漫长的上午和比这更漫长的下午终于过去了,下班的哨声响了起来。当强尼走出工厂大门的时候,天已经黑了。在这段时间里,太阳曾沿着天空这架金梯一步一步往上爬,向世界洒下充满慈悲的温暖,然后慢慢往西边沉下去,消失在西方由屋顶形成的参差不齐的天际线后面。

一天中一家人能够聚在一起吃饭的就只有晚餐——也只有在吃晚餐的时候强尼才会遇见他的弟弟妹妹们。对他而言,会面一点都不愉快,因为他太老成了,他们却幼稚得可怜。他受不了他们过度、不可思议的孩子气。他根本无法理解，因为他自己的童年早已离他远去。他就像是一个脾气暴躁的老头子，看到他们幼稚的胡闹就觉得心烦，在他看来那是一种非常愚蠢的行为。他板着脸，一声不吭地吃着晚餐，想到他们很快也要去工作了，他的心里才平衡了一些。工作会磨掉他们身上的棱角，让他们变得沉着、庄重——就和他一样。强尼和许多人一样，把自己当作标尺来衡量世间所有事物。

吃饭的时候，母亲用各种办法一遍又一遍地向他解释，她正在尽自己最大的努力让日子好过一点。所以，当强尼吃完仅有的一点食物、推开椅子站起身的时候，反而感到了一种解脱。他在睡觉和出门之间犹豫了一会儿，最后还是决定出门走走。他没有走远，就坐在台阶上，双膝蜷曲，狭窄的肩膀向下耷拉着，双肘抵在膝盖上，两只手支撑着下巴。

他坐在那儿，什么也不想，就是想休息一下。事实上他的大脑已经进入睡眠状态。他的弟弟妹妹们也出来了，跟其他孩子一起在他旁边大声地嬉闹。街角有一盏电灯照亮他们的欢乐时光。他们知道他脾气古怪、暴躁，但是他们身上的冒险精神让他们忍不住去戏弄他。他们手拉手站在他前面，身体跟着节奏摇晃着，对着他唱一些古怪、难听的歌。刚开始，他还学着各式工头骂人的样子咒骂他们，但是看到骂也没用，又想到了自己得保持庄重，就索性一声不吭。

这群孩子的头目是他的大弟弟威尔，刚过了十周岁生日。

强尼对他没有什么特别亲切的感情。很早以前，他的生活就因为不断地为威尔做出牺牲和让步而变得痛苦不堪。他坚定地认为，威尔亏欠他太多，却不知回报。很久以前，在他也可以玩耍的时候，因为不得不照顾威尔，被剥夺了大部分的游戏时间。那时候威尔还是个婴儿，但是母亲也和现在一样，整天在工厂里工作。因此，既做小父亲又做小母亲的责任就落在了强尼身上。

由于强尼的牺牲和让步，威尔显然得到了不少好处。威尔身体强壮，很结实，个子和他哥哥一样高，甚至比哥哥还重。好像他哥哥身上的血都流到了弟弟的血管里似的，精神上也是一样。强尼总是精疲力竭，疲惫不堪，一点儿也提不起精神，而威尔看起来生机勃勃，精神百倍。

充满挑衅的歌声越来越响了。威尔一边跳着舞靠近强尼，一边对着他吐舌头。强尼突然伸出左臂，搂住威尔的脖子，同时挥动他皮包骨似的拳头打向威尔的鼻子。虽然那拳头瘦得可怜，但是打起来很痛，威尔痛苦的尖叫声足以证明这一点。其他孩子全吓得叫了起来，他的妹妹珍妮连忙冲进屋子里去了。

接着，强尼推开威尔，狠狠地踢他的小腿，紧接着又把他抓起来，脸朝下摔到地上，将他的脸在泥土里揉搓了好几次之后才松手。这时母亲赶到了，像似一阵毫无气势的旋风，她心疼地发起火来。

"他为什么非要惹我？"强尼挨了骂之后回答道，"难道他看不出来我很累吗？"

"我跟你一样大了，"威尔在母亲怀里气急败坏地喊着。他的脸被眼泪、泥土和鲜血弄得一塌糊涂。"现在我长得跟你一样大，以后我会长得比你更大。到了那时候，我就要揍你——看我会不会揍你。"

"你既然知道自己有多大了，你就应该去工作，"强尼吼道，"这就是你的问题。你应该去工作。妈妈应该让你去工作。"

"但他太小了，"她争辩道，"他还是个小孩子。"

"我开始工作的时候比他还小。"

强尼张开嘴，想进一步控诉他感受到的不公平，但是嘴巴又突然闭上了。他沮丧地转过身，快步走到屋里睡觉去了。他让房门敞开着，这样厨房的暖气就可以进到屋子里来。当他

在半明半暗中脱衣服的时候，他听见母亲正在跟一个到访的女邻居谈话。母亲正在哭泣，她的话里夹杂着无力的抽泣。

"我真不知道强尼到底怎么了，"他听见她在说，"他以前不是这样的。他以前是一个充满耐心的小天使。"

"现在他也是一个好孩子，"她又连忙为他辩护道，"他总是老老实实地干活，他刚工作的时候的确太小了。但这也不是我的错，我真的已经尽力了。"

厨房里母亲的抽泣声拖得很长，强尼一边合上眼皮，一边喃喃自语："我本来就是老老实实地干活嘛。"

第二天一大早,他又被母亲从睡梦中拖起来。又是那点可怜的早餐,然后摸着黑赶路,他再次回头看了看屋顶上那暗淡的曙光,然后转身走进工厂。就这样,一天又过去了,一年到头,天天都是这样。

但是,他的生活里也有过变化——有时候他会调换工作,有时候会生个小病。六岁的时候,他是威尔和其他更小的弟弟妹妹们的小母亲和小父亲。七岁的时候他进了工厂——绕锭子。八岁的时候他进了另一家工厂。他的新工作容易极了。他只要坐在那儿,手里拿一根小木棍,把他前面的布引流过去就好。这些布从机器里出来,经过一个热滚筒,然后流到别的地方去。可是他自始至终都坐在同一个地方,那里没有阳光照射,只有一盏煤气灯在他头上发出亮光,他就像是变成了机器的一部分。

尽管那里既潮湿又闷热,可他还是喜欢那份工作,因为那时候他还小,还有很多梦和幻想。他一边看着那些冒着热气、川流不息的布,一边做着美梦。但是这份活不锻炼体力,更不需要动脑筋,所以他的梦越做越少,脑子也变得迟钝,经常昏昏欲睡。然而,他一个星期可以挣两美元,虽然两美元常常不够填饱肚子,但不会让人饿得发慌。

可是九岁的时候,他失业了。他得了麻疹。病好后,他在一家玻璃厂里找到了工作。工资高一点了,干活也需要技巧。这是个计件的活儿,他的技术越好,赚的工钱就越多。这就是诱惑。在这种诱惑下，他渐渐变成了一个出色的工人。

这份工作其实也挺简单，给塞到小瓶子里的玻璃塞子系上绳子。他把麻线别在腰上，把瓶子夹在两膝之间，这样可以两只手一起干活。他每天工作十个小时，就这样一直坐着，而且向前弯着腰，因此他那瘦窄的肩膀变驼了，胸也一直被挤压着。这对他的肺很不好，但是他一天能拴三百打瓶子。

主管为有他这样出色的童工而倍感骄傲，于是带着许多人来参观。在十个小时里，他的双手要拴三百打瓶子，这说明他已经和机器一样完美了。他没有任何一个多余的动作。瘦胳膊的每一个举动，细手指上肌肉的每一个运动，都非常迅速而且准确。由于工作时一直保持着高度紧张，他变得神经过敏。晚上睡觉时肌肉都会抽搐。白天他又不能放松和休息，所以一直处于紧张状态，肌肉总是在抽搐。而且他的脸色越来越差，因飞絮引起的咳嗽也越来越厉害。他的胸一直被挤压着，里面的肺已经衰弱不堪，后来得了肺炎，他就失去了玻璃厂里的工作。

现在他又回到了一开始绕锭子的那家麻织厂，也有晋升的机会。他是一个优秀的工人。不久他就要到上浆车间去工作，以后还会升到织布车间。至此就到顶了，他能做的也就是提高自己的工作效率。

现在，机器比他刚开始工作的时候转得快多了，他的脑子反而转得慢了。他再也不做梦了，尽管早些年他对未来充满了憧憬。有一次他曾坠入爱河。那时候他刚开始学着引流织布经过热滚筒,而她是主管的女儿。她比他大得多,是一个年轻姑娘,而他仅仅远远地见过她五六次。但仅此而已。他曾经在面前流过的布面上有过一番光辉的憧憬:他创造了劳动奇迹,发明了精妙的机器,成为工厂的主人,最后他抱住了她,庄严地吻上了她的前额。

但是,这都是很久以前的事了,现在他已经变得太老气、太疲倦,不想恋爱了。而且她已经嫁了人,到别的地方去了,他的大脑也开始沉睡。但这曾是一段很美妙的经历,过去他会常常回忆,就像其他男女会回想他们心目中的童话时代一样。他从来不相信童话或者圣诞老人,但是他绝对相信他在热气腾腾的织布上幻想出来的美妙前景。

他很早就变成了大人。在七岁那年,第一次领到工资的时候,他的青春期就开始了。渐渐地他产生了一种自食其力的感觉,跟母亲的关系也开始发生变化。因为他现在也能赚钱养家,有了一份自己的工作,他的地位应该是跟母亲平等的。在十一岁那年,他完全成长为大人,真正的大人,也就是在那一年,他一连做了六个月的夜工。从来没有哪个做过夜工的孩子还会保留着孩子气的。

在他的生命中,曾发生过几件大事。一次是母亲给他们买了加利福尼亚的梅干。还有两次是母亲给他们做了牛奶蛋糕。这些都是大事,每次回忆都觉得很亲切。那时候母亲告诉他，有一天她会给他做一种非常好吃的美食——她称之为"浮岛"，她说"比牛奶蛋糕还好吃"。后来有好几年，他都盼望着有一天能看到桌子上放着浮岛，最后他觉得这不过是一种不会实现的理想。

有一次，他在人行道上发现了一枚二十五美分的银币。这也是他人生中的一件大事，但同时也是一个悲剧。银子发出的亮光刚映到他的眼里，他还没有捡起来，他就知道自己应该怎么处理这枚银币。家里一向都是吃不饱的，他应该像每星期六晚上把工资带回家一样，把它交给母亲。他清楚地知道这样做才是对的，但是他从来没有花过自己赚的一分钱，而且他非常渴望吃糖。他馋极了，在他的生命中只有过节的时候才有机会尝上一口。

他不打算欺骗自己。他知道这是罪过，但是他明知故犯，仍旧用十五美分买了一点糖果，大吃起来。剩下的十美分他打算存起来下次再买，但是因为没有在身上带钱的习惯，他弄丢了。钱丢的时候，他正受着良心上的种种折磨，这简直是上帝给他的报应。他害怕极了，好像有一位可怕的、怒气冲冲的上帝正站在他旁边。上帝看到了这一切，很快就对他做出了惩罚，让他不能再继续享受罪恶的果实。

他一回想起这件事，就觉得这是他人生中一个重大的罪过。每想起一次，他的良心就受一次折磨。这是他不为人知的秘密。而且，因为受性格和环境的影响，他每回忆起这件事都

257

感到非常后悔。他总是对那枚银币耿耿于怀。本来他可以更好地利用它，如果他知道上帝的动作会这么快，他本来可以在上帝惩罚他之前把钱一下子花光。在回忆中他把银币花出去成百上千次，觉得每次都更赚了。

过去还有一件事也停留在他的记忆中，虽然已经有些模糊黯淡，但是他父亲那双野蛮的脚却一直铭刻在他的心灵中。与其说这是一种对具体事物的记忆，不如说这更像是一场噩梦——或者说像是一个人对于原始人种的追忆，催他入眠，去追溯生活在树上的祖先。

在白天清醒的时候，强尼从来没有想到过这件事。只有当他晚上躺在床上，意识逐渐模糊，进入梦乡的时候才会出现在他的梦中。他常常被吓得从梦中惊醒，而且在他被吓醒的那难受的一瞬间，他觉得自己仿佛横躺在床脚下，床上则是他的父亲和母亲。他一直不知道父亲长什么样子。他对父亲的唯一印象就是他那双野蛮的、冷酷的脚。

这些早期的记忆总是出现在他的脑海中，但是最近发生的事情他却不记得了。每天都是一成不变。昨天和去年没有什么分别，仿佛时隔千年——又仿佛只是一瞬间。什么事情都没有发生，没有一件事可以作为时间流逝的标志。时间根本没有前进，它好像站住不动了。在动的只有那些不停旋转的机器，却哪儿都去不了——尽管它们转得更快了。

十四岁那年，他被调到上浆车间工作。这对他来说意义非凡。除了睡一个好觉和每个星期发薪水的日子,终于有一件值得回忆的事了。这代表着一个新纪元的开始,是机械界的奥林匹克,是一件划时代的大事。从此以后,"我到上浆车间工作的时候","我到上浆车间工作之后",或者"我到上浆车间工作之前",就经常挂在他的嘴边。

十六岁那年,他进了织布车间,一个人管理一台织布机,算是对生日的庆祝。这份工作同样带有刺激性,因为它是计件的。他又干得很好,因为他早就被工厂塑造,成为一台完美的机器。三个月之后,他就同时管理两台织布机,后来,他管理了三台,甚至四台。

进入织布车间的第二年年底,他织的布比其他所有工人都多,而且比那些不熟练的工人多出两倍多。这时,他赚钱的本事快到达顶峰了,他的家境也开始好转了。但是,虽然他赚的钱多了,还是无法满足生活必需的开支。孩子们都在长大,吃得更多了。他们都去上学了,课本是要花钱买的。而且,不知怎么地,他工作得越快,物价也涨得越快。甚至连房租也涨了,尽管房子因为失修变得越来越破了。

他个子长高了,但是相比之下,他比以前任何时候都要瘦弱。而且,他的神经变得更加紧张,随之脾气也变得更乖戾,更容易动怒。孩子们从很多次痛苦的教训中学会了远远躲开他。他母亲因为他能够挣钱养家而尊重他,但也有一部分是出于对他的畏惧。

他的生活没有一点乐趣。他都不知道日子是怎么过的。夜晚他在无意识的抽搐里度过，而其余时间都在工作，他的意识里就只有机器。除此之外，他的脑子一片空白。他没有理想，有的只是一种幻觉，似乎他喝的咖啡是最好的。他只不过是一头干活的牲畜。他没有任何精神生活，但是，在他的内心深处，每个小时的忙碌，双手的每一个动作，肌肉的每一次抽搐，都被不自觉地仔细权衡过，这一切都是为了创造一个让自己和他的小天地都为之一惊的未来。

春末的一天晚上，他下班回到家，感到异常疲惫。他坐下来吃饭的时候，大家都好像在兴奋地期待着什么，可是他却并不在意。他闷闷不乐，一声不吭，机械地吃着面前的东西。孩子们不断发出惊叹的声音，嘴里还不停地吧嗒着，但是他一点也没听见。

"你知道你吃的是什么吗？"最后，他母亲实在忍不住了，绝望地问他。

他茫然地看看他面前的东西，又茫然地看看她。

"浮岛。"她得意地宣布。

"哦。"他说。

"是浮岛！"孩子们不约而同地高呼道。

"哦，"他说，接着他吃了两三口，补充道，"今天晚上，我不怎么饿。"

他放下勺子，把椅子向后一推，有气无力地从桌子旁边站起来。

"我想我得去睡一会儿。"

他一步一拖地穿过厨房,两条腿似乎比平常更沉重了。此时,连脱衣服也成为一项艰巨的任务,一点也使不出劲来。等到他爬上床,仍然有一只鞋套在他的脚上,他无助极了,忍不住哭了。他觉得脑袋里有东西在向上涌,在膨胀,弄得他脑子昏昏沉沉,模模糊糊。他感到他那瘦瘦细细的手指变得和手腕一样粗,指尖上也有一种跟他脑子一样混乱、模糊的遥远的感觉。他的腰背部疼得受不了。所有的骨头都在疼,浑身都疼。他的脑袋里开始出现轰鸣的声音,就像是一百万台织布机在尖叫、撞击、压轧和怒吼。他的周围到处都是飞舞的梭子,它们在夜空的星星之间来回穿梭,错综复杂。仿佛他自己一个人在操控着一千台织布机,它们转动的加速度不断增,越来越快,而他的大脑被解开了,也越转越快,变成纱线缠绕在一千只飞舞的梭子上。

第二天早晨,他没有去工作。因为他的脑袋里还有一千台织布机在忙着织布。他母亲工作去了,但是先给他请了一位医生。医生说他得了很严重的流行性感冒。于是,珍妮照医生的嘱咐,看护着他。

这场病很厉害,过了整整一个星期,强尼才勉强穿上衣服,无力地拖着脚步在房间里走一走。医生说,再过一个星期,他就可以回去工作了。星期天下午,也就是他病好后的第一天，织布车间的工头来看望他。工头对他母亲说，强尼是车间里最优秀的织布工人。他们会给他保留工作的。他可以从星期一开始再休息一个星期才去上班。

"你为什么不谢谢他呢，强尼？"他母亲焦急地问道。

"他病得太厉害了，到现在都还没有完全恢复正常。"她抱歉地对客人解释道。

强尼坐在那里，弓着腰，直勾勾地盯着地板。工头走了很久，他还是一直保持着这个姿势。外面很暖和，午后他到门口的台阶上坐了一会儿。有时他的嘴唇会动一动，好像迷失在无穷无尽的计算中。

第二天早晨，天气暖和起来之后，他又坐在了门口的台阶上。这一次，他带了铅笔和纸，继续昨天的计算。这个计算让人很痛苦，也很吃惊。

"百万后面是什么？"中午，威尔从学校里回来的时候，他问道。"你是怎么算的？"

那个下午他完成了计算。之后，他还是每天都坐在那个台阶上，只是不再带纸和笔。他被街道对面的一棵树完全吸引住了，会一连几个小时盯着它看。起风的时候，树枝摇曳，叶子飘荡，他觉得非常有趣。这一个星期，他好像都沉迷在深刻的自省里。星期天，他坐在台阶上，放声大笑了好几次。这让他母亲感到有些不安，因为她已经好几年没听到他笑了。

第二天早晨，天还没亮，她就走到他的床边去叫醒他。这一个星期,他已经睡足了,所以很容易就醒来了。她来拉他身上的被子,他没有反抗,也不打算去抓被子。他只是安静地躺着,说话也很平静。

"妈,没用了。"

"你会迟到的。"她说,以为他还睡得糊里糊涂的。

"我醒着,妈,我告诉你,没用了。你最好别管我。我不会起来的。"

"你会丢掉饭碗的!"她叫了起来。

"我不会起来的。"他又说了一遍,声音怪异,毫无激情。

这天早晨,她也没有去工作。这种毛病她真是从来也没见过。如果是发热和昏迷,她还略微明白,但这是精神错乱啊。于是她给他盖好被子,叫珍妮去请医生。

医生来的时候,他睡得很安稳。他轻轻地醒过来,让医生给他把脉。

"不要紧,"医生说,"就是身体太虚了,没什么毛病。身上尽是骨头,没什么肉。"

"他一向都是这么瘦。"他母亲补充道。

"你走吧,妈,让我再睡一会儿。"

他的声音很柔和、很平静,然后他继续很柔和、很平静地侧过身,继续睡。

十点钟的时候,他醒了,穿上了衣服。他走进厨房,看见母亲一脸惧色。

263

"我要走了，妈，"他说，"我只是想跟你说一句再见。"

她拉起围裙把脸捂住，突然蹲坐在地上，伤心地哭起来。他在一旁耐心地等待。

"我知道会有这么一天的。"她抽噎着说。

"去哪里？"最后她问道。她拉下捂在脸上的围裙，愁眉苦脸地盯着他，脸上却不带一丝好奇。

"我不知道，随便哪里。"

当他说话时，他觉得街对面的那棵树在他心中发出了耀眼的光芒。那棵树好像就藏在他的眼皮底下，无论什么时候他想看，他都会看见它。

"那你的工作呢？"她声音颤抖着问。

"我再也不去工作了。"

"上帝呀，强尼，"她痛哭流涕地说，"不能说这种话呀！"

对她来说，他的话简直是亵渎神明。强尼的母亲吓得不轻，就像一个母亲听到她的孩子否认上帝一样。

"唉，你到底怎么了？"她想责备他，可是又没有勇气。

"数字，"他回答道，"就是那些数字。这个星期我算了很多数，结果真是惊人。"

"我真不知道数字跟这有什么关系啊。"她泣不成声。

强尼耐心地笑了笑，母亲看到他始终这样不温不火，不发脾气，心里更觉得吃惊。

"我说给你听吧,"他说,"我累极了。是什么让我这么累呢?动作。我从一生下来就在做动作。我已经厌烦了,再也不想做动作了。还记得我在玻璃厂工作的时候吗?那时候,我每天要扎三百打瓶子。我计算了一下,扎一个瓶子大约要做十个动作。一天就是三万六千个动作。十天就是三十六万个动作。一个月,一百万零八千个动作。把那八千去掉不算——他说这话时的口气就像是一个得意扬扬的正在布施的慈善家——把八千去掉不算,一个月就是一百万个动作——一年就是一千二百万个动作。

"进了织布车间,我要做两倍多的动作。这样,一年就是两千五百万个动作。我似乎就这样做了一百万年。

"这个星期我一点儿都没动。一连好几个钟头,我一个动作也没做。我告诉你,那真是太妙啦,就坐在那里,一连好几个钟头,什么也不干。我从来没有快乐过。我从来没有一点自己的时间。我一直都在动。所以,我根本没有办法让自己快乐。从现在开始,我再也不工作了。我就要坐着,坐着,休息,休息,接着再休息。"

"可是威尔跟其他孩子怎么办呢?"她绝望地问道。

"是啊,'威尔跟其他的孩子'。"他重复了一句。

但是他的声音中并没有苦涩。他很久以前就知道母亲对弟弟的期望很高,但是这也不会让他难过了。现在一切都没关系了,即使是母亲对弟弟的偏心。

"妈,我知道你对威尔的期望——你想让他一直在学校里读书,让他成为一个会计。不过,那没什么用了,我不干了。他只能去工作。"

"我辛辛苦苦把你抚养成人,你就这样对我啊!"她哭着说,本来她想用围裙捂脸,可是一下子又改变了主意。

"你根本没有把我抚养成人,"他用一种既悲伤又亲切的语气说道,"是我把自己抚养成人的,妈,连威尔也是我养大的。他长得比我更壮、更重、更高。我想是因为我小时候一直没有吃饱过。当他出生后,我也还是个孩子,却要去挣钱养活他。但现在这一切都结束了。威尔可以去工作,像我一样,或者他可以去死,那都跟我无关了。我累了。我要走了。你不跟我说声再见吗?"

她没有回答,又用围裙捂住脸,哭了起来。走到门口的时候,他停了一会儿。

"我确信自己已经尽了全力。"她啜泣着。

他走出屋子,来到大街上。当他看见那棵孤零零的树时,他的脸上露出了一丝苍白的笑容。"反正我什么也不干了。"他轻声对自己说,声音不大,就像低声吟唱。他若有所思地望向天空,但是明亮的太阳晃得他眼都花了。

他慢慢地走在路上,走了很久。当他路过麻织厂时,织布间里低沉的轰鸣声传到他的耳朵里,他笑了。这是一种温和、宁静的微笑。他不恨任何人,甚至不恨那些砰砰乱撞、发出刺耳噪音的机器。他心里没有一点怨恨，只有对休息的迫切渴望。

慢慢地，他身边的房子和工厂都消失了，空旷的地方越来越多，他快走到乡下了。最后，城市被他甩在了身后，他一直沿着铁路旁边一条树木茂盛的小路往前走。他走路的样子不像人。他的模样也不像人。他就像是一个拙劣的仿制品，一个身形扭曲、发育不全、没有名字的生物。他踉踉跄跄地走着，两只胳膊无力地垂在体侧，双肩向前扭曲，胸膛被挤得狭窄，就像是一只生病的猿猴，既古怪又可怕。

他路过一个小火车站，在一棵树下的草地上躺着。就这样躺了整整一个下午。有时候，他打起盹来，肌肉不断地抽搐着。醒来之后，他一动不动地躺着，看看飞过的小鸟，或者透过树枝之间的缝隙仰望那片天空。有一两次他放声大笑，但是这跟他所看到的或者感觉到的东西都没有关系。

黄昏过去，夜幕降临，一列货车轰隆隆地开进了车站。当火车头带着货车转到岔道上的时候，强尼沿着列车爬了上去。他拉开了一节空车厢的边门，吃力又笨拙地爬了进去。他关上车门。火车头的汽笛响了。强尼躺了下来，他在黑暗中笑了。

图书在版编目（CIP）数据

野性的呼唤 热爱生命: 插画版/（美）杰克·伦敦著；
徐玉苏，黄璐译. —北京: 中国书籍出版社，2018.7
ISBN 978-7-5068-6904-1

Ⅰ.①野… Ⅱ.①杰… ②徐… ③黄… Ⅲ.①长篇小说—美国—近代②短篇小说—小说集—美国—近代
Ⅳ.①I712.44

中国版本图书馆CIP数据核字(2018)第122601号

野性的呼唤·热爱生命（插画版）

[美] 杰克·伦敦（Jack London） 著 徐玉苏 黄 璐 译

策划编辑	李立云
责任编辑	张 文 李立云
特邀编辑	朱林栋
责任印制	孙马飞 马 芝
封面设计	程 跃
出版发行	中国书籍出版社
地　　址	北京市丰台区三路居路97号（邮编：100073）
电　　话	（010）52257143（总编室）　（010）52257140（发行部）
电子邮箱	yywhbjb@126.com
经　　销	全国新华书店
印　　刷	河北省三河市顺兴印务有限公司
开　　本	880毫米×1230毫米　1/32
字　　数	200千字
印　　张	8.75
版　　次	2018年12月第1版　2018年12月第1次印刷
书　　号	ISBN 978-7-5068-6904-1
定　　价	26.00元

版权所有　翻印必究

"中国书籍编译馆"
丛书书目

第 一 辑

《傲慢与偏见》［英国］简·奥斯汀著，孙丽冰译

《蝴蝶梦》［英国］达夫妮·杜穆里埃著，汪兰译

《瓦尔登湖》［美国］亨利·戴维·梭罗著，熊兵娇译

《飘》［美国］玛格丽特·米切尔著，张锦译

《纯真年代》［美国］伊迪丝·华顿著，刘一南译

《呼啸山庄》［英国］艾米莉·勃朗特著，杨纪平、吴泽庆译

《鲁滨逊漂流记》［英国］丹尼尔·笛福著，梁志坚、梁家威译

《了不起的盖茨比》［美国］F. S. 菲茨杰拉德著，陈润平译

《安徒生童话》［丹麦］安徒生著，梁志坚译

《简·爱》［英国］夏洛蒂·勃朗特著，杨慧、周茜琳译

第 二 辑

《格列佛游记》［英国］乔纳森·斯威夫特著，刘一南译

《爱丽丝梦游奇境＋爱丽丝镜中奇遇》［英国］路易斯·卡罗尔著，梁志坚、余峰译

《老人与海》［美国］欧内斯特·海明威著，熊兵娇译

《丛林之书＋丛林之书续篇》［英国］约瑟夫·吉卜林著，李彩林译

《德伯维尔家的苔丝》［英国］托马斯·哈代著，陈明瑶、
　　郑静霞译

《小妇人》［美国］路易莎·梅·奥尔科特著，梁志坚译

《爱的教育》［意大利］艾德蒙多·德·亚米契斯著，夏丏尊译

《绿野仙踪》［美国］L.弗兰克·鲍姆著，梁志坚、王瑞译

《远离尘嚣》［英国］托马斯·哈代著，曾胡、陈亦君译

《雅各布的房间》［英国］弗吉尼亚·伍尔夫著，李小艳、
　　蒙苑宁译

第 三 辑

《汤姆·索亚历险记》［美国］马克·吐温著，李世标译

《到灯塔去》［英国］弗吉尼亚·伍尔夫著，李小艳、田泽中、
　　蒙苑宁译

《刀锋（插画版）》［英国］威廉·萨默赛特·毛姆著，汪兰译

《夜色温柔（插画版）》［美国］F. S. 菲茨杰拉德著，李世标译

《金银岛（插画版）》［英国］罗伯特·路易斯·史蒂文森著，
　　李宁、蒙苑宁译

《局外人·鼠疫（插画版）》［法国］阿尔贝·加缪著，赵玥译

《柳林风声（插画版）》［英国］肯尼斯·格雷厄姆著，梁志坚、
　　余锋译

《野性的呼唤（插画版）》［美国］杰克·伦敦著，徐玉苏、
　　黄璐译

《伊索寓言（插画版）》［古希腊］伊索著，梁志坚、陈菊译